回忆是一种
淡淡的痛

蒋　勋
余光中
林青霞
等著

北京时代华文书局

图书在版编目（CIP）数据

回忆是一种淡淡的痛 / 蒋勋，余光中，林青霞等著
. -- 北京：北京时代华文书局，2023.8
ISBN 978-7-5699-3586-8

Ⅰ.①回… Ⅱ.①蒋… ②余… ③林… Ⅲ.①散文集
—中国—当代 Ⅳ.① I267

中国版本图书馆 CIP 数据核字 (2020) 第 073447 号

北京市版权局著作权合同登记号　图字：01-2022-6666

本著作物经厦门墨客知识产权代理有限公司代理，由九歌出版社
有限公司授权，在中国大陆出版、发行中文简体字版本。

拼音书名 | HUIYI SHI YIZHONG DANDAN DE TONG

出 版 人 | 陈　涛
选题策划 | 胡　杨
责任编辑 | 周海燕
执行编辑 | 崔志鹏
责任校对 | 张彦翔
装帧设计 | 尚燕平
责任印制 | 訾　敬

出版发行 | 北京时代华文书局 http://www.bjsdsj.com.cn
　　　　　 北京市东城区安定门外大街 136 号皇城国际大厦 A 座 8 层
　　　　　 邮编：100011　电话：010 - 64263661　64261528
印　　刷 | 北京盛通印刷股份有限公司　010 - 83670070
　　　　　 （如发现印装质量问题，请与印刷厂联系调换）
开　　本 | 880 mm×1230 mm　1/32　印 张 | 10　字 数 | 220 千字
版　　次 | 2023 年 8 月第 1 版　　印 次 | 2023 年 8 月第 1 次印刷
成品尺寸 | 145 mm×210 mm
定　　价 | 49.80 元

目 录
Contents

第一章

怀念过去，就是驻留心中的美好

总有一种回忆，让我们感动。喜欢的不一定拥有，所以多一些盼望和梦想；拥有的不一定喜欢，所以多一些无奈和感慨；记忆的不一定表白，所以多一些沉淀和美丽。回忆像一支笔，没有颜色却能写出清晰的字体；像一片叶，循着脉络能找到至真至纯的往昔；像唱一首歌，忘了歌词却记着清晰的旋律。

第二章

人生是一个含泪的微笑

宇宙由无数的可能因缘和合而成。笑与泪，悲与喜，瞬间与永恒，变化与静止，正是人生的奇妙之处。

第三章

想要的都拥有，得不到的都释怀

人生苦短，我们不必费尽思量，无所不用其极地让生命更为复杂。昨日憾事虽多，但总要学会往前走。那些逝去的日子，就让它们随风而去，我们唯一拥有的，只有现在。

第四章

每条路都是回家的路

行走于纷繁的世间，走过很多路，见过很多风景，原以为外面的世界会更好，回过头却发现，每走过一处，心底反复出现的，依然是家乡的碧水蓝天和皓月星空。

第五章

人间烟火事，最抚凡人心

在那些坚韧、赤诚的生命故事中，获得直面"无常"的勇气，去找到让生活峰回路转的细微线索，捕捉到间隙中的微光；在焦灼与忧虑中，重新找回身心的安宁。

第六章

万物有灵且美，都值得被温柔以待

风和雨，草木和动物，一切都极致纯净。它们带着原始的力量，既是盎然勃发的，又是温柔静谧的。如果我们能简单到以一株草、一滴雨为起点，没有物种的高低贵贱之分，只有相互的倾听，人类将和植物一样幸福。

怀念过去，就是驻留心中的美好

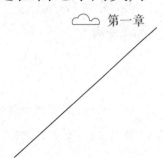 第一章

总有一种回忆，让我们感动。喜欢的不一定拥有，所以多一些盼望和梦想；拥有的不一定喜欢，所以多一些无奈和感慨；记忆的不一定表白，所以多一些沉淀和美丽。回忆像一支笔，没有颜色却能写出清晰的字体；像一片叶，循着脉络能找到至真至纯的往昔；像唱一首歌，忘了歌词却记着清晰的旋律。

• • •

琼瑶与我

林青霞 / 文

琼瑶姐和我都是因为同一本书而改变了自己的一生，而这本书令我们在很年轻的时候就成了名。

十七岁那年，我高中毕业，走出校门，脱下校服，烫了头发，走在台北西门町街头，让星探发现了，介绍给八十年代电影公司，电影公司送我一本小说——《窗外》。

小说第一页：

　　江雁容纤细瘦小，一对如梦如雾的眼睛，带着几分忧郁。
　　两条露在短袖白衬衫下的胳膊苍白瘦小，看起来可怜生生。

小说第二页：

　　江雁容心不在焉地缓缓迈着步子，正沉浸在一个她
自己的世界里，一个不为外人所知的世界。

　　我当时心想，这不就是我吗？我天生纤细瘦小、敏感、忧
郁，看起来比实际年龄小三岁。初中三年加上高中三年，每天
上学和回家都得走上十分钟的路。而这十分钟我总是陶醉在自我
的幻想世界中，天马行空地胡思乱想。看完《窗外》，我深深感
觉：《窗外》正是为我而写的，而江雁容这个角色舍我其谁呢？

　　八十年代电影公司导演宋存寿果然确定由我饰演《窗外》
里的江雁容，当时母亲坚决反对我走入娱乐圈。我想拍的意愿正
如小说里江雁容爱老师康南那样坚定，母亲为此卧床三日不起，
最后还是拗不过我。转眼间三十九年过去了，当年母亲拿着剧本
（剧本里所有接吻的戏都打了叉）牵着怯生生的我到电影公司那
画面，仿佛就在眼前。

　　拍摄《窗外》可以说是我一生中最快乐的日子，戏里江雁容
最要好的同学周雅安的饰演者，正是我高中的同窗好友张俐仁，
拍这部戏就仿佛是我们高中生活的延续，对我们来说没什么难
度，导演直夸我们演得自然。记得有一场我喝醉酒躺在老师康南
床上的亲热戏，我不让张俐仁看，她爬上隔壁很高的窗台上张
望，我怎么也不肯演，导演没法儿，只好把她关起来，为了这个
她跟我生气了好几天。

虽然母亲和我在剧本里打了许多叉，最后导演还是拍了一场接吻戏和许多场夫妻吵架的戏，因为我刚从学校毕业，很怕老师和同学们看到会笑，所以好希望这部电影不要在台湾上映，没想到正如我当年所愿，《窗外》一直到今天都没在台湾正式上映。

琼瑶姐总是一头长发往后拢，整整齐齐地落在她笔直的背脊上，小碎花上衣衬一条长裤。第一次见到她，她就是这样打扮，那是我拍《窗外》四年后的事。她和平鑫涛到我永康街的家，邀请我拍摄他们合组的巨星电影公司创业作《我是一片云》。

平先生温文尔雅，他们二人名气都很大，态度却很诚恳，我们很快就把事情谈成了。我大大地松了一口气，拍拍胸口说，见他们之前好害怕好紧张；他们也拍拍胸口说，见我和我父母之前也好害怕好紧张，结果大家笑成一团。

从1976年到1982年，我为巨星拍了八部琼瑶姐的小说：《我是一片云》《奔向彩虹》《月朦胧鸟朦胧》《一颗红豆》《雁儿在林梢》《彩霞满天》《金盏花》《燃烧吧，火鸟》。

之前的1972年至1976年已经拍了四部不是巨星制作的琼瑶电影：《窗外》《女朋友》《在水一方》《秋歌》。可以说我的青春期，我生命中最璀璨的十年，都和琼瑶姐有着密切的关系。

少女情怀总是诗，那十年我如诗的情怀总是和琼瑶小说交错编织，那些忙碌的岁月，除了在睡梦中，就是在拍戏现场饰演某一个角色，生活如梦似真，偶尔有几个小时不睡觉、不拍戏、做回自己的时候，我会跑到琼瑶家倾吐心事。琼瑶姐总是奉上一杯清茶，优雅地坐在她家客厅的沙发上，耐心地倾听我的故事，我们时而蹙眉，时而失笑，她写出千千万万少男少女的心事，所以我们也有许许多多的共同语言，有时一聊就到半夜两三点。有人说琼瑶姐的书是为我而写，我倒认为是因为我的性格和外形正好符合琼瑶姐小说中的人物。

那些年母亲经常为我的恋情和婚姻大事操心，不时打电话给琼瑶姐了解我的状况，琼瑶姐形容母亲爱我爱得就如母猫衔着它的小猫，不知道放在什么地方才能安全。最近重新翻看《窗外》，原来琼瑶姐也是这样形容江雁容的母亲。

从十七岁饰演《窗外》的少女，到现在成为拥有三个女儿的母亲，我很理解江雁容的情感，也能体会江母爱女之心切。心想如果我和女儿是这对母女我会怎么处理。于是我推开爱林的房门，她正坐在书桌前对着计算机做功课，一头如丝的秀发垂到肩膀，望着她姣好清秀的脸孔，我看傻了，她今年十五岁，出落得有如我演《窗外》时候的模样。我坐到她身边跟她讲《窗外》的故事。"如果你是江雁容的母亲你会怎么做？"我很茫然。"年龄不是问题，我会先了解那个老师是不是真的对我女儿好。"

"他们年龄相差二十岁！"她看我一副紧张兮兮的样子，想笑，小手一摆淡淡地说，"我是不会交这个男朋友的。"

20世纪70年代末，忘了是哪年哪月哪日。有一个黄昏，我正好走在琼瑶姐位于仁爱路的家附近，突然想起找她聊天，于是就按了门铃。一进门见她神情黯然，垂首独坐在窗前的沙发上。待我走近，她幽幽地说："听说××死了。""谁？""我老师。""……"窗内的灯一直没开，窗外橙红的落日渐渐消失，我脑子里泛起的竟然是读书时期看的一部《窗外》黑白片，电影的最后一个画面是江雁容的背影，她独自走在偌大的校园操场，镜头慢慢拉开，背影越来越小、越来越小、越来……

琼瑶姐从来没有跟我谈起她的爱情故事。依稀记得平先生曾经说过，琼瑶姐写完《烟雨濛濛》后从高雄到台北接受他安排的记者访问，回去时，平先生送她去车站，不知怎么居然跟她一起上了火车，在车上聊了很多很多，结果他一直聊到台中才下车。我听了很感动，问他聊了些什么。他说他们的话题围绕着琼瑶姐的小说《窗外》《六个梦》和《烟雨濛濛》转，但是大部分时间都是在谈《窗外》。

我认为，平先生一定是被那个敏感、忧郁、多情的江雁容和她的创作者深深地吸引了。

林青霞

著名电影女演员，散文作家。主要作品有《云去云来》《窗里窗外》。

抽屉里的浪花

阮义忠 / 文

　　人对往事的记忆就像锁在不同抽屉里、舍不得丢的杂物，有些经过归档，有些无法分类，就那么一起掺杂地搁着，随着岁月的堆垒而尘封。某日不经意地打开一个抽屉，那被忘了的如同隔世般的旧事便猛然回魂，又有了温度、呼吸和生命，过去与现在又接续上了。

　　我的家乡头城是个东台湾靠海的封闭村子，居民一半务农、一半打鱼，连镇上那家历史悠久、破破旧旧的戏院，也有个恰如其分的名字——"农渔之家"。这家戏院是无数镇民的精神家园，也是我童年时的梦想窗口。陪祖母在这儿看的一出出歌仔戏，让我对中国古代英雄或奸臣的舞台形象深信不疑，直到后来上了历史课，印象也很难纠正。

　　电影盛行后，歌仔戏跟着没落，戏院上映的多半是日本片，宫本武藏、盲剑客是大家心目中的偶像，其穿着打扮，乃至于一举一动都成为一些年轻人效法的对象。在本土电影方面，大受欢迎的则是模仿美国《劳莱与哈台》的喜剧片《王哥柳哥游台湾》。在交通不便的60年代，岛民们通过电影，仿佛也游遍了台湾的名胜古迹。

胖得像酿酒桶的王哥是擦鞋匠，瘦得像电线杆的柳哥是三轮车夫。王哥中了奖券，邀好友柳哥环岛旅行。两个土包子在旅途中糗事不断，既诙谐别人，又挖苦自己。情节虽然在戏谑中也有温情，却老让我觉得台湾人的命运实在坎坷。

在那个年代，对当时的台湾当局而言，他们认为只是暂时"落难"至此，迟早要回家去。像陕西路、青岛路、南京路、长安路、西藏路、沈阳路、迪化街、宁波街、哈尔滨街……这样的以大陆省名、市名命名的街道在台湾到处可见，提醒百姓毋忘祖国。

此外，桥头、巷弄、山顶或海边，不时会出现"此处禁止测量、描绘、摄影、狩猎"的警语，仿佛无处不是禁区。海岸线更是禁区中的禁区，相隔没多远就有海防部队的岗哨，既防走私偷渡，又防想家的人投奔对岸。在那期间，小小的台湾地区实际上是个大大的隔离岛，因为台湾当局把自己的人民给关起来了，直到当时的台湾地区领导人蒋经国于1986年制定解严政策。

还好，有部分海岸线在当时是解禁的，那就是全省为数不多的海水浴场。在这里，浪花声与人民的欢笑仍能齐鸣。我就是一个幸运者，家离海水浴场只有二十分钟路程。尽管父母三令五申，禁止小孩在没有大人陪伴的情况下去玩水，我们却时常偷偷地到那烫得可以焖蛋的沙滩上打滚儿，再冲向冰得刺人的大海中，几个钟头一下就过去了。回家前怕自己看起来太干净，就用菜园里的泥土往身上抹，好让妈妈以为我们是在泥地里撒野。

我们呼吸的空气常带着海味，发丝里不时夹着海沙，胳肢窝里总是沾有盐巴，可是大部分人却不敢梦想有一天会出海远行。我的二哥就像一些不甘被土地绑住的农家子弟一样，一直梦想当船员，幻想周游世界。

那时，乡镇村落的电线杆还都不是水泥做的，一棵棵树干被削得圆滚滚的，浸过黑黑的柏油后，便孤零零地立在道路两旁。人们在上面张贴宣传单或寻人启事，其中经常出现的就是征召船员的广告。

二哥每隔一阵子就会央求父亲让他上船去试试，央求过几年后，终于明白这件事是无望的。后来，我们家七兄弟之中，唯一留在老家当木匠的就是他。当初最想出走的，却认命地成了唯一继承祖业的人。事实上，我知道他好几次都有离家出走的念头，也不止一次地在深夜里听到他蒙着被子叹息、饮泣。

跟他一样，在成长的过程中，我也一直生怕被钉牢在这个沉睡已久的小镇里。自古以来，镇上的每个人都过着跟父母一样的生活，仿佛命运老早就被决定了，时代的脚步、社会的变迁都跟我们无关。从小到大，或许就是靠着喜欢观察、创作的天性，才让我能享有一方自己的天地。

还没分家之前，我们和四叔、五叔在同一个屋檐下过日子。

每房有一间卧室，三个媳妇除了侍奉祖母外，还轮月掌厨，负责喂饱三个家庭二三十口人的肚子，家事虽然粗重，彼此倒也和乐融融。我们三房的寝室在炉灶、餐厅的楼上，四叔、五叔两家则是住在隔个过道的木料仓库二楼。

像那时大多数的人家一样，四叔、五叔都受过日本教育，在镇公所上班，其中一位还当上课长，算是镇上的小资阶层。在那不经申请就不得聚众的年代，民间的交谊活动都得偷偷举行。四叔、五叔的房间隔着一个宽大的空间，时常被他们用来举行舞会。四叔会吹萨克斯管，他的一些朋友会打鼓、吹小喇叭以及弹低音贝斯，一个三五人的小型西乐队就这么组成了。长大之后回想起来，那不就是爵士、蓝调吗？想不到头城也能如此赶时髦。原来，平淡无奇的庶民生活背后，也总有意外暗自运作着。

我们从小就在封闭的环境中成长，而那一场场的秘密舞会，就是一窥大都会时尚的时机。若是碰到有人密报，警察上门取缔、舞客四处逃窜的情景，也能让我们看得心跳加快，真是兴奋又刺激。每次有舞会，保守的父母都会禁止我们接近。我当然没那么听话，等父母睡着后，便去趴在窗口看跳舞。看久了便能去帮忙摇留声机，运气好的时候还能上场摇沙铃。

白天严肃木讷的长辈，在晚上仿佛变了个人似的，活泼、可亲又有趣。可保守的父亲却绝不可能如此，他在白天与晚上都是一个样子，严厉又寡言，永远在现实世界中扮演着一成不变的角色，从来不提过去。这样的印象一直维持到我高中时的某一天，在整理杂物时打开家中一个老橱柜。

那时四叔、五叔已跟我们分家，五婶到小学教书，四婶则是在镇上开了一家杂货店，两家的经济情况都愈来愈好。家人懒得整理他们原来的房间，我便把它打通、改造，变成由我一人独享的空间。四叔留下一个还不错的二声道音响，让我接近了巴赫、莫扎特、贝多芬、舒伯特……我用家里的剩木料做些摆设、装置，再把五叔留下的书桌椅摆在恰当的位置，将辛苦收集的世界文学名著放上书架。高中三年，这里既是我的画室，又是我的书房，迷上古典音乐后，我还在里面练过几个月的小提琴。

在整理房间时，我把一个堆满家中杂物的橱柜撬开，发现了不少家族的老东西，其中包括一面沉重而纹路细致的古铜镜、一把日本武士刀、两顶降落伞、一顶日军钢盔，以及为数不少的日文杂志、书籍。我揣摩，那面老铜镜可能是祖先从唐山到台湾时所带的传家宝，武士刀、降落伞以及钢盔则说明了家族中有人曾被拉去当日本士兵的佣人，随军苦力。

从小我就不曾听过大人谈"日据时代"或是"国民政府"初迁来台的事，就是追问也没人理，仿佛一不小心就会惹祸上身。直到许多年后，我离开家乡到台北工作，才从一位同事的口中得知，台湾曾于1947年发生过二二八起义。对我而言，这块土地的历史就像缺了许多片的拼图，不齐不全。

那两顶降落伞的布料可真好啊！在那物资缺乏的年代，连办完丧事后，写满黑字的白粗布挽联都会被拿来做内衣裤，美援的面粉袋也常被改成外出的便衫。我不敢探问降落伞的来源，自己偷偷把它裁了，缝成衣裤，穿出去拉风极了。后来，我才从大哥那里知道，爸爸年轻时因为手艺好，曾被强拉去修补弹痕累累的日本零式战斗机。那时的日军已是强弩之末，国力衰弱，连修补飞机上的破洞，也只能用木料。武士刀和降落伞，也许就是爸爸不得不接受的薪饷。原来，爸爸也是有过去的人啊！

无可避免地，我们从小就经常会碰到绰号"老芋仔"的外省军人。记得海边一个小渔村的附近有个营区，大家管里面的人叫"大陈仔"。小时候以为大陈和福建、广东一样，是大陆的一个省份。长大后才知道，它是个属于浙江省台州列岛的岛屿。1955年2月，台湾当局在美国第七舰队的护航下，将岛上的一万八千多军民全部撤退到台湾。

学校里的语文课多半由外省老师担任。他们各有各的腔调，发音也不标准，所以很少有学生能讲字正腔圆的普通话，我就是其中之一。那些老师都非常凶，仿佛把无处宣泄的郁闷都发在小孩身上了。记得小学时，只要是作业没交或是考试不及格，就会被狠狠地处罚。那种被戒尺打在手心、屁股或腿肚上的疼痛，直到现在想起来还会害怕。长大后想起来，对他们倒有几分同情。他们仓促惶恐地来到台湾，一夕之间与亲友、所爱天人永隔，那种痛岂止是锥心！

有些老师相当有学问，或多或少都对我产生过影响。比如说，我的绘画天分最早就是被读初中时的美术老师肯定的。毕业于杭州艺专的他，为我们这些乡下小孩带来了以往所不熟悉的艺术品位。读高一时的导师则是位精通甲骨文的学者，经常讲课讲到兴起，便在黑板上画些甲骨文让我们瞧瞧。正是从他的口中，我首次知道了李济、董作宾以及许多其他的著名知识分子。

到台北工作后，我更是发现，在一个小小的小区，或是短短的一条路上，往往就汇聚着来自大陆各个不同省份的优秀人士。这些学者、专家把厚实的传统文化，较先进的工业、金融知识勤勤恳恳地传播于台湾小岛。中华文化的种子在海岛的呵护下开花、结果。

二十岁那年，我开始在海军服役，为期三年，台湾的各式军舰，除了潜水艇之外，举凡巡洋舰、驱逐舰、运补舰、抢滩小艇，全都上上下下不知多少次。我是通信士官，必须经常背着沉重的PRC-77无线通话器从大舰跳到小艇，再从小艇跳到滩头。有时还得在风浪大作的海上，从小艇爬绳梯上军舰甲板，随时都有可能被剧烈摇晃的军舰夹死。

大金门、小金门、大担、二担、北竿、南竿、东莒、西莒我全去过，甚至连很少人踏上的乌坵也到过。我们的小艇队在金门驻守过一年，晚上站岗时得非常小心地提防从对岸摸上来的"水鬼"。可是在白天，通过望远镜就可清楚地看到对岸跟我们长得差不多的哨兵。彼此虽然身处不同的土地，周遭的大海却是相连的，拍岸的浪花来自同一片汪洋。

　　快退伍时，当时的台湾防务部门负责人蒋经国先生下令精简军队。我们的小艇队被解散，队员被分派至其他各单位，我也被调去了一艘运补舰。上了那条船，我的工作变得轻松多了，不必再背重得半死的PRC-77无线通话器，而是守在舰桥上打灯号、升信号旗。

　　运补舰天天在各个小岛之间来来回回，最让我难忘的就是到乌坵的那趟任务。说实在的，乌坵岛小到只能算是一块大石头，但因位处海防要地，一直有军队驻防。那一回，船上除了依例载满换防的士兵、大量淡水以及各项补充物资外，还有一位通常在军舰上不大可能出现的女人。

　　原来，这位特殊的乘客因为非法卖淫被判了刑，在刑期内如果自愿前往外岛为士兵们服务，就可以不必坐牢。当时，军中为了解决外岛士兵的性需求，设有被弟兄们昵称为"八三一"的军中乐园，因为那儿的电话号码是八三一。在金门的"八三一"女服务员不少，在乌坵却只有一位，那天的那位乘客是去替换的。

　　由于身份特殊，那位三十来岁的妇人被安置在舰上一个不会受到打扰的空间，也就是我平时打旗号所站的瞭望台。在两三天的航程中，我偶尔会跟她聊聊天，得知她有一个好吃懒做的丈夫，三个仍在读书的小孩。所有的家计都落在她身上，为了让孩子们有安定的生活、完整的教育，她选择了出卖肉体的行业。在言谈之中，她没有怨天尤人，只说为了儿女的前途，一切苦都可以忍受。

　　军舰在惊涛骇浪中靠近乌坵岛，岛上热烈的欢呼声盖过浪涛的怒吼。阿兵哥们蜂拥而至，所做的第一件事就是把粗重的水管扛上军舰，在水阀上锁好，把水龙头打开。巨大的水柱洒向那群乐不可支的人；趁着淡水接往水塔之前，他们要好好享受一下天降甘霖的滋味。那位沉默的"八三一"服务员拎着简单的行囊走下舷梯，坚毅地走向办点交手续的军官。她的背影看来笃定而自在，仿佛确知，所有的罪孽都将会在一次一次的承受中洗净。

退伍后，我很幸运地进入《汉声》（ECHO）杂志。这是台湾第一本以照片为主要插图的刊物，以系统地整理中国民间传统文化为己任。在这里工作，除了拍照，我还有机会在工作时吸取华夏文化的养分。在当时，《汉声》还只出英文版，这开启了我的眼界，激励我在日后创办《摄影家》（Photographers International）杂志时采用中英文对照的方式，向全世界发声。

环境愈封闭，就会愈让人想挣脱局限。或许这就是岛民的特性，要挣脱的力道是这么大，以至于在不知不觉中将范围拓展到超出自己原来的期望。每个岛民是否都拥有这般特性？而拥有这般特性，是否就能摆脱宿命？这就跟因缘有关了。时空不对，一切都会改观。

我时常觉得，我们这一代的台湾人真是最幸运的。"日据时代"、第二次世界大战期间，我们还没出生；国民党来台后，我们才呱呱落地，免去了所有的战乱经验。在所谓的白色恐怖年代，我们还小，整天只知道玩；稍稍懂事后，只要不涉及政治，爱怎么作怪，想如何前卫、反叛，人家也懒得搭理。等我们能发挥所学时，台湾的经济环境也好了，处处找得到舞台。

台湾这个岛屿，说小是小，说大也很大，因为它汇集了整个大中华的精髓。从农业社会跨向商业社会，再踏入信息时代，人类上千年的进化缩影，我们这一代的台湾都沾了边儿。等到计算机盛行的虚拟时代来临，饱受传统文化滋养的我们已经茁壮得能够稳稳地挺住，有能力拒绝不良影响。在安定、没有巨变的环境中，我们得以坚守传统信念以及它的珍贵价值。

最令人感到欣慰与兴奋的就是，我们这一代还等到了两岸的友好往来。在《海峡两岸经济合作架构协议》（ECFA）签订后，台湾与大陆将共创光辉荣景。原来的同胞曾一度成为敌人，六十年后的现在，彼此的兄弟之情终于又被唤回了。

最近整理三十多年来所拍的照片，不只让我看到，也让我听到那环绕整座岛屿、袅绕几个世代，活力无限、韧性十足的浪花拍岸声。这些浪花被锁在尘封已久的抽屉里，将抽屉一一打开，童年的阳光、海风、咸味扑面而来。过去与现在又接续上了。

阮义忠

摄影家、阮义忠摄影人文奖创始人。
著有《失落的优雅》《二十位人性见证者：当代摄影大师》等。

上课睡觉的女人

马任重 / 文

我搞不懂，有人"敢"在我的歌唱课上，趴在桌上呼呼大睡！这是"我的"课！我是"老师"！这真是过分！怎么可以这样！

这个四十出头的女人在刚开学没多久，就开始睡给我看，而且每次上课必睡。于是乎我开始想些对策，阻止这么荒谬的情形继续下去。

再次上课时，我展现出气质高尚的微笑，似有似无地说："接下来，我请几位同学出来唱唱刚教过的歌！"

然后女人自好梦中被我点名叫醒，昏昏地站了起来，一脸惺忪，拨撩脸颊上因汗水沾湿的微乱的头发，拨弄不掉的是趴睡桌面所挤压出来隐约的暗红痕迹，一种怪怪的红色。班上的同学讷讷地望向女人，场面颇不安的！

女人低着头，用一种极微弱的音量，讪讪地说："老师，不好意思。"

我一时之间也不知该说些什么，虽然是有着这么一点抓到现行犯的感觉！

我心想：女人以后不会再睡了吧！

接下来的课，女人又来睡觉了。

我又回去思考"对付"女人睡觉的各种策略，其中包括临时点名、说笑话、关爱的眼神、说灵异事件、要学生一个个出来独唱……

可是女人依旧昏睡！

最后我还想了一个自己觉得不错的"妙计"，让学生做自我介绍，小区大学的学生来自社会的四面八方，认识这些不同领域的人，我觉得挺快乐有趣的！

我想，经过自述，这样也许能对女人上课睡觉的行为多一些了解。

轮到女人自我介绍了，我注意地听。

她说："我不太会说话，请大家多多指教！"

没了，就这样。我依然没有得到任何的线索及答案。

一学期的课，女人就这么昏睡而过。

我心里想：一定是她不喜欢唱歌，或者别的班名额已满，所以才"沦落"到我的班上，下学期应该就看不到她了吧！

第二学期，女人又报名了，又在课堂中呼呼睡去。

我那摩羯座打破砂锅问到底的个性，让我决定私下找她好好谈谈！

纤细的身躯，低垂着头，女人羞赧地说："真的很抱歉，我太累了，所以上课经常忍不住睡着，请不要生气！"

一时之间，我好像也没有立场不高兴，这些小区大学的学生白天都有工作，晚上还愿意抽时间学习，真的不容易！

女人不再多说，我也暂时收起我的好奇心，就让她继续睡吧，这一睡又是一学期！

第三学期报名前，女人问我说："您还愿意教导我吗？真是不好意思，我常常撑不住而睡着，希望没有打扰到您教课的情绪。"

我笑着说："没关系！那没什么！"

可是心中却为女人上课睡觉的行为思索着种种合理的解释。

女人再次参加了我的歌唱班。

不同的是，虽然女人依旧昏睡，但是她似乎愿意多透露一些信息。

晚上七点的课，女人会提早半个钟头到，而且会贴心地替我带来晚餐！

为了解开她的怪异行为，我一边吃着女人所带来的晚餐，一边小心翼翼却又装作漫不经心的样子询问着关于她的状况。

但是她总是避重就轻，所有的答案都是一声声的长叹，无法舒展的眉宇之间好像埋葬了垂死的挣扎，看了让人心酸。

一次，女人望着夕阳余晖问我说："一到黄昏心就慌，你了解吗？"

我埋头吃着晚餐，似懂非懂，心里想着：为什么今天夕阳的颜色那么诡异？

在一个下着雨的寒冷傍晚，女人搭着我的便车说要去"荣总"看病，这次我没开口问她任何事，也许是能承受的压力已经到了燃点吧，女人眼睛无神地看着雨刷，从板桥到天母的路途上，随着滴滴答答的雨声，平静而僵硬地说出了她的故事。

女人幽幽却又沉重地带我回到1999年的"9·21"，在天崩地裂的一瞬间，南投的家瞬间震碎成了一丘土冢，土冢下被沙尘石块层层覆盖着的是女人的一家四口。

在土冢垂死挣扎了窒息的四十八小时后，女人奇迹似的生还获救。

在与死神的恶斗中，重见家人是支撑她对抗死神的唯一力量。

她跌跌撞撞地在废墟中来回寻找，试图用受伤的双手扒开层层的瓦砾，萎靡的身躯瘫在土冢上不停地对上苍进行最凄惨的膜拜，双眼无神地祈祷着奇迹也会降临在生死与共的三个人身上，直到孱弱的肉身无法再承担无止无休发狂的挖掘。

女人还是不放弃，继续凄厉地呼叫着家人的名字。

黑夜降临，其他受难者的哀号此起彼落响应着她对家人的声声呼唤！

毫无灵魂却又痛彻心扉的七天后，救难义工告诉女人，该是去"招魂"的时刻了。女人狂喊着："不会、不会，再等一两天啊！他们还在土冢下等着呢！再等一两天啊！老天不会这样残忍的！再给他们一两天啊！只要一两天啊！”

女人双腿发软，倒了下来，被人搀扶着去“招魂”，去面对上天赐给她的“结局”。

女人发狂似的呼唤着家人的名字："回来啊！你们在哪儿？回来啊！回来啊！跟着我走啊！不要走失啊！跟好妈妈啊！你们在哪儿？回来啊！回来啊！"

声声泣血着！

于是“天人永别”的枷锁自此紧箍着她，紧箍到陷在肌肤深处中，紧箍到渗出鲜血。

女人美满的家庭被撕裂成一面面的招魂幡，凄惨的三面白旗上是她的先生、儿子、女儿，所残存的是无法辨识的破碎的冰冷身躯！

在香烟袅袅中凝视着牌位，她是个被诅咒的游魂，只能孤单地在世间来回飘荡着，没有目的地，无法轮回。

周遭的人说："这种女人噢，根本就是带煞才会克死了丈夫及一对儿女。夭寿啊！娶了这样的女人真是……"

女人用微弱的声调说："我好想自杀，伴随着我的家人一起共赴黄泉路，对我来说，这是最好的解脱方式，老天为什么不带我一起走呢？

"有一次上课，老师你要大家自我介绍！你知道吗？我几乎当场崩溃，每个同学都可以聊聊他们美满的家庭，我呢，要我说什么？我要如何告诉别人我的遭遇？

"刚开始的日子，我夜夜无法入眠，只要双眼一闭就看到他们……

"我在厨房进进出出准备晚餐，儿子抱着我，在我怀中撒娇，吵着要买卡通玩具，我哄他说吃完饭就带他去街上买。

"女儿刚下课回到家，放下书包之后的第一件事，就是到餐桌夹一两口菜先往嘴里送，然后大叫：'妈！我回来了。'

"我每次都要提醒她先去洗手啊！

"先生总是最后一个到的，等他到家后，我们一家四口就在温馨的餐桌灯光下，慢慢享用晚餐。

"那是我每天最幸福的时刻，我真的很享受那种平静满足而感恩的日子啊！虽然不富有，但是，我的心中仿佛拥有全世界……我要的不多啊！

"朦胧中，感觉好真实，仿佛什么事都没发生过。

"随着梦醒时分，家人突然在云雾里对我挥手，他们三人满身鲜血，小孩哭着对我大叫：'妈妈，救我啊！我们被压住出不来，没办法呼吸好难过！你为什么不来救我们？妈妈！救命啊！

"每一声都让我痛到发狂，痛到无法呼吸。

"我的丈夫则是一脸惨绿哀凄欲言又止，牵着两个孩子不停地回首望着我，向云雾的另一端走去，伴随着小孩的呼救声越走越远，渐渐消失。

"我跳起来向他们直奔而去，却又发现有东西挡住我的去路，那个东西好坚硬，于是，我疯狂不歇手地捶打它，逼着我慢慢清醒的是我一双肿胀的手，我才发觉捶打的东西原来是一垣墙壁。

"于是，每次睡梦中我都要不停地重复及承受着相同的悲剧。

"最近我开始接受心理辅导，固定去'荣总'接受重度忧郁症的治疗。虽然事情过了六年，虽然我也服用大量的安眠药，虽然……

"可是，我惧怕再入睡，不是怕捶墙壁的疼痛，而是无法承受相聚离散的锥心。

"有一天上课时，突然间惧怕的感觉不见了，或许因为有许多人围绕在我周围吧！我发觉我可以安心地睡觉，那种感觉好好，我几乎都忘记了我也曾经拥有这样的感觉。

"我很喜欢上你的课，可是你懂我的意思吗？我如果睡着了，老师，请你不要叫醒我，让我继续睡吧！我真的好累！经常好几天无法入眠！"女人喃喃地说。

我将车上的音乐关掉，点点头表示答应。

雨还在滴滴答答地下着，落在车顶上发出轻轻的节奏，好吵也好安静。

我目送着女人下车，雨刷来回地跑，似乎要将她从我视线里擦拭掉。可是不仅擦拭不去，反而更清楚。我发呆似的注视着她无助的背影远去。

老天啊！一个身躯竟要载这许多愁？

　　我惆怅地想着女人在被我叫醒时，因趴睡桌面所挤压出来的暗红痕迹，那种怪怪的红色在我脑中混乱交织成一团不安的泼墨，不断晕染开来。

　　女人看着余晖问我说："一到黄昏心就慌，你了解吗？"化成了阵阵的回音，如潮水般袭向我的耳膜，催魂般越变越大声！我不由自主地全身发麻！

　　一到黄昏心就慌，你了解吗？一到黄昏心就慌，你了解吗？

　　我想该下车买包烟！好久没抽烟了！

马任重

华冈艺术学校著名音乐教师。著有《毒舌教练的台湾流行音乐讲座》。

好一个女子

张让 / 文

1

来到了艾略特笔下最残酷的季节：四月。

四月的残酷是春意薄薄吊在半空，欲暖还寒来来回回挑逗，激得忍冬已久的人牙痒痒地诅咒。终于寒气渐渐淡了，几个暖天让人欢欣若狂。

四月结束紧接着便是母亲忌日，算算母亲死了有十五年。不说去世、过世、往生或走了这些美化淡化的说法，因为要直直逼视死亡这没法回避、没法矫饰的事实。不过这时想来不再心痛如绞，而是淡淡认知：是的，十五年了。其实不算一下搞不清到底几年，只知很久了，足以让友筝从幼童长成大学生，让父亲进入九十高龄，让中年的B半头白发。

尽管不再泣血悼念了，还是（也许总会）记得那最后一幕。

医院洁净清冷的长廊，安静病房中年轻护士善意的笑脸。病人躺在病床上，避不过这个字眼：等死。无救，垂死，除了减痛已没什么可做了。病人几近无知无觉。家属（白天通常是妹妹）坐在一旁，笼在冲鼻简直狰狞的百合花香里，不时起身从病人干裂的唇间挤几滴水进去，或拨拨头发抹抹脸，知道只是在耗时间，等那铡刀终于落下。

最后那时刻果然到来，游丝断线，母亲走完了一生。不意外，不可能意外，除了那个时辰，那个谁也无法准确预测的钟点。悲哀是一定的，奇异的是有必须悲哀的意识而却无法召唤悲哀的感觉。悲哀成了一种知识，冻结在知性的层次，下降不到内心深处，像张标签贴在皮肤表面，只觉心里一片麻木，在长久的履行义务和等待过后力竭了，除了行礼如仪不知怎么反应。直到仿佛很久很久，久到令人尴尬自觉冷血非人以后，那应有的伤痛才施施然降临。那颗心终于活过来了，挣脱责任义务，在一个秘密角落找到了惶惑蜷缩的自己。然不是哀泣，而是锥心啮咬的痛。一痛许多年。

2

不久前译完一本哀悼亡友的书——《一路两个人》，在译序里我提到悼亡书怎么写，走出悲恸需要多少年。五年？十年？不一定。有人长，有人短。我直到五年后才不再尖锐地感受到那份失落和愧疚，才不再经常仿如幼童暗自呼喊："啊，做得不够，没有告别，我还没能为过往的错误道歉，还没能告诉她我爱她，还没能做一件让她高兴的事！……"然事实如此谁也无力挽回，死了就是死了。现在，这么多年后，可以说不再悲悼了，心里那个巨壑尽管没法填补，底下却径自长出了一片花草，也许是一片初春的雪莲、番红花，或是这时满地盛放的蒲公英——我总偏爱这些毫不名贵、没人会拿来插枝的小花。

悼亡本质上其实便是自私，哀的是我，恸的是自己。人死只一回，但许多年来母亲在我回想中一死再死无数次。不再悼亡表示走出了那自我中心，摆脱了死亡阴影，代之以母亲的生命本身。于是，有如由阴雨绵绵的四月，走到欣欣向荣、花长鸟鸣的五月，我搜索记忆，重建那个欢笑健康的母亲，在某种程度上将她还原。这时我看见另一个母亲，她从远方走来，从我的童年、青春期和成年以后的每一刻走来，那个真正的母亲。

最先跳上心头的是一张我拍的相片，在密歇根大学校园里，母亲和妹妹背靠背坐在石凳上，母亲一手拿着沈从文的《长河》在读。母亲比不上我们幸运，没能上大学，只念了师专。我是家族里第一个上大学的，但母亲是天生的好学生，学校似乎便是专为她这样爱好求知、努力向学的人而设的。记得一次我帮母亲洗衣，在洗衣槽边墙上发现一张纸条，上面抄了几首唐诗。小字楷书工整拘谨，就像个乖女儿、好学生会有的那种绝不会出格越界的字体。而母亲先是乖女儿、好学生，然后成了刻苦认真的好老师、好母亲。因此她走过密大校园便好像回到熟悉的地方，一脸的欣喜——若晚生几十年，以她的聪明（她虽然总自叹无能），也可能是个硕士、博士！但生逢乱世，又在那男尊女卑的年代，她不敢奢望高等教育，只想去学做护士，因外祖父母嫌那工作太过委屈才作罢。然后战乱来了，她被迫逃难，孤立无援在异乡异地求生立命，便那样走过来了。是那个时代寻常的小故事，然对任何经历过的人来说无疑惊天动地。如果没有战争动乱，母亲可能不会成为教师，不会遇见我父亲，我们一群也就只是基因宇宙里微小的概率，永远的未知数。每当把自己放进历史里去思索，便会陷入这种似乎必须感谢动乱的尴尬里。然而这里我并不真在探讨历史，单在讲我母亲的幸与不幸。

这是在家里常见的小戏码：有个声音在呼喊，我（或可能是弟弟妹妹）在卧房沉浸于书中没听见，忽然那喊声穿破我专注的厚壳进入意识，喊的是我的名字，是母亲在厨房喊我，我这才推椅起身奔向厨房。一次我终于听见了冲去，她气急败坏地说："你看你看满地都是水，赶快擦擦！"我一看不过是些水渍，冲口说她太夸张了，她低头一看不禁失笑："真的噢，不能说是满地的水！"因为忙累，母亲不常笑，她那忽然自觉而自嘲的笑容因此让我记忆深刻。每当她笑，底下那个天真的小女孩便忽然浮现，让人穿破母亲身份的铁甲遽尔窥见里面那个无人知晓的小女子。又有一个冬天我回到家经过厨房，母亲看见我的蓝白套头毛衣说："在哪里买的毛衣，这么漂亮！"语气难得的轻快，有种阳光冲破云层的鲜明灿烂，我格外难忘。

3

这时我想写的不只是我的母亲，而是普天下的母亲。然母亲这主题我许多年前便已写过好几次，除了写自己身为母亲的实际体验，还抽象讨论"母亲"这词和观念的真正内容。我几乎是疾言厉色地批判一般似褒实贬的"母亲"用法。同时"母亲"这词对我又有特定意义，代表了一个最美丽、最高贵的概念，因为我想的不是任何母亲，而单单是我母亲。

我十分幸运有个好母亲，我想用一长串形容词来赞美她，但再多赞美之词都不如短短一句：她是个好老师。

母亲是小学教师，在家时，母亲身份便和教师身份重叠，使她比一般母亲要通情达理。在母亲眼中理是最重要的，因此她总从理出发，再以情来完成。我爱辩说理的性格（这时才惊觉），也许便来自母亲。她要求相当严，但不高压，总有松动缓和的空间。我们若觉得委屈愤怒和她抗争，她第一个反应不是强迫，而是问为什么。一次大弟说母亲重女轻男（其实她从不偏心），她立刻反省自己，无论如何想法弥补。她的前提是理解孩子心理而不是贯彻权威，知道孩子若不听话一定有理由。你若跟她说明她一定听，然后寻求解决方法。她的教法是诱导不是强制，是春风化雨不是生杀予夺。

不久前和妹妹回想童年往事，我立刻便想到母亲给我们小孩订阅的《国语日报》，以及她给我的第一盒粉蜡笔和画纸。相信她绝没想到暗地里在培养一个未来的涂鸦写手，就像后来父亲带我去拜田曼诗学国画时绝没想到这一步可能便造出个艺术家来。小学时放暑假除了学校规定的暑期作业，母亲还要我们写日记练书法。我们俩都记得和父母的一个乡亲（我们叫他大肥阿伯）学千家诗，他星期天来，给我们一句句讲解唐诗，要我们背，我们就乖乖背了。不记得维持了多久，只记得学得很有兴味，当时背的一些诗现在还记得，像"映门淮水绿，留骑主人心。明月随良掾，春潮夜夜深"。

更久远的往事：母亲还在金山小学教书时，因为临时没保姆，便带了稚龄大弟去教课，把他安置在教室前一个角落，用粉笔画个圈，吩咐说："只可以在圈里玩，不能走到圈外。"于是大弟便在圈里玩耍，要小便了便这里一滴那里一滴，最远也只到圈子边。

可以说，母亲给子女的圈子相当大，虽然我们有时还是不免要逾矩越界，那是出于小孩天生不爱受管，而不是因为母亲不合理。我不记得她对我们有过任何不合理的要求，或讲出"你们小孩子知道什么"这种鄙夷的话。恰恰相反，简直合理得过了头。高中时我和母亲说要学素描，她立刻就答应了；妹妹要学弹钢琴，她也立刻就答应了。大学时我要找美国老师学会话英语，学费不便宜，她一样没多想就答应了。其实她原可说没钱爱莫能助（我也多少知道家里经济拮据），但她一向的原则是只要子女有心要学，就算负债也要成全。

4

写到这里想到另外两个母亲：美国总统奥巴马的母亲安·邓纳姆和曾红遍美国媒体的"虎妈"蔡美儿。安和蔡美儿都是强硬的母亲，注重子女教育不遗余力。她们的不同在价值观：安着重在培养子女挑战主流、独立思考；蔡美儿在灌输女儿接受权威，追求掌声和成就。这个不同可说天南地北。

美国出版了《纽约时报》记者珍妮·斯考特写安的传记，书名意味深长，叫《独特女子：奥巴马母亲的传奇》。记得当年奥巴马竞选总统时，我读他的回忆录，当时便为他母亲的种种前卫果敢行径"惊艳"不已。分明是她给了儿子超越肤色、种族、贫富贵贱的基本价值观，分明是她教他要反求诸己、独立思考、追求正义公平，分明是她让他站在她的肩上高瞻远瞩一个简直难以想见的理想未来，偏偏他的书名却叫《来自父亲的梦想》！现在奥巴马才甘愿坦承："天真和理想主义是她的一部分。我想也正是我内心的天真和理想主义。"但那时他对母亲几乎是轻描淡写，有时语气甚至带了轻视和贬抑——既不公也不诚，让我有些失望。现在《独特女子：奥巴马母亲的传奇》出版，安得以还原做她浪漫勇敢的自己，而不需附丽于奥巴马片面的竞选论述。

相对而言，虎妈蔡美儿穷凶极恶的教法让人错愕。一个受过高等教育享尽了美国文化好处的人（那自恋自得的口吻便十足美国风），却回头死抓住中国文化里的过时糟粕当神明崇拜，步步打着中国和亲情的名号扬扬得意，加上字里行间张牙舞爪的虚荣和骄气，让人反胃：竟有这样"豆腐"脑开倒车的现代父母？这样无知浅薄的大学教授？

我天性好强，又学的是法律和教育心理学，因此翻看《虎妈战歌》时好像坐老虎凳般痛苦不堪，再加上文字乏味如流水账（只配用翻的），不知多少次想把书掼到墙上看它"头破血流"。

有趣的是，一路"冒烟"到最后竟然不气了。蔡美儿没我幸运，未能有个通达的家长，碰到一个强硬高压会口出"废物"骂人的父亲，就以为得到了天下"最好"的家教，一心要如法炮制，非得逼到让子女发狂生恨才自觉得法。她似乎完全无视自己思考逻辑（若有逻辑可言）中的庞大漏洞：她同是耶鲁法学教授的先生（她以"我真好运，我先生英俊聪明……"来公然炫耀）便是她鄙视的美国开明教育下的产物，并没有因此被"毁了"。即使她最后"认输"也不是从根本上觉悟自己有错，而是碰到了一个旗鼓相当、不吃她那一套的二女儿。至于她自己（无疑得意非凡）的"成就"（如果她肯虚心自省并参考心理学和最新基因学研究的话），恐怕是出于天性争强斗胜，而未必是父亲逼迫的结果。

5

两年前公公去世后，一次谈起对死者的感伤我对B说："老实说，我觉得你对父亲的悲比不上我对母亲的悲。"

悲能比吗？这种说法有点像电影《奇爱博士》里，原子弹轰炸机已在飞往苏联途中，美国总统在电话里和苏联总理比赛谁比谁更难过那一段荒谬对话。可是我有我的理由。

我曾不止一次和人说："我妈是我见过最好的人。"不用说是出于偏见，然也是事实。现在我还是这样认为，不只因她是我母亲，也因我是她女儿，得以就近巨细无遗地看见她这个人的里外全部：她善良真纯，几乎不含"杂质"。

鲁迅写他母亲，自学到可以读文学作品的程度。我想到我母亲。

读到安在奥巴马小时候亲自早起教他念书，我想到我母亲。

齐老师的《巨流河》里写她母亲在幼子死后偷偷到后院哭泣，我也想到我母亲。

法国片《天堂路588号》里，深情描述原籍亚美尼亚的主角和父母（尤其是和母亲）的感情。其中一幕是父亲死后主角回家看母亲，那天早晨他正在喝咖啡，听到前面裁缝店里母亲和一名来取衣服的女顾客对话。价钱早已说定，可那富婆却还是缠着要折扣，母亲始终温和应付，是他听不下去出面指责富婆明明有钱还要贪小便宜："既然这样，不要钱了，免费奉送！"女顾客气冲冲走了，他转身赞美母亲不卑不亢才表现出了谁是真正的贵妇。不用说，我又想到我母亲。我几乎处处都想到母亲。

普鲁斯特在《追忆似水年华》里写他小时候每晚一定要母亲亲吻后才愿上床，不然就没法安睡。我们和母亲间没那种卿卿我我的依恋，有的是无言的敬爱。这份感情随时间而越发加深，因为越长大越体悟到：我们做不到母亲的半分半毫。

6

不谈亲情，一个人怎样衡量自己的父母？是看子女的成就吗？

不管有没有奥巴马这个总统儿子，安都是一个独特可敬的不凡女子。

我在安身上看见我母亲的影子，因为她们在素朴、同情弱小、拒斥名利、坚持原则和理想的方面非常相似。尽管母亲没博士学位也没丰功伟绩，只是一个无《巨流河》可写的平凡女子，但我们几个子女和她一比便渺小了，虽然我们学位比她高。

鲁迅儿子写他父亲教育他是"顺其自然，绝不愿戕害性情"。母亲教育我们也是，严加管教而绝不扼杀子女自我。设使母亲当年以虎妈手段来对付我们，我不禁毛骨悚然，想起《红楼梦》里贾宝玉满脑功名的古板父亲贾政和罩在父亲阴影下而一生郁郁不欢的卡夫卡。幸好母亲不是那样的人，她全身上下没一根唯我独尊的骨头。感谢母亲给我们家花的温馨、野花的自由。

以前陪母亲上市场卖菜，菜贩、豆腐贩总会热情喊："张老师！张老师！"在街上遇见家长，也是一样热情喊："张老师！张老师！"

这时，远远地，我看见母亲走来，形象越来越清晰，我看见她温和的眼神下谦冲的笑容，步履不停地走来。我想和学生与家长喊"张老师"那样喊：

好一个女子！好一个人！

张让

小说家、散文家。著有短篇小说集《并不很久以前》《不要送我玫瑰花》；散文集《时光几何》《刹那之眼》等。

大风吹

王盛弘 / 文

1

二月天，住家附近小公园里樱花盛开压低了枝丫，花树下，一名肤色黝黑的年轻男人操持一具宛如大炮的器械，三两名孩童隔几步远专注瞧着。"要爆啰！"年轻男人出声示警，孩童都用手遮耳朵，张大眼睛、咬紧牙关而有一张逗趣的脸。砰！好大一声，白烟喷发，米香弥漫，空气微微颤动，绯红花瓣纷纷飘落，仿佛有风一般。

大风吹。

吹什么？

吹有记忆的人——

当我年少，每隔一段时间爆米花流动摊贩便会驾柴油车驶进我们竹围仔，一男一女大概夫妻搭档，择定姑婆家的开阔稻埕（晒谷场），女人摆开阵仗，男人在每一座大门前驻足，边敲锣边喊叫："爆米花、爆米花哦！"我一听，仰头张望六婶，眼神肯定流露了渴望，见六婶点头，我便自米缸中舀米，装入糖菠萝马口铁空罐里，七分满。

稻埕上陆陆续续已经集结了大人小孩，地上一罐罐白米排着队，男人依序拿起，他问这是谁的，人群里有人认领说我的我的，他便将米倾入炮管，片刻后大喝一声"要爆啰！"年轻母亲为褴褓中的婴儿掩紧耳朵，轰天巨响伴随白烟大作，照例有谁家的团仔还是被惊哭了，女人趋身向前拿一块米香哄哄他。米香、麦芽香，空气甜甜的。

我提一塑料袋爆米花返家，六婶问怎么去了这么久。我是着迷于那每一次巨响、每一回云缭雾绕。"腹肚枵的时阵，"六婶说，"才可以吃哦。"

肚子饿的时候，还有面茶。阿嬷还在时会自己用面粉焙炒，加猪油、红葱头。我放学后，六婶还没下工，腹肚枵得咕噜咕噜叫，冲一碗面茶止饥。

小时候我眼中的大人现在都已初老，年节聚在一起，同一团毛线织了又拆、拆了又织地谈的都是前尘往事，总有人提起，当我婴幼时有人找我去拍奶粉广告。后来呢，有人说："后来让你老爸挡掉了。""为什么拒绝啊？"我看看六叔，六叔只是笑，但不答话。六婶开口把话题调转了方向：以前真的贫困，饮不起牛奶，这几个团仔都是呷面茶、呷米麸长大的。

奶粉啊，那是阿公阿嬷才喝得到的。远地亲戚前来探访，总带克宁奶粉、五爪苹果当伴手礼，都让阿嬷给收进五斗柜里去。但是频繁地，阿公自弥漫着金十字胃肠散气味的里屋拿出一罐奶粉、几颗苹果，问是谁要的呢。苹果已经出现伤口，奶粉也早过了期，舍不得还是泡泡看，一杯子粉状悬浮，味道也不对了。

自家灶脚产出的，除了面茶还有锅巴。当我幼时，家里用的是灶、烧的是柴，看我们等在灶前，六婶会让饭多焖一会儿好使鼎底结一层锅巴，剔起，轻轻握成一团，蘸白糖吃，那美味！上台北后，几度和朋友在银翼餐厅吃锅巴虾仁，酱汁淋下嗞嗞作响，色香味之外兼有音声享受，但这已不是童年那款质朴滋味了。童年的滋味，是最尖酸的美食评论家也无能苛责的。

还有猪油粕。六婶在菜市场买来的油脂苍白滑腻，利刃切块，入鼎翻炒，很快炒出一鼎猪油，油粕载浮载沉，沥干后捞起，我坐饭桌前专注挑着有肉贩没剔干净的瘦肉的油粕。油粕口感酥而有油香，六婶拿它炒青菜。至于猪油，装进锅子冷却后成乳白色的固体。后来有了电饭锅，锅里恒常有白饭，半夜里腹肚枵就添一碗白饭舀一匙猪油，看着白色猪油缓缓融化把米饭浸润得剔透晶莹，一匙猪油可以扒下一碗饭。池波正太郎也爱这样吃。

池波正太郎是日本的小说家，也是美食家。他留下乡间炒菜用的油脂，加入调味料后放一夜，凝冻，隔天置炉里片刻后再浇到热米饭上。池波说："美味极了！"

我读过一则报道，据"研究指出"，吃零食可以刺激大脑，产生心理上的慰藉感，成功转移紧张焦虑的情绪。姑且不论所谓

"研究"往往是企业主委托的研究，所谓"指出"则是公关公司的说辞，对我而言，米香、面茶、锅巴、猪油粕，乃至于热白米饭上浇一小匙猪油等等，这些"零食"之所以好吃，原因再简单不过，因为它们都是在"腹肚枵的时阵"吃的。

零食比正餐好吃，因为正餐是时候到了就要吃，而零食，是想吃的时候就吃。

2

池波正太郎少时即展现出美食家意志。他十三岁小学毕业后，进入股票交易所工作，听同事提起银座资生堂茶室的鸡肉饭银器盛皿精致非凡，便不惜花费六十钱（一百钱等于一日元）前去享用，尽管当时他的月薪仅仅五日元。

后来每当他存钱若干，便上资生堂茶室大快朵颐一番。为他点菜的是同龄侍应生山田，山田介绍池波啖奶油焗烤、啖牛肉可乐饼，两人逐渐建立起了友谊；第三年圣诞夜，少年池波拿出岩波文库系列中的《长腿叔叔》，说是送给山田的圣诞礼物，少年山田收下礼物后，说："我也有。"便把一个细长包裹交给了池波，打开一看，是一瓶青春痘美容水。少年间的情谊清澈、透明、纯粹，仿佛无菌室里培养出来的。我读着读着，眼眶有一瞬潮润。后来山田去当海军，与池波见过一次面后，两人便失去了联系。

读着池波正太郎饮食故事的同时，手边另准备了一本摄影集对照，封面用的是神田"万惣"的松饼写真，蜂蜜淋在松饼上，浸润的同时正缓缓流淌，真令人垂涎。那是池波在父母离异后，每三个月与父亲相会，父亲同他看完电影回去的路上带他去吃的。直至晚年，池波还常光顾"万惣"。

有记忆的滋味最美，我想起桃酥，还有鸡蛋糕。

竹围仔到处都有，我的竹围仔位于彰化和美。和美虽是小镇，却有两样名产营销全世界，一是和美织仔，二是几次在戏院看好莱坞电影嘲谑的"Made in Taiwan"的雨伞。我的堂姊妹们多半都曾在纺织厂待过，三年五年甚至十几二十年青春消磨在满布棉絮纤维、嘈杂不堪的环境里；而我则赶上了20世纪80年代客厅即工厂的浪潮，课余除了短暂野游，时间多半消耗在雨伞代工上，指甲缝有洗不去的脏污。

伞工厂叔叔开着小发财车将半成品一捆又一捆运来加工后，又载往下一条生产线。那些半成品颇有些重量，但自大门到里屋还有一座稻埕须徒手搬运，还好每当那名矮个子、结实、满脸堆笑的叔叔的小客车一靠大门边，一个个孩子便自三合院一扇扇门后现身帮忙。很快地卸完货后，叔叔会从驾驶座旁拿出一袋桃酥，一人一片。对惯于吸吮黄橄榄、红橄榄、肉桂片，偶尔才有一颗白脱糖含嘴中，久久舍不得吞下的我这个乡下孩子来说，桃酥可是一份大礼物呢。

十八岁出门远行，有时经过罗斯福路、辛亥路口附近的莱阳桃酥店，玻璃柜里有一大摞一大摞的桃酥，我驻足看了又看还吞吞口水，终究没进店里过。我很明白，再怎样高明的师傅都不如时间这名大厨所调出的记忆的味道。

就比如说吧，目下市面绿豆椪的馅料质感细致、口感绵滑，但我每一剥开看到这款馅料后，仍不免感到又是一场失望，若身边有人也就随手递出。我在寻找而不可得的是黄色颗粒内馅、口感稍粗，不那么甜腻的童年的绿豆椪，一个红色圆圈盖在白色饼皮上。

童年毕竟是无法复制的。

中学时一个傍晚我与六婶在灶脚，屋外有小客车放送着录音带："面包，来买面包哦。"我突然对六婶说："今天是我的生日。"家里任谁都没过过生日，六婶愣了愣才回我："哦，这样啊。"随后掏出一张十元红色纸钞，"去买个面包吧。"她又说。

我高高兴兴地去餐车买了个鸡蛋糕。那一个不及手掌大小的海绵蛋糕，松松软软，比起常吃的"炸弹"、葱花等口味，是最接近我所想象的生日蛋糕的形象。

将五元找钱还给六婶，我把鸡蛋糕掰成两半，一半递给六婶。"你自己吃就好。"六婶说。我坚持，六婶遂轻轻咬下一小口："剩下的你吃，今天是你的生日啊。"她摸摸我的头。地面上有夕阳透过窗棂投射出的一格格金色光辉。

王盛弘

知名散文家。著有散文集《慢慢走》《一只男人》等。

声音也会老的

宇文正 / 文

我想要一件件记下喜欢过的事物，假使有一天，万一真有那么一天，我慢慢失去了记忆，从这个备忘录里，能够拾掇的，是我真心喜欢过的事情。比方我喜欢在午后弹琴唱歌，唱整整一个下午。失忆的人，手指触抚琴弦还会有感应吗？歌声可以跨越认知、抒发内心最深处的感受，是吗？

二十多年前，我曾经天天过这种惬意的下午时光。我离开一家莫名其妙的杂志社（呃，那是个杂志大爆炸的时代），老板是个官方关系良好的科技博士，找来不少年轻人开办一个他自己也说不清楚要做什么的杂志，管账的是他老婆，很典型地长着一张刻薄的脸相。真的是无头苍蝇瞎撞啊，撞三个月我头就昏了，昏到离职后竟去应聘一份证券记者的工作，而我对股票的知识，连一个公司的营业额和盈余是什么都分不清楚。

那是一份要三十五元的证券晚报，在台湾迎接大多头市场（指股票市场需求大于供应的现象）来临时大张旗鼓征才。面试时，社长一边低头看着我在杂志社写的报道一边说："文笔不弱啊！"另一位面试主管问我："你对郭婉容一句话造成股市连跌十九天有什么看法？"我愣了愣才开始说："买卖股票课税，很公平啊……"

没站在股票族这一边，我以为一定不会被录取的，继续看着报纸上的人事广告，第二天要我去上班的电话却来了。

我一张股票都不曾买卖过，连公司小妹都比我懂；组长指派给我的却是当时的产业龙头水泥股，再搭配纸业，两个路线，扣掉在中南部的公司平日只要电话联系，加起来需要跑的上市公司不到十家。比起在杂志社，每月企划新题目、重新建立人脉、不断归零的状态，报社的工作很单纯。不过一切从头，我不避讳对人说："我不懂财经，更不懂股票……"不久却发觉，"什么都不懂"，在那个股市狂烧、烟雾弥天的时空里，竟成一道微妙的护身符，令我处处遇贵人。

那些公司发言人第一次见到我时似乎都觉得怪怪的，那是我的新手时期。一位同行，某报的阿仁有次忍不住对我说："去买几套正式点的套装穿吧！你的形象太不专业了。"不是我"少女病"，我解释："我穿那种正式的套装、窄裙很难看的，我嫂嫂说我太瘦，穿窄裙好像'修更'。""像谁？""小卷。"阿仁大笑。不必穿名牌套装我也很有自信的，忍不住炫耀："别小看我，不信你试试看！"我问他有哪家公司是平常采访不到的，他说了家不太理他的水泥公司，那位发言人和他比起来稍年轻，未婚，很健谈，三句话要夹一个英文单词。我立刻带阿仁找他去。阿仁出来后很感慨的样子："你知道你们女孩子在这个圈子里跑新闻，最好的出路是什么吗？""什么？""找个有钱老公吧，把握机会，我说真的。"阿仁真直接啊。其实我常接触的都是公司"发言人"，至少都是中年人了，我又没有恋父情结。而那些发言人，可能平日见到的记者，更在意的是指数与股价，我乱问一些怪问题，比他们有趣多了，大概会有这种心理吧。"你还是小孩子！"那个满口英文单词的发言人曾重复对我说这句话。他说："我看女人的年龄不看外表，讲话的声音、语调，比什么都准。"那年我二十四岁。

声音也会老的。种种的回春手术、秘方，针对的都是外形上的。近日听到一位医师的说法：都没有用的，因为眼睛会泄露年龄，无法整形！我想还有声音，声音里饱含时间的残留物，像海浪退去后留在沙滩上的贝壳、碎砾，亦是不能整形的。

有一位纸业公司的副总，每次见面都耐心地给我上财经课，建议我找什么书参考，我很快地恶补、熟悉了所有相关术语，才能听懂别人说的话。有一位水泥公司的副总，每个月水泥业各公司发货量报表一出来，首先传真给我，我的新闻刊登出来时，其他报纸的记者才刚收到工会的公告而已。发货量是水泥业的景气指标，我到同业工会找来历年各月份发货量数据，做成趋势图、比较图表，就把产业新闻当图像诗写好了，有时则找些人物，当小说写吧。随着水泥业景气度的狂飙，我居然成为组里的杰出记者，每个月拿奖金。像我这样一个数字感奇糟、绝对记不住我身上任何东西价格的人，竟然会是杰出财经记者，真是我人生的光荣时刻啊！在我的好朋友们大牙还没笑掉之前，还真的有人来挖墙脚了。

那时报禁解除不久，报社普遍人才荒芜，同时有三家报社向我招手，其中之一是阿仁帮我推荐的。找我去，不怕我抢他饭碗吗？阿仁笑着重申一次他对我的"出路"的忠告。我跟他的上司谈过，一切都说好了，结果没去成。因为妈妈。

妈妈那时已经是癌症晚期了。她洗完头发，我帮她上卷子，摸到她的头皮底下有地方软软的，紧张得不敢问，我们总不谈病。我那时几家公司早已跑得烂熟，有什么事情，他们会主动通知。我每天睡到自然醒，不像同事们要早起看盘。做早餐跟妈妈一起吃，我做的法国吐司不是吹牛的，妈妈不会弄这些西式的东西。中午以前进报社写稿；下午选一家公司走一趟，甚至有时哪儿也不想去，两三点钟就回家了。母亲在楼下，我在楼上弹唱，或者敲扬琴。我自学的扬琴，已能敲《天山之春》《春到沂河》这样的曲子。书桌上，有时妈妈剪枝茶花给我插着。那是我俩一段亲密的时光，虽然大半时间并不太对话。

我好像处在一种近乎极乐世界的状态里。常看到一些小故事描述天堂的样貌，说在那里每个人都静静地看书。那的确是天堂，但有点无聊。怕读书的人吓得说：还是不要上天堂吧！我的天堂，早晚读喜欢的书，下午要弹琴唱歌的。许多作家描述对音乐的痴狂，都只在聆听，但人体就是一个最好的乐器啊。太多人写美食、看画、听音乐的美感经验；而歌唱，声气从腹部悠悠通过咽喉、唇齿，把具象的歌词、抽象的旋律抛吐出来，听觉器官同时承接住这歌声，不更是一个完满自足的美感创造！

那真是一段奇异的时光，我在全台湾疯狂、股市长红的年代，近距离从事报道工作，心灵却是彻底地与世隔绝。一边陪伴生病的妈妈，一边整个人放空了，暂不考虑未来，完全没有工作压力、成就压力，一旦换工作，这个状态就结束了。我跟妈妈说了，大报大概来得比较凶吧，以后没有这种好日子了，最主要日报是晚上进报社，白天跑新闻，以后要很晚才能回家哦！我忘不了妈妈失落的眼神。那完全不是她，她是极好强的女性，我大学成绩不错，但对自己的未来彷徨犹疑不想考研究所，她曾失望得不得了，她希望我当教授。她不是那种要小孩陪在身边的人。

那时候的她，真的不像她。在我书桌上插瓶花？她从来不做这种文绉绉的事，在以往，大概连听到都会啐一口："肉麻！"也许，她已经预感自己的时候到了。我们又亲密，又遥远，一个在楼上弹琴唱歌，一个在楼下翻报纸读小说，仿佛我是退休的人，而她倒比较像酝酿着要写作的样子。

我已经预演了自己的退休生活吧？那些午后，我玩吉他玩得指尖长了茧，声音在最好的状态。可那声音是一去不复返了。

一个春雷大作的午后，母亲突然休克，倒在路上，送到医院时已经不治。我想不起妈妈最后对我说过什么话，我们总是静静地相处啊！我像小时候在夜市里迷路找不到妈妈那样大哭。

　　一心一意弹琴唱歌的午后生活就这样结束了。母亲过世不到一个月，便有报社的文化中心来找我。那位留着两撇短髭的主任跟我面谈时，手上拿着一份过期的流行杂志，原来是一位老同事向他推荐了我。我毕业后为那份杂志工作了一年多，每天早出晚归，是真的"上山""下海"采访，月月熬夜写稿、校对，那可能是我工作至今吃最多苦头的一年，严重睡眠不足，也面对最多不可预期的状况。比如在人马杂沓的屏鹅公路上犹豫自己要不要坐上飙车少年的摩托车。比如在超轻航机上，亲手握住驾驶员放开手丢给我的操纵杆，呼啸掠过脚下的大地、河川。比如面对一位帅得不得了的建筑师考我他佩服的某某知名女人："你知道她吗？"我尴尬地摇摇头。"你完蛋了！"他目光犀利地盯着我说。我痛苦得要窒息，到现在想起还难受，即使后来那"知名女人"的名声并不光彩，实在不怎么值得佩服，我想起当时的难堪还是笑不出来。又比如我采访过一个作风特异的设计师，他住在交通不便的山上，经营公司只用电话遥控；在家，他喜欢裸体。我奉命约访他，挂上电话前，忍不住问了一句："可是……我去的时候，你会穿衣服吧？"话筒里传来狮子般的狂笑。那位留着两撇短髭的主任，手里拿的正是那一期的杂志。

　　我如愿进入那家报社跑音乐，不知道自己即将卷入生命里一段痛楚的风暴。风雨来临之前，我每天为那架五桥半大扬琴一弦一轴细细调音。敲琴时，手腕要松，两手力度要平衡，轮竹才轮得均匀……不久，这些全都失衡、走音了。情感世界像有人把我的琴轴乱拨乱转一通。自己想做什么，更不知道了，好像忽然失了声，也无法唱歌了。

一年后，我终于打起精神，到美国去。临行前，我一一到那些久违的公司告别，谢谢他们的宽容。尤其那位纸业公司的副总，我对他深深一鞠躬，感谢他如师如父的教导。还有那位水泥公司的发言人，临别那天我对他说了很多话，说自己这一年来的状况，过去总是我听他说。我们握手道别时，他说："你比较不像小孩子了。"

唉，声音也是会老的。

宇文正

小说家、散文家。著有短篇小说集《猫的年代》，长篇小说《在月光下飞翔》，散文集《我将如何记忆你》等。

人未约，黄昏后

亮轩 / 文

下午5点了，这一条台北有名的小吃街上，所有小店也好、摊子也好，纷纷开市准备营生。一家家的灯火陆陆续续地亮起来，街市边的小公园里几株大树哗哗啦啦地婆娑摇曳，与树下的人潮熙熙攘攘交织成了好一幅现代的太平春市图。

这里的每一处也都小有名气，是不是真的那么好，不得而知，可是人气也可以制造出很多的形象。无论冷热荤素咸甜干汤，只要在这里拼个三年两载，什么玩意儿也都有点模样，远远近近一传开，口碑多少都会有。因此，任何人只要在这里有了摊位，一定舍不得迁移，若是非转手不可，也一定节节高涨。

这一处简简单单卖水饺的摊子，差不多可以算作这个夜市的开山祖了，夫妻二人十几年前就在这里开始做，当时此地根本就没有今天这样的规划，冷冷清清了好多年才赶上了后来的热闹。辛苦到今，三个孩子，最小的女儿今年也快上大学了，生活当然没有问题。只是他们夫妻两个一天忙到晚，除了过年的几天，从来也不得休息。生活对他们是好是坏，也很难讲，小小的一个水饺摊子，也就消磨了他们夫妻两人的半生。

今天卖水饺的有点奇怪，大家忙着准备做生意，这个摊子却依旧不见人影，一条弯弯曲曲的夜市，就只这么一处冷冷清清，像一排洁白的牙齿中缺了一颗，黑洞洞的，很不调和。

其实他们俩早早就到了，其中原委，就只好从今天的韭菜说起。

饺子这种食物能变出的花样也只有这么几招，不是多放味精就是多加点麻油拌馅。这个摊子的秘诀之一是和馅的韭菜特别的嫩。为了要有这样水平的韭菜，老板总是得起个大早到果菜市场去买，专挑那种细细短短的，晚了就不一定抢得到手。当然，十几年来也不能说天天如愿，有的时候货没有到，有的时候是价钱太高，有的时候是自己起晚了，那就谁也不能怪。好在出错的时候不多，偶尔有点问题，也不是不能补救的，菜剁得细点啦，味精重一点啦，都可以的，但是如此的手段也不能玩得太频繁，有一大半是常客，有一天让人家把问题给吃了出来，好不容易才发亮的招牌，可能就此让自己给砸了。

那么，每天买韭菜就是大事了。这是老板亲自担当的活儿，天还没亮就起来，骑着机车赶着上批发市场去，一年到头一身的韭菜味儿成了他的标签。

太太在家也是一点都没闲着，赶早起来剁馅，这就是他们的第二个秘诀了。按说饺子馅机器绞一绞，一般也就行了，但他们可不行，非得自己亲手剁不可，先切成一小块一小块，接着用刀背砸，然后是剁，这是当初这条街还没名没号，生意又特别不怎么样的时候，拐弯抹角摆弄出来的花样，想不到他们的饺子从此就有了客人难忘的滋味。

老板娘在家就是把前一天晚上才从冰柜里拿出来的猪牛肉切好了剁，两把刀叮叮咚咚几千几万下地敲出一家子活计来。

男人过了中年不知是怎么回事，有的变得比较花心，有的则是贪吃爱酒，最多的是迷上赌桌。

老板偏就是兼备了后面的两种，大概前面一种客观条件实在不足。然而做小本生意的人，哪禁得起一再迟睡迟起？能有多少钱养得了那样的嗜好呀？何况还交了一些让老板娘反感得很的朋友。

这种事情都是从不知不觉开始的，老公多喝两杯又怎么样？女人看到他的男人偶尔一醉，还要多添几分疼爱，就是打打小牌，看他们嘻嘻哈哈你来我往地瞎扯，小输几个钱也就无所谓了。没想到久而久之竟演变成了每日必饮，每日必醉，外加三日一小赌五日一大赌，每赌必输，老板娘的脸色也就一天天地黑了下来。起先是吵，后来，连话都很少说了。所幸他们多年来的活计已经配合得非常熟练，一声不响一天也能应付一两千个水饺。这样的场面不相干的人是看不到的，忙做生意的时候，先生管下饺子，老婆管端盘子管算账，彼此高呼"老婆30牛肉好了""老公20猪肉快上啦"等等如此这般，倒也吸引了不少少男少女，他们一边吃着水饺，一边笑嘻嘻地欣赏着这一出永不换场的街头剧。

今天的问题有点不同，老板昨天大半夜才散了赌局回家，摸到床边倒头就睡，才不到两三个钟点老婆就催他起来去买菜，说是昨天的韭菜已经太老太腥，今天不换不行，哪晓得老板夜里输得惨，又刚刚睡下正是又香又沉偏让她给摇醒，一身的不自在，当场骂了几声，然后翻身又睡。老婆傻傻地瞪了好一会儿天花板，干脆起身出门，临走之际甩下一句话："大家都不要管最好！统统夭寿！"

老板没听到叮叮当当的剁馅声，反而睡得不安稳，揉揉眼睛一看老婆不在家又没管生意，一赌气，又出门找人喝酒去了。其实老婆也没走远，她又能到哪里去？无非是庙口上烂香、市场转一转罢了。蹭了半个上午，依旧是没情没趣地折回家来，一看老公什么也没做，连人影都不见半点，不免进退失据，不知道怎么是好。

吵架归吵架，时光还是分分秒秒地挨到了黄昏。

老板情绪低落，也没找着陪饮，一个人只在外面小喝了两杯就东一家西一家地闲扯，有点想回家又有点不想，骑了机车往碧潭那边绕了半日，还是回到了自家营生小摊子旁的公园，怔怔地望着那个在满街灯火中独独暗淡的，却属于他们的那一角，要不要回家把前两天冻好备份的水饺给搬来，还有碗盘佐料？但是一天生意不做又会怎么样？女人又到哪里去了？

就这么反复不定的时候，眼见水饺摊子有了点动静，原来老婆把小客车开过来了，不用说车里装着今天还可以打发一阵生意的水饺，可是远远只见她把车子停好，人下了车，却只是坐在摊前的条凳子上发愣，好像在等他，又好像在想心事。他看到她又上了车，是不是不想做了回家去？但是车子没有发动，她又下了车来，又坐回那张条凳发呆。

老板终于站起身来走了过去，老婆发现了他，却只是别过脸去，像是故意不要认识他。老板一声不响地先亮了灯，然后打开后车门，低着头，搬下一板一板的冷冻水饺，还有碗盘佐料等等。不一会儿，老板娘就来接手了。

亮轩

知名作家。著有《不是借题发挥》《假如人生像火车》等。

人生是一个含泪的微笑

第二章

宇宙由无数的可能因缘和合而成。笑与泪，悲与喜，瞬间与永恒，变化与静止，正是人生的奇妙之处。

・・・

新竹故事包

欧银钏 / 文

火车载我到新竹。

早在夏天的时候，就约了年底到风城。

火车往前奔驰，记忆都赶回来了。我想着彩媚阿嬷种的南瓜，想着阿玲酿的洛神花蜜饯，想着淑云之前送的新竹米粉，想着我们在一起的时光。每年聚一次，时间飞逝，一下子又是一年，好久不见了。

三十多个朋友再相逢，有新学员有旧学生。这是新竹市农会为家政学员开的写作课，我们谈起以前，谈起新近读的书；然后，我们像以前一样，尝试在课堂上，把来到心中的句子写下来。

一直到下午三点半，下课后，阿玲提着花袋子走过来，阿郁拿着一个长得像菠萝的提袋，素娟、秀惠、淑芳、美惠，也各带一个。雅惠的袋子用了蓝色的底布，上面绘有脚踏车、飞机、轮船等交通工具，看起来就是一个想要去旅行的布袋。

她们欢欣地解释着自己做的手工袋子，每个都很别致，功能不一：有的用来置物，有的可以装钥匙、零钱，巧手工艺，让人惊艳；还有用花布制作的"书衣"，让笔记本和书"穿上衣裳"，美不胜收。

学员们做的棉布袋大都是枣红色，提花跳跃其间。那是似曾相识的色泽。

"哪里剪来的布？好漂亮。"拂过枣红色的布包，手上似乎多了温暖的感觉。

"这是我们自己染的颜色。"

"自己染的？"这么古朴雅致的枣红色出自手工，真是巧艺。这一问，她们迫不及待地解释。

"是呀！这是以黑叶荔枝的枝叶染成的颜色。""台湾荔枝品种多元，大都生长在中南部。从五月到七月都可以吃到汁多味甜的荔枝。但是，新竹的黑叶荔枝是全台湾最晚吃到的呀！""黑叶荔枝大约在六月底七月初才成熟上市。新竹香山还有荔枝节呢！""黑叶荔枝果实饱满，充满香气。果肉晶莹剔透，尝起来甜中带一点酸，回味无穷。""黑叶荔枝的果形像一颗心。果实外皮初期是绿色，之后转成红色，成熟时又变成暗红色。"像是说起熟识的朋友，她们细说着。

许久不见，她们在农事与家庭之外，继续阅读写作，而且学了新手艺。

"我们整个夏天忙着染布。"

　　原来是新竹市农会请专家教学员染布。她们将采收修枝的黑叶荔枝的枝叶剪开，剪得细细的，清洗浸泡，置于炉火上熬煮，萃取染液。之后，再把布坯放进染液里染色。这是植物染，是一种天然环保的古老手工艺。

　　然后，她们将染好的布匹剪裁、缝纫，制作成心中想象的袋子。

　　"做手工布包得慢慢来，一点儿都急不得。老师，我们从夏天忙到秋天，忙到九降风吹起。"阿琪噘嘴发出"咻咻咻"的声音，栩栩如生地形容九降风的声音。

　　新竹的东南方是雪山山脉，西北临台湾海峡，北为湖口台地，南接香山丘陵。每年九月到十二月，季风进入风口，风势增强，成为著名的新竹风，也就是俗称的"九降风"。这名词最早出现于1694年的《台湾府志》，文中写道：九月，则北风初烈，或至接连累月，俗称为"九降风"。

　　强劲干燥的九降风让新竹成为"风城"，成为风的另一个故乡。当地民众利用风的特性，风干米粉、柿子。这些带有"风"的食物，是新竹独特的味道。来自风里的米粉，弹性特佳，嚼劲十足；柿饼更是因为有"风"吹过，香气躲在里面，滋味万千。

　　"所以，新竹的特产有风，有米粉，有柿饼。还有什么？"抛出问题，我带着学员细想新竹，讨论新竹的特色，想着如何书写带有新竹故事的短句。

　　"新竹有黑叶荔枝。"有学员把手举得高高的，出示手中那个用黑叶荔枝叶染成的布包，再次提醒。

"还有什么？"

"新竹有山茶花。十二月时欢迎老师来看花。"

"新竹有我。嗯！新竹人率真，也是特产。"大家拍手鼓掌，哄堂大笑。

有人灵感来了，提笔开始写。有些人抚颊沉思，还在想。

有人把写好的诗句折成纸条，从后面慢慢传，一个传一个，纸条来到讲台。这可是"限时批"，实时快捷的信件。

拆开纸条。这些来自农妇或家庭主妇的诗句，拙朴真诚，让人惊喜。我朗读这些刚写好的诗，一一解析，学员们凝神倾听。我们犹如置身农田，展开翅膀飞行，新竹风翻读着内心的书页。

傍晚，她们送我到车站，送给我一个又一个布包。我的手上满是手工提袋。

"老师，上了火车才能打开哦！"她们脸上泛着神秘的微笑，轻声叮咛。

火车离站时，我端详着她们送的五个布包，个个做工细致，有花布衬里，有暗袋，有着各种设计。

打开一个布袋，拉开暗袋，有字条藏在里面。

"爱你的心如此绵长，像永远缠绵在心的新竹米粉。绕着心的迷宫打转，没有出路。甘愿。"这是一个用荔枝枝叶染布，然后裁剪、缝纫的花布包，一针一线都是爱的编织，诗句背后有深爱。她在自己织就的迷宫里，欢喜沉醉，不想离开。

"总是等待每年的六月底七月初，等待最后的荔枝，等待黑叶里包裹的纯美，有如等待光。"这是另一个布包里的字条。

仔细观察布包的纹路，似乎见着她走过黑夜，黎明在诗里跳跃。我想，作者是思念夫婿，等候他归来，还是等待着情路的光线？轻抚布包，望着窗外疾驰而过的风景，我想着上课时学员们纯真的面孔。

"布包里有风，是新竹来的风，是想念你的风。"拉开布袋的细绳，一股新竹风吹过来，吹动我的头发。

这是另一个枣红色棉布袋里的诗句。她把想念的风缝进袋子里，把思念放在最里层。手写的字迹，娟秀细致。我仿佛见着她在灯下裁缝，看见她在迂回的爱里，和想念相依为命。

天暗了。火车继续向前。我在心中反复念着这首诗。

还有一个绘有山茶花的袋子，花朵迎风绽放。拉开拉链，暗香流动，花香扑面。字条妥帖地放在袋中袋里："新竹山茶花，层层相叠的花瓣，时光的书，在风里旋转，里面是我写给你的祝福。"

这是谁做的手工袋，谁的短诗？她们没有细说。只是眨着眼，顽皮地说："老师，上了火车才能打开哦！"

脑海里浮现这一整天上课的情景，想着她们的面孔，揣想着作者的身影。

记得右边第二排的学员，有着像我一样自然卷的头发，她拿出一个格子状的提袋，腼腆地说："这是好久才做好的，缝了两个季节，所以里面有夏天和秋天。"

袋里附个小袋，里头有张浅蓝色的纸，上面写着："袋子里有海梨的味道，起风的时候，我为你缝纫，缝一个布包，爱是丝线。"

"海梨"是橘子的一种，皮很薄，果肉甜香，是新竹特产。作者把橘香写进诗里，连味道都裁进袋子里了。

我上了火车，打开五个布包，五段词句，五个在秋日里新写的新竹故事诗。

"黑叶荔枝果形像一颗心。我们用荔枝的枝叶染布，把心都染进布的纤维了。所以，里面有很多心，看不见的心，请老师数一数。"我想起一位年长学员说的智慧话语。

端详五个布包，一时之间，棉布袋里似乎满是美丽的心，数不清的心，像星星，一颗颗在星空闪烁。

于是，五个布袋散发着光，照亮火车车厢，照亮了回家的路。

欧银钏

散文家、小说家。著有散文集《城市飞行》《等待咖啡馆》；
小说集《思春的面包》《夏天里的十二月》等。

救援投手

朱宥勋 / 文

在棒球场上，有一种特殊的球员，叫作"救援投手"。

动辄三四个小时的漫长比赛里，他们是最接近"火光"与"爆炸"的族类，出场时总以锐利的速度和角度割开空间，并且以其令人屏息的身手，将时间压缩成极华丽的短暂瞬间。

H曾是其中之一。

2007年，我刚刚进入大学。此前一年，我在大考苦压的空隙之中养成了看球的习惯。那时候我没有三个小时可以挥霍，对一个初入门的球迷来说，棒球非常适合考生，因为每隔几十分钟抽空打开电视，画面都和上一次连贯，只有右上角的分数悄悄变异。急急瞄一眼，便在大人开口催促之前躲回书桌，接下来的时段就有了新的空想材料。是怎么从3∶6变成7∶9的？还差四局，有机会追过两分逆转吧？时间就这样从英文参考书的上方流走，然后我再一次起身去喝水，按开电视，9∶9，追平了。而我定的念书时间只剩下十五分钟了。

　　如果运气好的话（也就是说，比赛够激烈，没有太快结束的话），十五分钟过去，我就能理所当然地坐进沙发里，刚好看到救援投手站上投手丘，甩动他们如鞭如电的手腕。

　　就在2007年的4月19日，我坐在新竹棒球场的左外野。那是我第一次进球场看球。每一个棒球迷都会有他们的纪念日，虽然不一定是以数字的形式记忆下来。那往往是因为一个人，一个球场的派对，一道直击心底广告牌的弧线。而我的这一天，我是因为H而进入了球场。那一年，他刚从地狱般的大伤中恢复，担任十多场球队的救援投手，表现完美，一分未失；而我在还没意识到之前就成年了，陷入新的知识领域与新的情感状况，跌跌撞撞，生活没有一件确定的事。于是我追踪每一场比赛转播，看着H于比赛末尾站在镜头前，如此笃定地把球送进去，像是从来没想过被打者击中那样。直到那一天，比赛来到多风、有着蓝色外野护垫的新竹棒球场。

　　只要一个字就可以形容救援投手：快。

　　他们往往有着队友之间最快的球速。而当他们站在场上，打者一筹莫展，会以最快的速度出局，让原本漫长的半局变成一通密密的鼓点。他们最大的问题是，他们也是体力流失最快的一种选手。在15或20球里，他们是主宰球场的神祇，但多一球，只多一球，他们就变成最平庸的投手，唯一合理的下场就是被痛击。所以救援投手只会在比赛末尾，球队微幅领先，但随时可能被逆转的情况上场。一个好的救援投手在对的时间上场，会让对手的球迷陷入绝望的冰水之中，不忍看到结果便纷纷离席，而己方的球迷就只要留在现场，享受必将来到的胜利。"必将来到"比"胜利"更加醉人，特别是在这种充满变数的运动里。

而H符合每一个条件。当我现场目睹时，他甚至比那些更多一点。比如说，他投球时，有着常人难以想象的巨大跨步，几乎劈腿平贴地面，绷成一张稍纵即逝的弓。每投一球，身体会夸张地往左半边振动，离手的球就像是呼应这振动般，如毒蛇蹿咬进捕手的手套里面。两百米不到的距离，我竟看不清楚喷射的白影，只听得球与皮革撞出的惊人炸响。那一天的H，状况仍佳，但运气不好，对方无法精确击中他一百五十二公里的快速球，几个失去平衡的挥击不知怎的却都落在防守的死角。他掉了第一分，再掉一分就会失去胜利。我看到捕手向他比了暗号，他摇头，又摇头，最后终于把持球的手摆在胸前，往后画圆举起，跨步——

事隔多年，我仍时常重看那最后一个打席的投球影片。他用了四颗快速球，毫无花巧，打者却挥了三次空棒，什么也没有摸到。

接下来的几年，我便试图活得像那四颗快速球一样笃定。每当我完成一件让自己得意的事，比如写出不错的句子，解决一个复杂的论证，驳倒辩论的对手或使情人转涕为笑……我就想起H的球路。

2007年的他威风八面，堪称整个球季最好的投手之一。

　　但就像台湾职棒球员常有的结局，2008年他又因为过度出赛受伤，成绩衰退，最终被球队解雇。他最后一场表现不佳，有流言传出他在休息室里面与总教练起冲突，教练质疑他打假球。我听了嗤之以鼻。他的伤势与衰退，那名教练的调度要负很大的责任，这样的流言什么也证实不了。

　　我仍继续看球，但在球场与生活的局势过于险峻、迷茫的时候，我就只能回放他的投球影片。

　　我以为，这个名字会迅速被球迷们忘记，就像已经发生过几百回的那样。只会有一小撮人，提炼他为记忆里的磷光，哀悼那再也无法灼人的火焰。

　　但2009年球季结束时，他又回来了。他离开了球场，但还留在同一专业领域内：他成为白手套，引介其他球员打假球。新闻画面拍到他快步进入法院，不是我熟悉的大跨步，而是轻散的碎步。那一天，网络上的球迷们商议要烧毁他的周边商品，包括一件黑底白草书印着"直球胜负"的纪念衫。我赌气地穿上它，走在新竹多风的校园里，年末的寒冷从每一处渗进来，我揣想着路上的什么人会不会愤怒地瞪着我，会不会有人在愤怒之余了然地耸耸肩，从我身旁走过去。

　　每一个球迷都有一个纪念日，但每一个台湾球迷会多拥有一个名字。那个名字让他不知道可以相信什么，不知道该恨什么、该爱什么，只知道怀念与断念同样疼痛。

　　对我来说，那个名字是H。

我还是继续看球，正如继续生活。我一球一球投，不是笃定，是因为没有别的选择，只好向着模糊的捕手手套抛掷时间。我不知道极限在哪里，也许就在下一球，在我还没意识到之前便体力耗尽，成为一名被击下场的败战投手。

而我后面，早就没有救援投手了。

朱宥勋

知名小说家。著有短篇小说集《误递》《垩观》等。

湿地的虾猴

刘克襄 / 文

虾猴之于鹿港，一如樱花虾跟东港的紧密。

半甲子前，我常去鹿港海边。下车的地点在妈祖庙前，因而常在庙口走逛。当地妇人总有十来位，一贯头戴斗笠，包裹着长袖衬衣。各自选择一角落，静静蹲坐，等候顾客上门。很少人像其他小吃摊和餐厅那样，积极地招揽观光客或兜售特产。

她们主要在卖虾猴，旁边还放置着捕捉用的竹篓和铁耙。摆在盆子里的虾猴，一看即知都是刚刚才捉到的。也有人好整以暇，水煮好了几盘带卵的雌虾猴，精心地摆置整齐，吸引顾客上门。以前虾猴水煮后仍然咸，因而在此常听一句当地的俚语："一尾虾猴配三碗粥。"逆势思考这句话，它也意味着，虾猴不用吃太多。

上个月在此走逛时，贩卖虾猴的妇人少了，小摊的规模却增加了，摆售的内容也有了具体变化。新鲜刚捞捕的，以及水煮的并不多见，妇人们也没有带传统捕虾具在身边。如今在妈祖

回忆是一种淡淡的痛

庙前，摆售的几乎全是酥炸虾猴，荒谬地加了两三朵塑料制的辣椒，想要吸引顾客购买。

还有好几摊小车，以虾猴制成各式腌制品、酱料，跟蚵仔、珠螺等食材琳琅满目地罗列。新鲜的虾猴取来制作酱料，早年即是当地传统的饮食文化。晚近因应观光客需求，显然开始量产，以方便游客携回。

酥炸虾猴如今很普遍，跟食用油容易取得有关。猜想这样处理食材，虾猴可以放置较久。若制作为酱料，当然更延伸了地方物产的贩卖时日。再走进餐厅，以前常卖海产和蚵仔煎的小吃，如今都把虾猴列为游客逛鹿港的特产佳肴，各式虾猴料理皆有。后来我去王功，发现虾猴在此也是非吃不可的美味。

鹿港的游客量持续增加，带动妈祖庙前虾猴的需求，此一传统小物逆转变为美食特产。一旦美食化了，传统捕捉虾猴自是无法供给，只好改用抽水马达，才能获取更多的数量。

台湾好几个海岸都有不同昵称的虾猴，但种类截然不同。鹿港的虾猴，指的是生长于潮间的蝼蛄虾。虾猴是泥质滩地底层的消费者，长时躲在泥滩下，游泳能力薄弱，主要摄取泥质滩地的有机微粒、动物性浮游生物，且能够解食硅藻。浊水溪以北，中部彰化一带沿海广袤的泥滩地，虾猴分布最为普遍。

以前退潮时，海边的村妇人手一个竹篓和铁耙子，便到泥质滩地去捕捉，短短三四小时，努力捕捉，大抵能赚全家一天的生活费，海岸生态亦未受到太多干扰。现在需求量大增，一个人带着小小的抽水马达，接上长长的水管，水管插入泥沙中，灌入强劲水柱。急水像土石流，注入虾猴栖息的洞穴。虾猴毫无躲避的能力，都被冲到沙地表面，无论大小，皆被轻易捕捞。

利用马达加压灌水，捕捉的数量远大于传统工具的逐一耙抓，捞捕者一天往往有上万元收入。渔民收入大大增加，相对地降低了虾猴在湿地的数量，更糟的是湿地受到影响了。传统挖掘的面积不大，对于泥质滩地的改变有限。马达一抽取，被冲刷过的土质松软如烂泥，恢复变得迟缓，底栖动物遂难再生。

在妈祖庙前贩卖的海产当然不只有虾猴，走逛一圈，约略可看到此地海岸重要的生物，诸如赤嘴、牡蛎和文蛤等。若走到泥质滩地，还会看到更多人类无法食用的藤壶、寄居蟹、和尚蟹、海蟑螂、招潮蟹和弹涂鱼等等。这些动物和虾猴一样，吸引了各种水鸟的到来，但水鸟也因人类捕捉虾猴而遭殃，种类和数量相对减少。当我跟此地赏鸟团体兴奋地描述早年水鸟的丰富景象时，仿佛白头宫女忆当年。

半甲子前我去鹿港，不只停留在鹿港，那是过境之驿。最大的乐趣便是沿着现今的鹿港大排，继续往前走到海边，远眺着泥质滩地，观察那些惧人而难以辨认的水鸟。有时我必须跋涉长长的泥质滩地，才能用望远镜观瞧，端详它们各自以不同的嘴形和摄食技巧，捕捉不同的猎物。

我很少坐赤牛车。每次看到渔民驾着赤牛车，总有忍不住的感伤。尤其看着一辆赤牛车拖着鲜红的木轮，走在泥质滩地上，我总是有莫名的悸动，那是台湾最贫困生活的画面之一，也是自己年轻时旅行此地的印记。

人类在此生活艰苦，不一定代表湿地贫乏。雷切尔·卡逊写的几本海洋巨著一再提醒我，潮间带是世界生物最为忙碌丰富的自然环境，同时也是生产力最高的地方。只是一般大众不解，总以为是一堆烂泥巴。半甲子前如此，现在亦复是这等看法。

鹿港周遭的海岸就在如此盲目的认知下，逐一沦为火力发电厂、滨海工业区、垃圾倾倒区，以及现今石化工厂预定地等。从大肚溪到浊水溪口，我所认识的每块湿地，几乎无一幸免。日后再经过，也没一处认得。试问这半甲子，台湾哪块海岸像彰化这样被严重糟蹋？

酥炸虾猴的兴起，妇人不再用铲子捕捉虾猴，或虾猴酱的大量出现，也都直指两个有趣的提示。

一来，几十年来妈祖庙前常有大量虾猴贩卖，显见此地虾猴数量一定非常丰富。虾猴的源源不绝告知了，海岸有广阔的湿地。君不见，退潮后，赤牛车从陆地走下，由东往西，还可以走四五公里之遥去采蚵。可见此湿地之纵深，这是台湾时而看不见的土地里最庞然的一块。

二来，虾猴丰富了当地的饮食文化特色，同时改善了当地的渔民生计。但采用马达捕食，以及大量制作酱料，其实也昭然预示了，一味捕捉下，虾猴可能面临过度捕捞而灭绝的危机。此一湿地若少掉了虾猴，潮间带丰富的食物链，势必遭到很大的冲击。

彰化环保团体很早就注意到虾猴的灭绝危机，大概六七年前，大家把心力放在大肚溪口南岸伸港湿地的破坏危机，和市政府协商后，勉强划定了三十六公顷的虾猴保护区。

我认识一位阿嬷，二十年来固定从伸港搭公交车到台中第五市场卖海鲜，她弟弟以前在外海捕鱼，后来捞捕有限，赋闲在家，干脆应征为看顾虾猴的巡守员。

当然，大家最期待的，还是制订一套永续的繁衍和利用计划。这计划最好能扩充，一直延伸到浊水溪口以北。将来马达抽取也宜适当管制区域和季节。虾猴的保护自然兼及其他海岸生物的栖息，整个海岸湿地终而能完整地保育下来。

这是一个遥不可及的梦，但一步一步规划，也有了一点小成绩。只是现在遇上更大的麻烦了。若说马达捕捉虾猴是对湿地的长期"霸凌"，"国光石化"若在大城湿地设厂，根本就是"哥斯拉"出现，恐怕会带来更大的毁灭。想想看，一开始就要抽砂设厂，那简直是上万具马达每天都在启动啊！

在"国光石化"的阴影下，虾猴的灭绝或许没有农业受损、空气污染、居民身心健康和海岸环境破坏等议题来得巨大。它可能只是鹿港丰富的传统生活里，某一湿地文化的表征。但我们若连这样小小的议题都很在乎，不想让这一微小的地方生活特质也被一起删掉，这样的反石化抗争，更显得理直气壮。这样的反对也更能突显留下永续家园的美好意义。

晚近，我常如是蹲看虾猴。看小小的它，趴伏在泥质滩地里，安稳地等待潮水如期回来。

刘克襄

知名作家。代表作有《山黄麻家书》《11元的铁道旅行》《风鸟皮诺查》等。

龙虱的眼睛

吴睿哲 / 文

　　学测结束的隔天，我从忙碌了半年的生活中逃出。独自坐在微微摇晃的车厢里，我需要时间沉淀，关于半年来得到或失去的一切。高中三年，模糊得像一片细雨蒙蒙，有时却清晰地滴落在脑海。

　　一年多前，暑假结束前的周末，我约了K一同前往三芝采集。那天我们的收获少，只有几只干瘪的红娘华（因为我们跑错季节了）。我们应该在春天拜访，龙虱从土蛹蜕变，纷纷游出，呼吸沉浮。

　　准备离去的时候，我们在公路旁遇见一位居民。他说，原本这里有很多龙虱没错，我们去的前几周，市政府才将这里整治了一番，杂乱原生的水田变成一格一格整齐的莲花池。他们说，这样让三芝变漂亮了。

　　龙虱，水生鞘翅目昆虫，生活在静止的水域，腐食（或肉食）性昆虫，我称它为水中清道夫。利用鞘翅与背部的空间储存空气，在水底活动时会放出气泡。

我在淡水站转搭公交车，到了三芝总站再换乘出租车，在横山小学下车。雾气爬满车窗，选择在这样的季节拜访，并不期待见到什么，只希望在寒气的不断侵蚀下，能将半年来苦闷的生活给刷洗干净，让思绪重新折叠整齐。

静静地走在公路上，毛毛细雨将三芝冲刷得更模糊了。公路旁的水田里，没有黄花狸藻，没有一丝生命的青春，莲花奄奄一息。有只瘦小的斯文豪氏赤蛙从脚边跃过，将我的视线引领到他方。

水田很整齐，整齐得不可思议。我走在公路上，放眼所及是一层灰。我在城市间来回徘徊，在高楼大厦的罅隙寻找呼吸的空间。不断黑去的世界，努力冲破却无功而返。试图以附着吸盘的前足抵挡倾泻而下的垃圾（不是雨水），却被脏污吸着沉入水底。

我从尾部吐出气泡，它们浮到天空变成星星。最近，它们似乎被某种光扼杀了，每当我抬头，只会见到一片黑。汽车、机车不断放出黑烟，我被呛得不知所措，不断避开它们。转进小巷，野狗对我破口号叫，将我逐出它们的地盘。我常思索：在这个世界上，我到底需要怎样的身份？我游向光明，但总是被污染吓得踟蹰不前。

我有几千只小眼构成的复眼，还有三只单眼，以它们聚焦世界。我是不是因此能够更清楚地感觉这个世界的脉动与起伏？

　　前阵子花博会开幕，各种肤色的人都来了，他们说：
"Bravo! Excellent!"都市中央树起一座绿园，花朵绽放，蝴
蝶或蜜蜂、蜻蜓或蚂蚁，它们不断搬迁至这里定居。我拍动翅翼
飞至半空俯瞰，在这个被称为城市绿地的乐园，四周乌贼车环
绕，那个染金发的仍吐槟榔汁，小弟弟把手指伸进鼻孔再粘向公
交车站牌，一张卫生纸从窗口飘出……

　　是什么假象将台北包装得服服帖帖？我游回三芝，用泳足
缓慢爬在蜿蜒的公路上，疲于张开翅膀，没勇气去见证这伟大
的改装成果。我记得，市政府当时说如此游客会慢慢流入，居
民会更丰收。

　　足迹没有变多，我却不断感受到某种压迫排山倒海而来。从
小我穿梭在绿色的水草间，看见它们持续呼吸阳光，看见生命的
循环波动。我用微小的脚不停地挖掘所谓美丽的未来，却总是徒
劳无功。

　　我逐渐忘却水草的味道，取而代之的是人工种植的莲花腐烂
的气息。枯草色占领我的眼睛，无法分辨什么是泥土、什么是败
坏的植枝。虽然我是腐食性的，可是这里的动物慢慢迁徙至更远
的地方。我想飞远，却被风吹了回来，在这个无限循环中来回碰
撞，却无法碰撞出什么奇迹。

　　我常困窘，我短短的生命因此燃尽了吗？飞到横山小学的门
口，那里有一块大大的匾额，上面写着"金色童年"。噢，那是

离我好远好远的记忆，我拥有白白长长的身躯（不像现在常被孩子误认为蟑螂），在水底穿梭自如，可以在水草编织的摇篮上筑我们的梦，看父母快乐交欢。

也许屈服于现实会让生活更丰富。在台北101上的高空餐厅享受恐高症，在夜市里大肆杀价，砍掉山坡上的桧木种上槟榔，把荒乱的水池变成莲花池（里面有日本锦鲤）……我们会不会有更多朋友？或可寄居于琵琶鼠的消化道（它清洗河道，我们清洗它的器官壁，这算是另类的互利共生吗），或是我们变成清洁工（我们有吸盘），在垂直的角度擦抹某种孤寂。

我在日常生活中与人擦身前进，每个人脸上堆满迥异的表情，像是在向世界表达另类抗议。工厂林立，灰色的天空。台湾蓝鹊飞出阔叶林，因为巢穴都被电锯占满了；蝌蚪来不及变成青蛙就被当作饵食；电视上的白海豚到底会不会转弯？去年的走山事件吓坏所有驾驶者，罹难者成了祭品。

我们的家，也会因此被文明掩盖过去吗？玉山、合欢山，还有很多有水田的地方，都有同伴，他们依然在快乐游泳吗？为什么我们的足迹总是抵不过挖土机？

加入生物研究社的三年，走进不少山林，也看到不少生物。不论是台湾山椒鱼、史丹吉氏小雨蛙，还是斯文豪氏赤蛙或青蛇，都叫我们惊叹，原来基因的力量这么庞大。上回听学长说，四崁水似乎被政府整治了，公路两旁植满山樱花（也许更漂亮），杂草被除光了（没有可怕的毒蛇藏匿其间了）。直到现在，我没有勇气再踏上四垵水，不愿再见到一个被整治过的世界。那真叫人心惊。

这世界的确存在值得我们关注的事情，生物研究社打开我的视野。我走入台湾的山林，发现全新的宝岛台湾。

我们都无声地追逐某个目的，但遗失了某种轻巧的记忆。在那个巨大的阴影背后，我们都拥有一双龙虱的眼睛，却瞎了。

吴睿哲

知名作家。

粪　饼

雷骧 / 文

清晨，渔港就传来"噗噗噗噗"轮机发动的声音，而整个村集这时还静着。正因那远处马达的微弱声音益显其静吧，净化了一夜的空气里，仍飘着机油和铁锈的气味，这个被海的腥膻气息包围的小小半岛，我就读的学校在唯一的主干道上。这时，敞开的矮阔校门口，立着一个穿白夏衫的中年男人。

陆续地，街面约略有些活动的人影啦，背负一团黑黑的网罟的渔夫；拉着上面堆满东西的板车的贩子，与校门口那个公务员样整洁装束的男人四目相望的顷刻间，都不免点头致意，口中模糊说了简短招呼语，便匆匆从校门走过，只发出那些赤足的脚底板触地的嚓嚓声。

这位适时答礼的脸上带着严肃微笑的校长先生，便是我的父亲。固执地在任何天候下，只要是登校日，便第一个站在校门口迎接学生了。

校长先生镜片后的视线，可以远远地望见从巷道转进大路上来的学童们，依例赶上前面自成一小队的尾巴，这毛虫样的队伍以这种方式逐渐变长。校长先生转换方向注视另一头，上学的小队也一样，纷纷经过巷口而增添长度，向学校走来。

这时候络绎不绝穿行校门的学生们口中唤着："校长早！"

我很怕处于这类场合，因为公私难分，到底要称他"校长"呢，还是叫声"爸"！

偏偏初夏开始的这个月，校门周边、阶梯与花台整洁区的轮值，正是六年级的我们这一组。大家不出声地忙起来了，为了不扬起尘土，洒水壶漏淋出柔软的水丝之泉，我们也窸窣地从植物丛间拔除败黄的花叶。做着这一切的时候，不只是我，每个人的背脊某处都好像投有一道校长的目光，发痒或者发麻呢。

连接校门前的那一段宽阔的泥石路，也被清扫得干干净净，虽不能说纤尘不染，土粉还留着像日式庭园"枯山水"那样扫帚纹的并行线。这条道路通经校门口的一段，不知怎的陡然微微隆起，变成上坡道的一个起点——这在校庭内面却毫无影响，是平的。那时还通行着载重的牛车，每当逆坡上行的时候，赶车人必会大喝一声，牛便加劲拖曳过去。

我们很喜欢在赶车人大声吆喝牛车轰隆拉过的时候，停下手边之事回身一看，因为常常在这一刻会发生我们特喜的戏剧：那拉车的黄牛因为用力，屁股根部那条粗宽的尾巴便自然地缓缓翘起，底下的粪门涌出墨绿色的、有时还冒着热气的便坨，噗噗地依次落在大路上。这公然的排泄之举很能释放孩子们拘束的心，孩子们便笑开了。

如果赶牛人是懂事的，这时便立刻跳下来一面口中咒骂着，一面用车尾挂着的专门铲子铲了去，再奔赶那辆兀自前行的牛车，跳上继续走去了。其实牛也不一定排便，空车通常就不会。但载重大而心急的车夫预先拉紧缰绳，暗示下一段需全力冲刺上去，甚至鞭上一鞭的时候，奋力的牛十之八九会排出粪便来。是为了多少减轻些重量呢，还是对坐在后面的主人的恶意，我们不能知道，但心里常做这种快意的解释。

据说，过去这学校门口的路段，由于自然的地形因素，老是这里一坨牛粪那里一坨牛粪的，散布满地，一天下来，仿佛牛粪曝晒场似的，烈阳下牛蝇、果蝇或什么粪虫在此地面活跃着，直到晒干、晒扁，被附近孩子捡回去当燃料为止——这说的是父亲上任以前。

现在当然不允许这种现象存在，父亲接任以后便告诫过那些牛车主，定了一项合理的规矩：带上铲子和畚箕，务必把畜生们不受控制的排遗，负责任地带走。渐渐地，看那些赶车人迅快跳下处理干净，带着惭愧慌张离去，大约这事已被大家接受了吧。

这个早上，我们管理校门整洁责任区的那一天，一辆空牛车从坡下拉来，晃悠悠地坐在横杠上的那个人，手里执定一根什么藤头的鞭杆，其上又绑了一条细绳子，是用来抽打牛的腹背一带的。但他此时并不抽打，却用藤头恶戏似的戳了牛股敏感的部位，那只牛猛烈奔跑起来，悬在颊侧与脖颈下的牛铃丁零当啷乱响，瞪大的眼珠随着颠动的头部上上下下。不用说，受此刺激，粪便从尾部排下，落于我们已然扫洁的大路之上，还留有"枯山水"笔痕的土面，压叠成恍如晦暗色泽的一大块"蛋糕"。

这赶牛人并未下车，仿佛嘴角还有一抹暧昧的笑，傲然地附载在那狂奔的牛车上远去了。

这无礼的恶行，我们几个小孩当即愤怒了，但父亲似乎并不动气，唤来校工，看着他用工具收拾路当中的那坨牛粪，末了，还轻声交代："晒干它！"

当天下午放学的集会上，值日老师报告早上发生的那件事（好像他亲眼所见一样详细），重申校门大路上的整洁，应由大家共同维护。然后，手上举高一件用报纸包着的东西（因为先前的说明，大家都知道那里面是块什么东西），老师接着说："校长决定要还给这位同学的父亲！我们说好不能把它留在路上的嘛！"

接下来全校一面唱着放学歌，一面分列成单行的路队行进，那个四年级学生（就是他父亲早上演出恶剧，被认得的人指出来了），双手捧着由值日老师手上接过来的那包半干的粪饼。当他经过我们面前时，本来班上同学预备好嘲笑的话，但看他羞赧地低着头，眼眶还噙着泪，大家都把话咽回去了，毕竟那件事又不是他干的。

父亲的任期甚短，大约不过两年吧，但以他那种似嫌偏执的行事作风，在那个渔村级的小学校，留下若干为人议论的治绩。而我，便是那期间从小学毕了业。

父亲离开这小学的公职以后，重拾他法科的专业，在对岸港市的一个曲巷中，挂起"事务所"的招牌，做一个籍籍无名的律师，以继续承担生养我们这些孩子的责任。

许多许多年之后，毫无预计的我陪着离乡已久的妹妹，百无聊赖地环岛四处"观光"之际，不期然到了这昔日的半岛渔村，而今凿通了二港口，彻底与港市断裂，之间的渡轮码头更新，另外开通一条过港的隧道公路直达，也带来前所未见的繁荣。现在妹妹与我登上这个几乎不认得的地方，看见沿靠一条新辟的宽阔马路，往昔那长长的寂寞无人的黑沙滩，已设置各种游憩设施，游人充满直到看不见的尽头。彼时散见的灌木丛已毫无影迹，海面上，大货轮一艘艘衔接，是外洋来的船暂时停泊，以等待空出码头好靠港装卸。那山崖上的白色灯塔也仿佛微笑着了，但于我兄妹俩只觉陌生和失落。

妹妹擎着在艳阳下几近透明的花伞，无法抵挡太阳。经人指点，我俩并步前往那所曾怀疑不可能存在的母校。

烈日下的午后，况且是长假当中，学校空旷几无一人。这校景令我十分迷惑，后来站到楼廊上四处察看才明白，原先我们全心洒扫维护的校门，现今变成面对静路的一个小门，那个本来小小的后门，扩建出一个堂皇正门，全校方位彻底来了个大翻转。

不用说建起的新楼和大礼堂，一概都是从前所无。

　　搜寻中，看出只保留了原有的两层古典教室，而壁材也换了新。我六年级就读的教室就是其中之一，好像证明它确实存在过的，因而略感宽慰。

　　现在，顶楼中央辟有一条"校史走廊"，长长的壁面布满老照片，我和妹妹好不容易找到我那一届的毕业合照，摄影场所就安排在古典教室前边，大伙儿站在叠摞的层层桌子、椅子上拍成的。每个学生在照片上的头脸甚小，从一律白短袖衣领间露出来的一团团脸面，分辨不出谁是谁。最前排中央坐着的校长先生便是我父亲，这一点无可置疑。他穿着整齐的西服，足下蹬着白皮鞋，这是半世纪以前显出倦态的壮年父亲，照片上他身体略微倾向一侧，但似乎想努力坐正。我在这么多年以后，终于知道父亲对奉公已十分失望了。

　　萦绕我的还有一件事：当时毕业总成绩结算出来，我是全校第一。父亲得知时，毫不犹豫地嘱咐我导师说：把他的每科均扣去三分！以致我便与排名第二的同学易换了结果。父亲的理由是："总会有什么老师，因为你是校长的儿子，而抬手加了分数。所以现在扣去三分，算是公平。"

　　妹妹此刻仍固执地在全体毕业生的照片上，用手指头一个个移过，企图找出小学时代的我来。我心想，如果她能成功地把我从那些密密麻麻的人头中找到，我必定是一副愤怒不解的表情吧。

　　记起后来的父亲——那时我经常侍奉老人，逢他心情好、身体也好的时候，常常彼此说说话，对谈的事情烦琐而跳跃。比如，有一回父亲打盹忽然醒来，问我："你记得我夏天常穿的白皮鞋吗？刚才梦里头还满头是汗地奔上奔下，低头看自己爬楼梯的脚下，就穿着白皮鞋呢……为什么忙着……"

　　我想起那久远的"粪饼事件"，向父亲提说起来。那时他深深地坐在沙发里，双手扶着四脚助杖，仰头听着我说，末了却只"唔"了几声，就长久沉默下去。完全忘却了？或为此提示而坠入另一串回忆里呢？我不得而知。过了一会儿，看见父亲脸上的光影逐渐暗去，大约那一天的黄昏也落幕了。

雷骧

知名作家。著有《映象之旅》《流动的盛宴》《断想记》等。

萍聚瓦窑沟

阿盛 / 文

漳泉福初履

1993年，首度到福建。

联合副刊策划"作家寻根之旅"，旅者四人：廖辉英、王浩威、简、我。主编痖弦、编辑陈义芝领队，编辑侯吉谅在彼处等待会合。

到福州，再同游漳州、泉州，然后四人分头出发去祖居地，各自返福州，同游。行程大约如此，详细路线时间已无法准确记忆。

那时两岸来往的限制仍多，但也不至于太麻烦。20世纪80年代初期，我在报社的"大陆研究室"待过一年余，天天看往期的《人民日报》与官办杂志，对大陆现况稍有识知。最常读的是大陆作家的小说，特别是"伤痕文学"，借由古华、张贤亮、汪曾祺、刘心武、张承志、史铁生、冯骥才等人的作品，了解不少真实的曾经。以上名单未知是否全都记对，当时台湾没有出版他们的作品集，钟阿城算是较早"登台"的。贾平凹的《废都》、陈忠实的《白鹿原》则确定是在福建购买。

我的祖居地十分偏僻，奔波复奔波，到达了，老乡亲请客，完全乡音交谈，之后又赶路，但印象深刻，至今还记得村庄地形地物，包括小路大溪怎么转绕。

漳州、泉州、福州，其时似乎恢复了许多古习。泉州一街上，到处唱南管，我听到差点忘了回旅馆。漳州街景酷似20世纪50年代的台湾市镇，连棉被套花色都像。然而，我注意到大变化的前兆征象，三地皆有不少新西式大楼，立于老平房区中，玻璃帷幕墙面隔着低屋互映，一个快速发展的时代终将来临，谁都看得出来，老中国不可能再老下去了。

在泉州参观一寺，围墙上有米筛大的字"南无阿弥陀佛"，释弘一笔迹，我立在"阿"字下，请简拍照，取"阿盛"意，我自小随父母信仰"北有玄天上帝"。在福州一庙见到朱熹撰的对联："此地古称佛国，满街都是圣人。"莞尔，这朱文正公真是菩萨心肠。许多年后，女作家郑瑜雯取笔名为"宇文正"，我每见皆想告诉她此事，年大故，每忘之，今录于此，存证。

福建文友送行，特赠多物，就中漳州水仙数球，我看出是极佳品种，未料被海关没收了，今思之犹觉可惜。

萍聚瓦窑沟

1995年，夏秋之交，迁居中和。

住处距永和只有两百步，近瓦窑沟，沿沟认识新环境，见到一方新屋推销广告牌，其上图画楼房，群树围绕，一条水蓝小溪弯抱楼房群树，广告牌两侧各大字一列，魏碑体，字曰："你家没有我家有""我家门前有小河"。我伫立赞叹，原来天才往往拐个小巷就会碰到，而且，说不定缘沟行即可能忽逢桃花林。

路街巷有时难以分辨，直走同一条路，可能在某处发现，出发时用力记着的路名显示在右前方二十米的指示牌上。几番折腾，几番忘路之远近，我再不肯处处志之，干脆胡乱闯关，奇不奇，从此鲜又迷途。

双和其时还有不少三合院，我一眼立判，是前代小农之家。永和保安保福路口有一老宅，应属古之中小地主。我知道终究所有三合院都必然拆掉建大楼，路过总要停下来看许久。

骑脚踏车游行，很快便找出双和最大特点，树极少，除了公园校园之外，树是"稀有动物"，大概都受不了钢筋而拔足逃去他方了。偶尔在楼林角边见到一棵寂寞独向黄昏的大树，真能令人老泪纵横。

我常往土城观风。这是个特异市镇，连城路越过中和后，路划分出阴阳二界，正手面是喧喧车马，倒手面是人物寥落，"阴界"土馒头未知万千，"阳界"水泥壁直欲顶天。靠左，人行道上伸手可触及墓碑；靠右，人行道上商家橱窗紧相贴。再近土城，路两旁一样荒凉。更近一些，老聚落在焉，新市区在焉。老聚落的老屋很好看，新市区的新象很耀眼。

其实，捷运①永安站地带以前也是"大夜总会"，至今仍有几座坟未迁。双和耆老言，双和医院址亦是，自强游泳池址亦是，小型的简直指点不完。我固定在一家理发店整发，师傅，以走马濑闻名的大内人，来北四十年。他说了不少双和旧事给我听，重点总结为一句：区区廿万小时，溪床翻成闹市，巨富本来贫农，谁能计算得失。

住中和已十六年，我还是有飘萍的感觉。然，萍聚也是有缘，我衷心惜缘。在这里与许多让我开颜或头痛的十二生肖谈文学，在这里把1248克的早产女儿养到会用文言文跟我顶嘴，在这里写了七本书，在这里结交无数好朋友……

我有一忘年友，住永和八十余年矣，退休后书画自娱，心中自有一方桃花源。斯亦南阳刘子骥，高尚士也。

杨母赖氏闪事略

1998年，我生日后四天，母亲辞世。

母亲生于1914年，姓赖，单名闪。此字，闽南语不作闪电

---

① 台湾地区指城市铁路。

解，当动词，闪开、走开之意。前人，取恶名之因有二：一是命名者不识字，随便呼叫；二是计算八字，故意用坏名压制坏命，以利养成。柳营旧代大地主刘家之后人刘呐鸥，其母名恨，与我母之命名，同属第二因。外祖父识字，育一子一女。

人各有命。刘母嫁入豪门，不幸夫丧甚早，接连丧子，大半生居新营，独力掌理庞大产业。我母劳苦半生求温饱，五男二女全体跪拜送她远行。怎么比较？

我在“2011刘呐鸥国际研讨会”充当引言人，曾谈及以上故事。

母亲与绝大多数同辈女性一样，不曾入学。无关贫富，关乎封建。她接受的教养，与郑氏领台时人不会有多少差异，“二战”结束前，她的日常生活完全无别于三四百年前的人。

战争期间，外祖父病笃，母亲守护老人两年，就在夜间空袭轰炸声中听遗嘱。老人疼惜女儿，让她继承一半房地。事属特例，也因此遭逢特别际遇，成了深心觊觎的目标。她傻傻地、听话地在一小摞写满字的文件上印下许多手指模，隔日，她连片瓦都没了。

但是，母子缘分几半世纪，她从未对我们表示任何怨恨。我只听过一次类似的言语，大妗与她口角多时，她用一语结束：“所有的，你们都夺了，还要我怎样呢？”此后，大妗再也不找麻烦。

大妗老迈，乍然精神错乱，母亲怜恤伊，频往视，送食送衣，处理便溺，凡半纪。伊偶尔稍清醒，辄喃喃为往事道歉，显然知情甚详，良心不安。母亲亲送伊上山头，执礼如古习。

我这半生，学做人多过其他，虽至今犹常被嫌"不会做人"，但母亲的厚道，我确实学到一些。

1995年，女儿出生，是母亲最小孙，她还特别吩咐莫重男轻女。两年后母亲病笃，我每隔几天飞行南北，某日，往探视，我频问知是谁否，她呼我全名，居然北京语发音，我惊愕莫名。当夜，梦中母亲来，面容如常时，却是婴儿身体，与我嬉笑玩耍良久。越二宵，凌晨，电话，听到诵经声，母亲走了。

我悔到恨自己，明明至亲入梦告别，以临世之身，反喻离世，一念之间而已，我却蒙昧不悟，终至未见最后一面，未聆遗嘱。人生憾多，孰有甚于此者？

阿盛

知名作家。著有《故事杏仁》《心情两纪年》等。

新天新地

朱天衣 / 文

当我第一次站在这片野地前，并不觉得它怎么样……

在此之前，我们已经寻寻觅觅好长的一段时间，为我们收容的一群已经再也容纳不了的狗儿猫女寻找一个新家园，基于过往的经验，是离人群越远越好，但也不能远到每天上下课进进出出都成问题，于是便以当时所居住的桃园县龙潭乡方圆半小时左右车程可达的地方为目标，上山下海地找了起来，从三峡、新屋到北埔、竹东偌大的范围，都曾遍布我们的足迹。其间有合意的，但却不是我们经济能负荷的，或不是挨着住宅区太近，就是偏远到没水没路。总之，就在希望一再落空、快放弃的时刻，终于在新竹县关西镇的锦山找到了这片不起眼、二三十年无人闻问的野地。

说这是片野地，真的一点儿也不夸张，进出道路是一条勉强称得上路的黄泥小径，两旁杂草比人还高，四轮驱动的吉普车行驶其间好似野马奔腾，上下左右摇晃百来米，来到地头，仍是荒草漫漫，隐隐听得到野溪湍急的水声，却被重重垂挂纠葛的蔓藤遮住了视线，什么也看不到。勉强走进地里，便被半人高的咸丰草（鬼针草）给扎得全身中箭，再往深处走，地里便是越来越湿，最后索性连鞋子也陷进泥沼里拔不出来。好可疑啊！依我们阅地无数的经验，这水来得诡异，怕不是好事，只见陪同来的"杨主任"勇往直前去研究这水是怎么来的，一旁的我也只能驻足止步，不能再走进去了。站在高处放眼瞭望，约莫看出是块坡地，坡度还算缓，一边临溪，除了临溪流的那一面外，四周只有一小处有人耕作过的痕迹，其他的全是荒草，一直漫到远处山脚边，唯一不同的是这块地大大小小的石头忒多，荒草长得高高低低，地形又坑坑洼洼，有些像癞痢头。

经勘查研究，发现水应该是从地里冒出来的，问题不大，这块野地大约四百平方米，但连周边可以使用的河川地也加起来的话，七百平方米是跑不掉了，卖方开出的价钱合理，甚至有些偏低，我不太相信自己的好运道，便忍不住问道："这价钱还算合理，可为什么没人买？"杨主任缓缓地说："当然是有人想买，但是有人嫌野溪水声太吵，有人嫌地里的石头太多，有人嫌四周没人家……总之，买地要看缘分，缘分没到吧？""咦！溪水的声音不就是大自然的声音？有谁会嫌这天籁太吵？""唉！我上回带来的人就是嫌野溪水声太吵……"这块地被东嫌西嫌得似乎没啥道理，我觉得溪水淙淙潺潺的声音，很好；地里的石头太多，可我们也没务农耕作的打算，也很好；四周没人家，那更是很好了，反正我们家收容的十来个西伯利亚雪橇犬（哈士奇犬）的大合唱，也没有几个人家能受得了……总之，真是好极了，于是当场讨价还价，几番折冲，我们立即掏空了口袋付订金，买下了这块野地。

一直到所有款项付清了，所有手续办妥了，仍很难相信这块地就是我们的，为避免日后和邻居有争议，我们申请地政事务所来鉴界复丈（土地的界址鉴定），当土地测量好，我抱着成捆的红色界桩，跟着他们，看着他们将一根根界桩打进地里标示出我们的土地时，觉得好似美国西部的拓荒者圈围栅栏的景况，只是人家圈围的是牛和马，我们要圈围的是狗狗和猫咪。终于，这才觉得这块野地将会是自己的家园了。

我们整地时，很幸运认识了一位专业开挖掘机的林先生。林先生是锦山本地人，将好大好大的一部两百吨挖掘机，掌控得如自己的手臂一般，灵活得不得了，他帮我们把整片坡地依地形、地物很有技巧地整理出五层，除了让坡地有层次，看起来好看、用起来好用外，更重要的是做好了水土保持，而用来堆垒坡坎的，正是自己地里头让前几位买主嫌弃得要死的石头。后来才知道，原来我们地里石头之所以会这么多，就是因为先前附近的人家整地时把不要的石头全丢弃到这儿来的，大大小小上千块石头，我们就拿来堆垒坡坎，堆垒到最后一块，恰恰好全用完，比女娲娘娘补天还神准。

那片湿地的水源找着了，水是从地里冒出来的，原来是个涌泉，林先生将泉眼用石头围拢覆盖起来，并在前方挖了个水池蓄水，正好供我们和我们家猫猫狗狗合计四五十口使用，即便是前几年的大旱，四处都在缺水，我们这儿的涌泉只是水量少了些，却也未曾枯竭，另外也做了排水沟和埋设地下排水涵管将溢流出来的水导入野溪里排放，原本大片的沼泽不复再现，行走其间安全无虞。日后，也从野溪里水洼中捞了些溪鱼放养于池里，水生植物也不请自来，这涌泉池就成了一个自然生态池。

在下方近溪流处，我们又挖了个污水净化用的光合池，池里种了荒野的伙伴送来的台湾苦草（小水兰）净水，还放养了台湾盖斑斗鱼（三斑）吃孑孑。在池边埋了个特大型定做来的污水处理池，污水处理池的污水经处理后再导进光合池中净化，再排放进野溪里，没多久，这光合池也引来无数的蛙类、溪虾、毛蟹在此繁衍，小白鹭、翠鸟更是经常驻足。每年四五月起一直到十一二月，这儿更成了萤火虫的大本营，傍晚起，萤萤灯火便是由此出发去展开夜游的，关了灯才发觉萤火虫也逛进屋里头来了。夜里若拿着手电筒一照，可热闹了，池里苦草上无数晶亮亮、绿莹莹的眼睛，毫不畏惧地正朝着你打量着呢！滴滴溜溜的好似不解你为什么要打断它们的仲夏夜之梦。

衔接上方涌泉池的两侧用石头堆砌出来的排水沟长满了野姜花，只因为随意捡来几块野姜花根扔掷在其上，来年便徒子徒孙地蔓生起来，再来年就索性霸占了整个排水沟，好几百株的野姜花，好浓好浓的野姜花香从端午一直弥漫到中秋，中秋后非得把它给剃平了，这时才能闻得到秋天的桂花香味儿。这块地的原生树木也多，有认得的有不认得的，认得的是樟树、茄苳、榕树、九芎和山棕，靠溪畔还有台湾水柳，以及三株参天高的枫香，它们的树根整个盘踞了临溪流的地方，偌大一块地便是靠它们抓稳的，真是护堤护坡的功臣良将！我们本就好绿，所以尽可能保留下所有的树木，砌坡坎时也是绕着树头砌，舍不得伤害它们。上头另有一棵年已古稀的台湾破布树，干粗且斑驳，枝丫佝偻向天伸展着，一树的果实（破布子）却是看得到摘不到，靠根部还长了几朵亮褐色的灵芝，判断这位"老先生"应已有百岁高龄，真不由得肃然起敬。

至于那各式各样的蔓藤则都被我们除了尽，有的粗得像巨蟒，有的看似柔弱，却也一样把大树缠得七荤八素。我们花了几天的工夫，才突破一层一层纠缠不清的蔓藤抵达野溪边，好几次被困在其间不见天日，恍若置身于亚马孙河的热带雨林中，望了望手上缺了口的开山刀，觉得自己似乎也成为电影中蛮荒探险队的成员了。

其实比之于蔓藤，更让人丧胆的是菅芒草，甭以为秋天时满山遍野淡淡红褐色的菅芒花迎风摇曳挺迷人的，其实这怪物生命力之强悍，真是令人叹为观止。若只是割除，那么不待春风，任何一个季节的东南西北风都可以让它复生滋长，若想一劳永逸地斩草除根，那非动用锄头连根铲除不可。至于已成丛状和竹林一般的菅芒草丛，那么对不起，连锄头也奈何不了它，非得挖掘机出马不可。而很不幸的是，我们地上就尽是这样一丛又一丛的菅芒草家族，于是，它们成了我开拓史上的噩梦。

而另一个让人恨得牙痒痒的就是咸丰草，如果它不请自来地粘在衣服上，那么就算洗衣机也搅不落，为此，我们在拓荒时都必须选择尼龙质料的工作服，可如此一来便不吸汗，汗水便像瀑布一般直灌到脚上的长筒雨靴里。更惨的是，若它找上狗狗或猫咪们去攀附，那么狗狗或猫咪们身上的毛很快便会结成条状，或是球状，真是灾难。所以开拓初期，简单说便是一场与鬼针草的长期搏斗史，为了毕其功于一役，我们都是以连根拔除的方式扫荡，也就是说必须用最笨的方法，蹲在地上一株一株地拔除，我并不排斥这种不花脑筋的方式，但它生长的速度很快，这头拔完，那头又冒了出来，才真叫人欲哭无泪。所以每当邻人羡慕惊叹地问："为什么就独独你们地里不长鬼针草？"欣慰之余，也不禁捏把冷汗："还好还好，我们地不大，几百平方米而已，好整理……"

当蔓藤杂草除尽后，我们便在层层叠叠的坡坎间，以石头堆砌出一道道一阶阶的步道和阶梯，有一道阶梯便是直通一旁两三米深的野溪。至此，每当辛苦劳动过后，精疲力竭又口干舌燥，身上的汗水湿了又干、干了又湿，衣衫上已经结晶出白色的盐粒时，我便会走到野溪里，整个人坐泡进溪水中，洗头、洗脸、洗身、洗衣、洗鞋，当然，也洗洗我的心灵。有时会枕着或靠着石头小憩一番，看着透过绿叶的光影斑斓地洒在周身，溪水在耳际淙淙潺潺地流过，一直到现在我仍是不明白，这溪水声哪一点吵人？不过也幸好有人嫌弃它吵，这片天地才能为我所独享，这可真是好美好美的一片天地，我可真是好幸福！我一直很清楚地知道，我和这片天地的缘分不是无止境的，我和我的猫猫狗狗们都是过客，我们只是暂时使用而已，是这片天地容许我们暂时落脚、暂时栖身的。总有一天我们都要物化的，那么这一切都还要还回去，我希望届时奉还回去时，我不致汗颜。

如今，友人经常上山和我们小聚，看到的是我们已经安顿下来可以非常舒适生活的环境，每每向导介绍我们的家园时，就忍不住要细说从前，从前这块地是如何如何的……从前我们又是如何如何的……从前从前……在友人礼貌的、惊叹的响应声中，我很清楚地知道从前那一段用汗水堆积出来新天新地的开拓史，其实并不与任何人相干，也不必与任何人相干，这只是自己心底一段甜美的记忆。因为就算是在烈阳下、在寒风里、在大雨中、在孜孜勤恳的辛苦劳动中，我也从没觉得苦过，反而觉得扎实得不得了，因为每付出一份心力，便清清楚楚地留下一份成绩，真个是一步一脚印，公平得很，也许这就是人与土地亲近颠扑不破的道理吧！

朱天衣

知名作家。著有《朱天衣的作文课》等。

想要的都拥有，得不到的都释怀

 第三章

人生苦短，我们不必费尽思量，无所不用
其极地让生命更为复杂。昨日憾事虽多，
但总要学会往前走。那些逝去的日子，就
让它们随风而去，我们唯一拥有的，只有
现在。

• • •

梦与夜宿机场

董成瑜 / 文

飞机起飞前，引擎发出的轰轰声响与振动，总是造成一种隐微的催眠效果。此时如果张开眼睛，会看到许多不设防的人早已进入睡眠状态。我张开眼睛，发现机舱比刚上飞机时暗了许多，人们大多已然进入梦乡。我看着这景象，奇怪为何飞机尚未起飞，大家却都已睡着？可能是等得不耐烦吧。

很久以后，才知飞机早已在上空平稳地飞行，平稳到我不知那是飞行。那年我二十岁，第一次乘飞机去外地，世界在我面前展开，而我如此天真蒙昧，以为飞行该像鸟一样起起伏伏，不时地拔升与俯冲。

那时我对于机场只要经过一道关卡，就出了此境或进入他境，感到不可思议，那是充满隐喻的京剧的境界；又像一块电视屏幕，屏幕后方是找不到电视里的人的；那又是少女千寻的车站，没有开始，没有结束，没有边界，只有和我们同样茫然的乘客和一个孤单的站名，其实只是虚幻地浮在水上的一座平台。

许多年后，因为采访工作或其他因素，我经历了数不清次数的飞行，早已习惯不时地要打包，把一个小型的"正常生活"整理出来塞进行李箱。猫们不安地跟前跟后，趁我停下来时皱眉看我："你又要抛下我们出门了。"然后干脆坐进行李箱，说："带我们走！"我心里一揪，我多么希望带你们去啊，但你们该知道猫是不适合长途旅行的，你们会想家。于是仍把它们一一赶出。

就这样又过了很久，终于有一天，我决定要重新整理生活，整理自己，便独自去纽约旅行。旅行前夕依然兴奋忐忑，折腾许久，终于睡下，闹钟响时，正好记得刚刚的梦。我梦到马英九，但重点不是他，而是我在梦中竟会飞。

梦中，马英九和一群年轻俊美的男子，到乡间拍一部宣传影片，我的任务是随行采访。别人正忙着准备拍摄，我因一时无事可做，又身处绝美的乡间——此处有水田，有湖，湖面有许多天鹅，四周森林围绕……身心愉快至极，于是有了想飞的冲动，我试着像在水中游泳那样地在空气中划动手脚。未料，我竟然就渐渐浮在空中了。

我愈飞愈高，由高处向下看更加美丽，那里空气香甜、视野广阔，我飞得那样自然，就像我做一只鸟已经很久了。此时低头下望，只见马英九与众男子正彼此手挽着手，边走边唱歌，他的神情看来愉悦而紧张，而我有时也会降落地面看看他们的工作，但又随时凭自己的意志抖动双脚飞到空中。

飞到湖的另一头时，我闻到一股强烈的木材烧灼味，我便深深感受到"空气污染对于一只鸟的影响"。醒来时，鼻端仍有余味残留，我连忙起床四处查看，幸好无事。

所以那烧灼味与飞行一样，都只是一种隐喻。这种带着些微焦虑的感觉直到抵达机场办好登记，出了关，通过繁复的安检程序，然后买了报纸坐在咖啡馆里，才暂时告一段落。

我想起数年前，一名日本男子搭机途中，因邻座发现他在纸上写着"suicide bomb"（自杀式炸弹）而遭检举，全机飞回起点做安检。男子被捕后向警方说，是在英文报上看到这两个字，不知其意，想写下稍后查明。他获释后，联邦运输安全局发言人说："我们提醒旅客不要写有关炸弹的字，因为如果他们想去度假，这样做会影响他们的旅行计划。"

我想，男子若会读英文报纸，必能懂得那两字的意义，若不懂这两字，也不会懂其他的字，也就不会看英文报了。因此那必是对于机场无止境安检的一种消极抗议：试试看会发生什么，小小刺一下不会有事的。这是中年人的另一种精神出轨。我们总是在安检时尽量表现出无辜的样子：高举双手，我什么都没做！但心里是受伤的。十年来，世界已然不同。

此刻我旁边坐着一个年轻女孩，声音低低地打着电话，边吸着鼻子，趁她抬头才知她在啜泣。她一个人去纽约，是去读书还是别的？哭泣又是为什么？是分离还是永别？一中年男子坐在她对面打瞌睡，对这场哭泣毫无所感。他穿着凉鞋，露出指甲修剪得干净整齐的脚趾，指甲都圆圆的，令人想到"干净滑润的白色小圆石子"。一个如此费心地修剪、磨润指甲的男人，又过着什么样的人生？

在城市里住惯了，到异地旅行，虽然想着要冒险，其实又哪里都不敢去，只能去博物馆和书店，在固定的安全地点吃饭，与在台北的生活完全一样。我总是一早出门，傍晚6点天黑前回旅馆。虽然无事发生，但每次往返，都有如去了内蒙古大荒漠那样九死一生。

搭纽约破烂脏旧的地铁，所有的乘客不论穿得是否光鲜，在这里，都有如刚从集中营走出来似的一脸灰败。为了保护自己，我也做出灰败的脸，因此才意识到，冷漠或灰败，都是掩饰恐惧的方法。

人在纽约，过的却是台北时间。有人把台北的闹钟植入我的身体吗？我总是半夜12点逐渐清醒，中午12点在博物馆里开始困倦。忍住，四处走动、拍照，直到忍不住。

为什么会如此多梦？也许因为是独自旅行，交谈的对象主要是自己，因此灵魂特别敏锐，随时处在警醒的状态。我梦见一个多年没有浮现脑海的性格温和的朋友，他继承了在械斗中被枪杀的哥哥的事业，变成南美洲的毒枭大头目；一个长得很好的才子追求并痛苦地思念我，而且还无法自拔……我的旅行其实是一场接一场的梦境串起来的，梦里疯狂热闹，醒来孤独冷清。

回程飞经香港，遇上台风，飞机停飞。那时已是深夜，人们只好就地睡下。我因那年累积了许多飞行里程，被带到航空公司在机场设立的贵宾俱乐部，第一次愧疚地感到特权的迷人。上千平方米的豪华大厅里，拥有特权的人们优雅地吃着精致的点心，愉快地在挑高的大理石浴室里洗浴，洗到不能再洗才从容地走出来，然后每人拉来两张小沙发拼起躺下。入夜后，灯光暗去。我因一时睡不着，戴耳机听音乐，开小灯看书。然而，就在我也渐感困倦时，一场奇妙的合奏开始了。

你听过两三百人同时打鼾的声音吗？幽暗中，我突然感觉自己不是在机场，而是置身于非洲大草原。三百只狮子同时在我耳边，时而低吼，时而高亢，有时独唱，有时合唱，谱成一曲撼动人心的大草原交响曲。太奇妙，太震撼了，以至于我愈听眼睛睁得愈大，不敢稍稍眨眼，怕一眨眼交响曲就会中断。

在规律的节奏中，不知何时我也蒙眬睡去，变成其中的一只狮子。但我没有做关于草原狮子的梦。我梦见一位畅销书作家到台北宣传，他的书最大的卖点是他有一种病，叫"大英博物馆病"，每天午后都会无法控制地昏沉睡去。咦，这不是我最近每天去博物馆都会发生的症状吗？我在梦中感到疑惑，觉得这种症状并不特殊，恐怕只能称作"睡午觉"而已，他怎可靠这敛财呢？我想我该采访这个人。

醒来我感到一丝惆怅，明白这梦预告了旅行的结束，明天又要开始正常生活了。

董成瑜

知名编剧。著有《一个人生活》等。

三只酒瓶

曾郁雯 / 文

决定要去福冈拜访诗人王孝廉教授，自由布院泡温泉那一刻开始，我就非常期待。

原因很简单，这是年近半百的我第一次日本自由行不必安排行程，只负责发了一则简讯，告知苦苓大哥护照号码和英文名字，其他的，全权由他负责安排。

一行四人，苦苓和女友，我和老公阿义。苦苓的女友是位教钢琴的美女老师，几年前两人因参加同一个旅行团认识，变成恋人后当然是天涯海角四处云游。有这样的旅行达人同行，我们当然很轻松，直接约在机场见。

虽然如此，在喝咖啡等待登机的时候还是有点忐忑。除了苦苓和阿义是将近三十年的老友，其余三人都是初次见面，五天四夜的行程不算长，但两队人马的习性彼此并不知晓，旅伴是旅行中最重要也最危险的部分，即使亲如恋人、家人或好友，也不一定是好旅伴。咖啡还没喝完，危机就在苦苓的话中解除，他说：

"真不好意思，订这么早的班机，又要提前到机场，所以抵达福冈后先休息，睡饱了再各自去逛，只要晚上一起和王老师喝酒吃饭就可以。"

事实证明，接下来几天我们都采取同样的模式，白天各自行动，有时还会在街上偶遇，每天晚上一起喝酒吃饭聊到深夜，果然是好旅伴。

王孝廉教授笔名王璇，东海大学中文系毕业后，求学日本，现任日本福冈市西南学院国际文化科教授，是目前海内外专研中国神话的重量级学者，在日本执教近三十年，在台湾以散文、小说、历史评论闻名。

早年最著名的代表作是《花与花神》《春帆依旧在》，第一本小说《彼岸》，轰动海内外文坛。

1979年写《春帆依旧在》的时候，他刚从广岛大学取得博士学位两年，进入福冈西南学院任教，却依然在书中勇敢批判日本军国主义对中国的伤害。书中收录的唯一一篇小说《再见南国》，写一群旅日的中国台湾教授、学生在南国酒店和台湾小歌女骆霜的故事，充满人道关怀，因为他以鲁迅为师。

写完小说他就不写了，从不自诩是作家，但文坛后辈如阿义者却十分仰慕他壮阔而优美的文笔，更羡慕他的潇洒侠情！1989年，阿义曾和诗人向阳一起抵达福冈拜见他心目中的偶像。苦苓在电车上说，他是1990年来福冈见王老师的，那是他第一次喝烧酎，喝到完全不省人事！只记得出租车司机将烂醉如泥的他送回旅馆房间，从他皮夹拿出车资，找完钱才离去，这种义举让苦苓感念至今。

我们相约在福冈藤崎站相见，每过一站阿义和苦苓这两个渐老的男人就越兴奋紧张，一直描述当年的情景，脸上竟然洋溢着青春少年的光彩！阿义又开始陷入他的小说情节，幻想着说："等下一定会看到豪迈的王孝廉，穿着帅气深色长大衣，潇洒地站在车外迎接我们。"终于到了藤崎站，我们开始四处寻找穿着长大衣的豪迈男子，却看到顶着一头灰白却依然茂密的发丝，两道弯弯的粗眉，蓄着胡须，穿着短夹克却一样潇洒帅气的王老师，笑眯眯地朝我们走来。

管他是不是穿长大衣，阿义和苦苓一个箭步就冲上去和他拥抱，三个老男人泪光闪闪，这二十年来各自经历的悲欢离合就像一节一节车厢飞过，什么都来不及说。

只是这回都特别带了女眷来见老大哥，王老师更开心，说他好久没和台湾美女喝酒，加上博士班学生，来自淡江中文所的周宏仁，一行人浩浩荡荡往居酒屋杀去，一如二十年前，重温醉梦。

菜一道道一直上，酒一杯杯一直喝，刚开始先喝啤酒，2010年限定制造，岩手县远野产百分百麦芽一番榨的麒麟啤酒；之后换上二十年来让苦苓难以忘怀的烧酎。烧酎是南国男人的最爱，这种卖烧酎的小居酒屋又叫"烧酎屋"。王老师准备了本格芋烧酎"黑雾岛"，大正五年（1916年）雾岛酒造创办人江夏吉助首次加入"黑曲"酿造烧酎，开创了雾岛造酒的历史。使用最高质量的"黄金千贯"甘薯作为原料，本格指只蒸馏一次，保存了原料的最佳风味，酒精浓度25度，日本人的喝法是夏天加冰块儿，冬天加热开水一比一兑着喝，标榜芳醇绝天下。

他们师徒对台湾地区现状都了如指掌。在日本，博士生陪教授喝酒是很正常的事情，他乡遇故知当然是人生一大乐事，"黑雾岛"又是这么芳醇顺口，酒逢知己千杯少。希望赶在明年退休前拜王孝廉老师当导师的宏仁好忙，酒一杯杯一直倒，手没停过，热水一杯杯一直加，边调边问："台湾人都这么会喝吗？"好像忘了他自己也是台湾人！

第一瓶酒，敬三十年的青春岁月。

我们把第一天和最后一天的晚上都留给王孝廉老师，中间两天去由布院泡温泉，隔天一早就搭火车出发。苦苓也是有做功课的，在台湾就请旅行社买好车票，虽然一天只有三班，但我的好友兼同学梁旅珠在她写的《日本梦幻名宿》一书中说：

"即使其他火车的时间对你而言方便一百倍，至少去的时候要坐一趟哦！"

我们很幸运来去共坐了两趟。

旅行久了从很多小细节就能知道行程是否顺利，从在福冈博德车站等车开始，我就知道即将到来的这两天会是非常愉快的日子。

火车站台上用代表森林的绿色图案标示位置，简单明了。当绿色的火车准时驶进站台时，大家的心情简直达到沸腾状态。一上火车触摸到光可鉴人、柔润温暖的木质桌椅、地板，仿佛瞬间置身在由布院的森林中。接下来就看到几乎所有的女生都坐立难安，等到广播宣布可以开始购物了，大家就马上行动，恨不得把目录上的礼物和食物通通买回家。东西抢完了，咖啡喝完了，还有服务员拿着标示当天日期的牌子，借给你火车司机和服务员的帽子，帮每一位有兴趣的乘客拍照，真有趣，好像小学生郊游。回程时除了继续上演抢购秀，美丽的服务员还会请吃糖果，因为她等下就会端出由布院好吃的冰激凌和芝士蛋糕。懂意思吧？趁融化之前把握最后机会再尝一尝香浓甜美的滋味，留下难忘的回忆。

由布院因为位于大分县，有其得天独厚的条件，依山傍水，四季分明，除了温泉是最重要的经济命脉之外，大分县丰富的物产更是他们的骄傲。不管农渔牧，他们都一心回归自然，健康的米、有元气的野菜、重建自然养殖生态的牧场，让每一口食物都特别好吃，充满大地气息。

我们住的旅馆"由府两筑"是大正时代的庄屋移筑而成，洋溢着朴素的民艺格调，平易近人，小小的家庭浴缸两个人泡刚刚好，住宿的人不多，只要把门口的牌子翻到"使用中"，几乎都可以泡到过瘾。他们家的美味是地鸡饭和手做的豆腐，原汁原味，有妈妈的味道。

相对于"由府两筑"的平民风格，由布院的御三家"由布院玉之汤""龟之井别庄""山庄无量塔"，也是有生之年值得入住的旅馆。它们都有部分对外开放的餐厅或咖啡厅，如果没有充裕的预算或订不到房间，尤其是"山庄无量塔"，至少要去喝杯茶或咖啡。

当然由布院已经列入我们一定要重返的地方，短短两天意犹未尽，难怪被日本上班族女性票选为第一名的温泉旅游胜地。带着被温泉泡得酥软放松的身心，依依不舍地回到福冈，刚接完风的"酒党驻日代表"王孝廉老师又等着为我们饯别。

酒党的成员很固定，不必改选，永远的党魁是曾永义教授，永远的秘书长是作家庄伯和，永远的驻美代表是杨牧教授。王孝廉老师才高八斗，阿义和苦苓三十年前都是"阳光小集诗社"的成员，仰慕王老师至今。当晚移师台湾同乡开的餐厅"翡翠园"，王老师有备而来，除了宏仁之外又带了另一位得意女弟子——金绳初美女士，她已经跟在王老师身边二十年，现在是研究云南丽江泸沽湖的专家。

三天前我送老师《京都之心》当见面礼，一开始吃饭他就先回送我一本奈良女子大学文学部出版的《奈良巡礼》（暂译）当回礼，勉励我要好好继续写。

酒也备好了，同样是2010年限定麒麟啤酒打头阵，接着上场的是本格烧酎"原酒"，金色麻绳、油纸包装，也是"黄金满贯"的芋烧酎，自家农园用有机农法制造，酒精浓度38度，看来王老师准备不醉不归。

原酒是明治十八年（1885年）就出名的烧酎"一筋"好酒，天蓝色的玻璃瓶身，可重复使用的原木瓶塞，既现代又传统，虽然是38度的酒，却散发着无比的清香，学姐在前当然还是宏仁拼命调酒。

我在由布院的时候和阿义哥哥聊到年度小说选，当中有一篇学生时代很喜欢的短篇小说，一时忘了名字，经我描述后，阿义解答，才惊呼竟然就是王孝廉老师写的《彼岸》！喝原酒的时候跟王老师提起这件事，他笑得眼睛眯眯，眉毛弯弯，我赶紧举杯向偶像敬酒，他笑到连眼睛都快眯不见了！

第二瓶酒，敬永远的文学。

但是不知道为什么都喝不醉耶！难怪可以当酒党永远的"驻日代表"。我们也不差，这时候宏仁又拿出一瓶本格芋烧酎"赤雾岛"，泸沽湖专家初美女士发出惊叫，还以为是要继续喝下去的惨叫，后来才知道她的意思是这瓶"赤雾岛"是很棒的酒！用"幻之紫芋"当材料。可别小看这种"幻之紫芋"，它是九州冲绳农业研究中心开发出来的最优秀的紫芋，蒸馏后会产生百花烂漫的香气，再加上"赤雾岛"用的紫曲会让酒产生天然的色素，所以这瓶酒色香味俱佳，是上上之选，由衷地感谢王老师的盛情款待。

一群人好像有讲不完的话。苦苓这些年几乎销声匿迹，以本名在雪霸公园担任解说员；阿义不再上电视做政治评论员，专心写作。王老师鼓励阿义继续好好写，写诗写散文都好，我说阿义写完《旅人与恋人》这本诗集之后，对他的散文大有帮助，文字不再"黏滴滴"，他现在的散文有了诗的韵律。老师听了直点头好高兴，马上跟我举杯，笑眯眯地跟阿义说：

"我已经看完郁雯写的《京都之心》，说真的，她的文笔比你好哦！"

呵呵，不晓得是不是醉了，每个人听到都笑翻了！阿义一点都不介意，笑得最开心，这是他鼓励我回来写作最大的成就感。

看到两个在他眼里永远的小老弟，历经沧桑之后都找到知心伴侣，王老师非常欣慰，频频举杯、殷殷告诫：

"要珍惜哦！要珍惜哦！"

第三瓶酒，敬知心老友、灵魂伴侣。

曲终人散，临别依依，我们在深夜的小酒馆门口道别，苦苓抱着老师说：

"三十年了，好像在做梦！"

我把喝完的原酒和"赤雾岛"空酒瓶带回台北，上面还有王孝廉老师的签名。在机场等飞机时，苦苓看我提空瓶还提得那么开心，就说：

"你回去要写一篇三只酒瓶。"

就用这三只酒瓶纪念三位老友重逢。在由布院的第二天早上，天空飘下今年的初雪，日本人认为遇见初雪的人是幸运儿，是的，我们何其有幸！老友、美酒、文学、知己为伴，人生的旅途一点都不寂寞。

曾郁雯

知名作家、珠宝设计师。著有《鲸鱼在唱歌》《京都之心》等。

鼻　音

吴亿伟 / 文

尚未真正注意自己的英文发音前，总自信能正确无误复制CD里外国人的一言一语。不只发音，就连音质都一模一样，开口就是地道英文，便也习惯以自己耳里的声音，去评断别人的英文。

因此，朋友J的英文，一再被我评断。

严格说来，我根本没有资格批评J，他英文程度好，口语对话流利。在校时，他修习英文的课程皆得高分，还因优异表现获得过奖学金，到美国一流大学短期进修。去外地旅游时，很多人还误会他是地道的美国人。退伍之后，一口纯正的英文让他顺利地到外语补习班教书，也替出版社翻译英文书籍。

但不知为何，每当J说起英文，那发音我都觉得不自在，总觉得这声音跟我"习惯"的英文连不起来，不知是什么环节出了问题。有一天，我突然意识到，J说起英文来跟中文差很多，鼻音特别重，仿佛鼻子就是喉咙，如失调的歌曲。

于是我对他说，你的英文好造作，美国人也没这么夸张吧。

他有些惊讶，没想到我会批评他的发音，他一向自豪的特点。他狐疑地问我："真的吗？这样是造作？"我非常坚定地回答："对啊，我没听过美国人讲成这样的。"

怎么会产生那么大的差别呢？对，那原因在于，我自信我所听到的。

如今人在异地，重回牙牙学语的阶段，我不得不承认自己模仿声音的能力有限，发出了自以为正确的声音，面对的却常是一张张困惑的脸。到底是我的听还是我的说出了问题呢？我曾非常认真地背诵一小段文章，反述再反述所听到的声音，直到倒背如流才罢休。我自信满满念给朋友听，得到的评语却是："是不错啦，只是，只是，好像少了一点什么，鼻音吧，母语人士说英文的时候，总是带一点鼻音，这样听起来比较地道，比较好听。"

若说自己被"一报还一报"，也未免太情绪化，但 J 的表情却浮现眼前，我现在正重演他当时的疑惑无语。怎么会这样？换我问自己。

仿佛是穴道点开，五脏六腑全都通，突然间耳朵成为敏锐雷达，一点点鼻音都能触动我易感的神经。美国腔的扁平鼻音，英国腔的厚重鼻音，这些人说起话来，鼻子似乎都是发光的。我所在的德国，说着以喉音与重拍为特色的德语，理当不会有这种现象才是。但在聆听德国人的日常对话后，我却发现那鼻音如影随形，尤其是德语广播和电视新闻，本当生硬有力的德文被鼻音软化，反带一种酥麻，那些我无法发完的长长字词，都在呼吸之间被轻松带过，只剩我还在咿咿呀呀，舌头嘴巴找不到位置，瞎忙。

　　这样的改变，或说发现，霎时让我豁然开朗。一直困扰发音的我，首要之急，当然不只是听，还要把这些声音学起来才行，大口吸气，全神贯注，架起了许多聚光灯，聚焦鼻子，亮熠熠期待着崭新地道的发音。打开广播，主播的鼻音听来柔和，轻轻松松连番播报一则又一则新闻，听着听着，我似乎可以抓到那么一点诀窍了。开始!

　　一切并不如我想象的那么简单。为了模仿声音，不理解说话内容，才能使自己更专心在发音的环节上，如此一来，我更清楚意识到自己的声音了。喉咙紧缩，整个人像是被拧紧的抹布，滴水不流，声音怪了，我拼命随着主播的声音奔跑，但很明显的是，我们之间就是存在大段距离。他的声音仍是轻柔，每每讲到重点处，鼻子一呼气，包起所有声音，如圆球，缓缓滚出。听众如我，却越来越急躁，他越是放松，我越是烦闷，不知为何我就是抓不着那种说话的感觉，脑子里一直有东西抓着我，一种互斥感，不断反复说着，好怪好怪。这样的声音好怪好怪。

　　连续随着新闻主播练了几天，我当然听得出自己的进步，但是心底那股拉扯的力量依旧强烈，逼我去重视它的存在。往往在我无法跟上主播的声音，对自己生气，甚至激动到抓着自己的喉咙时，我可以听见那力量的欢呼声，它成功了，它不允许我说话带有鼻音。

　　为什么呢？这力量为什么存在呢？

　　如此反问自己的时候，脑海里浮出的场景竟是好久不见的小学教室。午后的阳光仍然强烈，从窗口反射到墨绿色黑板上，白色板书看不清楚。老师站在讲桌前，望着站我斜前方，应该要回答老师问题的同学。沉默时刻，一点呼吸都听得清楚，老师开口要他说话，口气重了点，他微微发抖，被大家的眼光注视着，汗水淌在脸上，他微张开口，却没声音。

　　底下窸窸窣窣，解答了这尴尬片段，有人扑哧笑出，用鼻子发出怪声。我记起来了，是中年级时，那位说话鼻音很重的同学，一说话，大家便开始讥笑。大男生说起话来，鼻音太重，总被人取笑像女生，他越是在意，同学越爱模仿。反复地取笑，画出了一条无形界线：他和我们是不一样的。他不喜在人前说话，不与他人互动，总是一个人坐在位子上，不发一语。

　　还有一位同学，也同样让我印象深刻。高年级时，我转入他校，上课没多久就有人告诫我，两排远那位平头男同学说话时发出的气味很臭，不要跟他打交道。原来，他鼻腔病变，内有小瘤，说话总是含糊不清，像有人捏他鼻子闷起来的鼻音。小瘤从外头便能看见，几乎占满鼻孔，不时还发出异味如腐酸食物刺鼻。他同样没有什么朋友，每当换位置时，没人想坐他旁边，他一说话，那鼻音一出现，便有人故意大喊臭死了臭死了，要他从人群中离开。

　　当时的我，不是故意挖苦他的人，但也不是力排众议，执意要跟他当朋友的人。大多时候，我保持距离。如今回想，他长相已模糊，但是说话一半，那飘出的异味竟还依稀可闻。鼻子，受回忆影响，重温那臭味如细针绵密钻入，却不能停止呼吸的酸麻感。一直憋着喷嚏实在也不行，最礼貌的方式只有不假声色草草结束对话。后来，那声音仿佛与异味连接起来了。只要听到他说话，鼻子便一阵酸麻。当时年纪小，没什么精准词语能够形容这感觉，往往只有简单一句：鼻音好臭。

中文与英文在发音上确实有明显差别。中文发音多在口腔前部，唇齿之间，听起来字正腔圆；而英文或其他拼音文字，为求发完长长短短的单词，大多运用口腔后部，较不费力，正因如此，舌根自然压到鼻腔后部，产生鼻音。然而，这些学理解释并无法冲淡脑中那些关于鼻音的负面回忆。打开电视，综艺节目里的搞笑艺人模仿台湾闽南语歌手蔡秋凤，大唱《金包银》《大家乐》等歌曲，总爱强调她那十足闽南语式的鼻音唱腔。电视机前的我，尽管知道这太不厚道，却也被那些滑稽动作与夸张声音逗得乐不可支，还一边庆幸自己没这样，没成笑柄。

于是，当画面停留在眼前的CD播放器上时，我问自己：真能欣赏现在努力模仿的鼻音吗？无解。广播主播依旧轻盈，用温柔的鼻音播报新闻，我试图放松自己，但脑子还是不断有声音冒出来：这声音真好笑，这声音有问题，这声音真滑稽。我告诉自己不过就是语言，怎么会有发不出来的声音呢？我试着再模仿，但是那害怕鼻音的拉扯力量仍旧掐着我。

它不停地质问：你真的要这样？你真的要这样？

我能感觉，一个完整个体在我内里，殷切热心地替我过滤那些不好的回忆，前提是要我积极摆脱鼻音，别和别人不同，受人取笑了。然而，我要如何告诉这个个体，那些负面与恐惧都已过去，现在的我，正需要鼻音啊！然而，没那么简单，鼻音在我耳里越清楚，笑声也随之越响亮。或许，这一切尚未过去，只不过反了过来，我是站起来不发一语的同学，我是说话便会发出异味的同学，冷汗直冒，受人讥笑注视。这是另一门课，我只能自嘲地说："被笑的一天，也是学成的一天。"

吴亿伟

知名作家。著有小说《芭乐人生》《努力工作》等。

热臀记

黄信恩 / 文

每天醒来，我和城市第一接触的部位是臀。

有好几次，我往通勤电车空位坐下时，突然感到一股热流，触感鲜明，不断往体肤散发着。于是我起身，转而站立，或另找空位坐下。

在高雄，我常观察到：即使捷运车内有空位，许多乘客仍选择站立。而且，礼让座位的年龄会下拉，许多看来不及六十五岁的长者，就在捷运里经历了让座、意识到老化的事实。这里的乘客似乎有一套乘坐典则，属于这城的，是礼貌与客气，和许多大都市的地铁很不一样。

或许再几站就下车了，人生不应贪图那一两站的距离，于是选择站立；或许近日臀围略有增长，与牛仔裤关系紧张，得多站少坐；或许不想与对座的人相看两相厌，不想和怪叔叔并肩而坐；更或许是这城市的宽疏从容，养成居民不与时空竞争的个性。

　　我也是一位偶弃座位、选择站位的乘客。但我不坐，是因为椅上余留的臀温。

　　臀温，是压抑在底下的热情。暗中燃烧，只能意会，不能言说。

　　臀温，把座椅弄活了，它赋予了座椅生命力。这不明的能量，总在椅上拼凑着、还原着上位乘客的故事——臀围、体质、代谢率或脂肪厚度。有时，还夹带淡淡潮湿、假想的屁味。

　　臀温，是通勤常规里一个突发的空白。我常误坐烫椅，惊觉自己已在清净之晨，和人群有了最贴近的体温交换。这轻盈好动的杂质，常令我感到不安，好像有些不属于自己的东西，往体内私密地渗透，融为身上一部分。这陌生人遗留的气流，总让我决定起身。

　　那是谁的臀？血气方刚，按捺不住。这是谁的臀？不温不火，情感低平。这又是谁的臀？残喘将熄，复归冰点。

　　冷却的、温和的、火爆的……我在公交车、地铁、电车上，接触过各式臀温，想象一朵朵环肥燕瘦的臀。

　　有天，我收到一封疑似色情网站寄来的电子邮件，标题写着："Wow, beautiful buttocks in Rio de Janeiro!"（里约热内卢的美臀！）仔细看才知道是小古发送来的。

　　小古和我同龄，华人，生于旧金山，十八岁返台，现在是一家咖啡店店长。认识小古是个偶然，我因为曾在报上写了一篇和左营相关的文章，刊出后被一位女记者读到。两年后，她和电视台摄影师南下拍摄纪录片，找我按文循线走访。

摄影结束后，记者选了一家咖啡店对我进行访谈。店长就是小古。小古给我的第一印象是肤色古铜，右臂有太阳神刺青，左耳有紫圆耳饰，喜欢旅行、混酒吧、冲浪。整个人就很"垦丁"。

那阵子，小古沉迷于单反相机，索性就和几位旧金山老友一起到巴西海滩摄影。

对于里约热内卢，我有太多直觉来自电影《中央车站》。影片中，这座六百多万人的城市，画面拥挤、弱肉强食，人的私欲与防范如此强烈。但当小古说他正在市区某间桑巴俱乐部，一边听现场演唱，一边写信，我才醒来，里约热内卢不全是《中央车站》那样，反而是很"小古"的，像他会去旅行的那种城市。

看着小古传来的相片，每一张都是蠢动的肉体——男男女女，从海滩、街头、酒吧，甚至贫民窟，肩胛、臂膀、胸膛、乳沟……露着，摇着，扭着，挤着，清一色的古铜肌肤，就连臀部也是。

即使穿起牛仔裤，少了肉体的曝光，也是合身迷人。小古特写了几张牛仔裤下的臀，圆润丰美，尽是诱惑。

似乎有什么信念在规制里约。我发现，在科帕卡巴纳海滩，人人脚底都是一双人字拖，女子卸下紧身T恤与迷你裤，换上唯一穿着——比基尼。

比基尼，巴西海滩的制服，心照不宣的公约。

仿佛在这里，女性臀部是不允许被布料遮覆的。整片海滩陷入泳装的剪裁疯癫，永远在线条、布料与色系上有着未完成的革命，像热带雨林的树鸟，摊开羽翅，追求亮丽，生怕被遗漏。

然后，晒臀。

其中有张照片是女子一字排开，穿着鲜亮比基尼，俯卧沙滩晒日光浴。这些臀部匀称饱满，火辣又清凉。

有天，小古在街头派对认识两位巴西女孩，她们一边喝凯匹林纳鸡尾酒，一边大方地讨论丰臀手术。翘、弹性、紧实是她们的丰臀要点，这里技术成熟，强调将肌肉植入臀部，不再以外来物充填，提供更扎实、自然的臀。

如此沉迷于臀姿的城啊！无时无刻不在呼唤人性的欲望。巴西在我的字典里自然是很"臀部"的。

我清楚记得那一幕：2010年世界杯，巴西败给荷兰，几位巴西球迷排成一列，脱裤，对着镜头向世界露出屁股，抗议输球。

盯着这画面，我不禁要想：为什么要以露臀来抗议？这背后透露的讯息又是什么？

或许，臀就是人体的热度所在。人们在臀上彩绘国旗，以臀当面，一同骄傲，一同悲愤。臀该是热的，沸扬的，带着一点冲动与不理智。

所以，巴西人的屁股比较烫吗？

有时在通勤途中，误坐留有余温的椅上，我会想起小古的巴西经验，然后不禁要想：里约热内卢的电车椅上，存在怎样的余温？

"在通勤里约的火车上，你绝对感受不到臀温，因为座位早被占满。"小古曾在店里和我聊道。

或许，在中南美，最能直接与臀触碰的场景是飞机。

我想起小古说过的飞行时光，台北飞东京，东京飞纽约，纽约飞里约。美国航空。二十多小时的时光就悬在地球上空，一个窄小的椅位上。

我想象那椅位，吸收数十小时的体温，能量不断蓄积，烈火中烧。

但让小古困扰的却是快脱臼的手臂。他坐在机上中央靠走道的位置，理当进出方便，却不断被路过的臀撞着、擦着、推着。乘客也好，空姐也好。那是与臀零距离的班机。

"你能想象被坐了十小时、刚起身的屁股撞到脸颊的感觉吗？"小古就这样被一位最中央座位、体形庞大、整路打鼾的中年男子，在借道往厕所的途中，脸部正撞大臀，眼镜位置因此歪斜了。

那是世界上最热最痛的臀，在飞往里约的途中。小古记忆犹新。

至今，因为工作关系，我时常往返高雄台南，在电车座椅上反复接触不同的臀温。

有个假日，一位阿嬷大刺刺提着鱼、菜进入电车，朝某空位走去。她银灰短鬈发，金色细耳环，O形腿，样子看来善于处理家常。

阿嬷嗓音亮，无视车上人群，在坐下时突然大嚷："烧！"然后起身，眼神尽是疑惑，往附近空位移动。

此后，一直到我下车前，那座椅始终空着，仿佛所有人都接收到这则被阿嬷张扬的椅上臀温的信息，与它保持距离。

是谁的臀留下的？众生缄默，无人指认。翘臀的窄裙女子吗？多次生产、臀围宽大的妇人吗？背黄埔包、臀部结实的军人吗？还是那位臀肉干瘪的阅报老人？我不断回想刚才车上的来去人群，却想不起来。

列车持续前行，盯着那无辜又局促的空座椅，我仿佛感受到它寂寞的热情。到底是谁坐过？我努力地回想，臀就在椅上忽明忽灭，忽冷忽热，像一段暧昧而艰辛的恋情。

黄信恩

知名散文家。著有《体肤小事》《游牧医师》等。

耳　鸣

方秋停 / 文

　　风扇转到底，"咔"一声，转往另一头摆动，我紧裹被单浑身打起了哆嗦。你身着汗衫短裤平躺床上，风扇击打夜的节拍，层层噪声将昏沉意识拉回来，夜氛凉冷，心思一根根竖立着。D，你睡着了吗？耳内的鸣音可还持续？

　　你耳内装着吱吱声响，连续响音不时干扰你，时如夏日蝉鸣，时似北风呼呼地吹袭……何时开始？你我之间充满了杂音！街灯浮映树影，落地窗上走出沙沙的刮痕，你侧着身子，于辗转中轻声叹息，又一次，旋将入梦的心神又躁郁了起来。

　　我闭着眼睛，冥冥中感觉灰黑一层层地亮开，复由棕色转成为艳黄，眼前映出白天的景象：美术馆里挤满人，即便踮着脚尖也看不到前方名画。人潮拥挤，向往的眼神硬是被推开，葵花于涌动的人海前怒放，无法靠近的画面生出万般想象，入夜后便在潜意识里展开，画家手握笔杆，蘸上浓彩，橙黄颜料一笔笔往画布上堆积，绿蒂托住外放的花瓣，一朵朵黄花于日头下张舞扭曲着。炎阳于脑海里转绕，鲜花猛吐焰，风扇继续转，你的身体似乎处于散热的状态。我则继续裹着被单，凉风阵阵吹，盛开花形于画中跟着转……

咔咔、咔咔咔，风扇转到尽头又咔地卡住。

X光片于日光灯前显影，医生指着图像说你听力减退，导致不明脑波胡乱地放电。你扭开电视，将音量一格一格调大，烦闷自床上蔓延到地板，荧光于房内胡乱跳动。最后你将遥控器往被褥上一摔，喊了声"太吵了，我听不见"，便冲进浴室。女主播神情错愕地播报另一桩事件。水龙头转开，水流自莲蓬头溅出，径往你头上猛冲，水流进耳，复从耳间淌流出来。你气馁地坐在浴缸里，任由水位升高、流出、覆满瓷砖，经排水孔流进水管，孔缝吞咽着水声，你狠狠关上水龙头，却关不住墙内持续的声响！

你裹了条浴巾从浴室走出来，全身蒸发着汗水，眼睛疲累地闭着：只见蜂与蝶飞舞，雀鸟鸣飞，葵花随着日影转动，花茎焦虑僵硬着。你一次次坐起来，拉扯两耳，眼皮越来越沉重：虫鸟穿进穿出，意识凝为罩网于空中拼命挥舞……

风扇拨动夜氛，送你往赴渴望的梦境，小夜灯散放微弱光影，雾气于落地窗外盘飞，砖墙一层层被濡湿……

如何遮掩也逃不开魔音追索，断层扫描划过脑海，高低音频放射出旋又遇挫折返，不明曲线仓皇延伸。医生进一步解读你无从理解的生理演变：左耳蜗退化，你听不清高频的声音。

医生开出药方，要你放松心情。

黄彩持续堆积，葵花子一颗颗裸露，艳丽花瓣逐层内敛……白色药丸自你喉间游进体内，水流冲击黏膜，散放的电波隐隐地回避……鼾声自身边传来。你总算入睡！风扇摇转，意识一分分被涤滤……

我紧合的眼皮一分分加重，踽踽独行而后蓦地回首——翻过身，眯闭的眼睛微微张开——正好面对你的左耳。

天幕掀开，鸟鸣声传来，昏然意识又醒了过来。我走到楼下，啪啪将炉火打开，热油进锅，抽油烟机跟着轰轰转动，指尖捏拿使劲，蛋黄连着蛋白跌落锅底，火舌呼呼吐气，顶上洞孔吸纳油烟，透亮白云围拱圆月，清丽荷包蛋滋滋凝结。

你蓦地惊醒，进到浴室开启水龙头，水流于喉间往复，然后吐出，你突出的太阳穴鼓鼓跳动，耳内鸣音又响起来。

你快步下楼，先至客厅将电视机打开，调高音量，荧光闪跳起来，屋里高响着早间新闻。你坐下来，先将蛋白切开，一边咀嚼一边将完整的蛋黄送进嘴里。

"今天几点会回来？"我习惯地问着。

你嚼着蛋黄，继续将盘里的蛋白往外切开，气象主播卖力播报各地气候，一颗颗日头裹着云彩飞越电视画面。

你将牛奶一口饮尽，拎起公文包，留下一声仓促的"走了"！

我调小电视音量，将碗盘于水龙头下哗哗冲洗，条条水痕于槽间囤积污垢，濡湿的抹布拂过餐桌，这才发现，我的位置一直在你左边。

你追着人潮于上班路上疾疾奔走，日头映照着上班大楼，于窗间蔚成灿烂花海，你乘着电梯自平地升往半空，跟随人潮涌往办公桌前，键盘兜兜响，鼠标叩叩回转着关节，各种声响隔墙呼应，窗体于屏幕里相连接。

漫长的会议，众声喧哗，一双双眼睛相对峙。蓦地，列车穿过，汽笛自你耳内响起来……

主管在台上口沫横飞，恍惚间仿佛见同事陆续上车，你则兀自停留在站台，一班班列车暂停、疾驰而过……

烈焰于天外燃烧，花海灿黄整片。画家剪下数枝葵花插进水瓶，画笔蘸上阳光，于画布上涂抹盛开的生命。葵花汲饮陶罐里的水分，生命焦渴却无力吸收，花萼枯黄，花瓣渐次干枯成顽强姿态。

提着菜篮走向市场，阳光自后头催促，脑里的葵花一枝枝探出头，秋后的天空又燃烧了起来。

地瓜、马铃薯及青菜散躺在地上，旁边则有一桶桶鲜花。跟着其他妇人蹲在地上，将紧覆玉米的叶片一层层剥开，饱满当中混着萎缩颗粒。

鸡鸭裸身，牛羊肢解成块，猪耳朵垂挂摊前，利刃于砧板上切切剁剁，除鳞剖腹，买卖吆喝、生活原音于四围传响着。青菜装篮，手拎葵花，手提着三餐往回走，葵花摇颤脚步，铁丝撑绑着花茎，花束于地上碰挤着阴影。

阳光拉高照临角度，秋风藏躲树梢，行道树于路边窃窃私语着——一直气恼你老是拉大嗓门，电视总开得太大声，常忍不住拿起遥控器减低音量，或将手指竖于唇前，嘘地要你小声点——你经常愣愣的神情，如豪迈熊虎强被要求放缓脚步，心情郁郁。无法畅通的言谈于屋里头弯转，而后各自缄默，只让电视填满清冷。偶尔你兴致来了高谈阔论，嘈杂声浪波波起涌，而你经常答非所问，总要我高声再说一次才能恍然大悟。意识两相违逆，鸡与鸭各说各话。

强光刺亮，朵朵向日葵尽是散热的小太阳。画家使劲将颜料往画布堆积，画布上满布凸起的颗粒。

水龙头转开，哗哗声响随流涌出，水流旋紧，滤水器间歇抽搐着。马达打起含氧气泡，缸里的鱼嘴一张一合，呼吸间含融噪声及生存养分。躺卧沙发，从这头望过去，点点浮游物随流绕转，静谧的周遭，回绕着各种杂音……

电话铃声响起来，你于电话那头高声嚷着："晚上会晚些回家。"

嘈杂声响随线传来，跟着你的嗓音于耳内嗡嗡响……

鱼游进锅，热油毕毕剥剥，鱼目翻转成白色。汤锅于另一口炉上滚沸，玉米于汤里溶出香甜的金黄色。

打开电视，将音量调转成刚好，原来自己如此害怕冷清。一只落单的蟋蟀于窗外叫响，吱吱响音振动着空气，初闻愉悦，听久了便觉烦闷。砰地关上窗，而那响音敲着玻璃窗，短暂歇停后再继续……

你踏月归来，神色载满疲惫，微波炉轰轰运转，凉冷菜肴再回温，热汤于你唇间咻咻响，电视新闻反复嚷喊着……

坐在你身旁，几次想问你：耳鸣是否还持续？

失业率又创新高，屏幕出现一张张愁眉苦脸。你说小弟也没工作了，你将音量压得极低，自语般地喃念着，窗外蟋蟀又扯开喉咙嘶喊，而你似乎没有听见。

你愣愣坐于电视机跟前，拿起遥控器对着屏幕不停按压，加大音量，旋又将之转成为静音，而后啪的一声关掉电视，甩开遥控器。

医生为你开了肌肉松弛剂，你和水吞服，全身泡进浴缸，聆听轻柔音乐。弦音似水，淙淙流进你耳里，咕咕哝哝，深藏的虫鸣随乐浮出，跳越窗外，与落单蟋蟀合奏夜的组曲。

你拭去额头汗珠，脱去一身枷锁平躺床上，闭上双眼，乘着风扇，欲航往平静的岸上。

向日葵于花田中燃烧，不眠的夜如正午般光亮。

你疲累的脸庞栖息枕上，似如葵花缺水及阳光，似容颜逐渐枯黄，深褐色斑点于你脸上蔓延，自颊边延往额头，又从耳际连向颈后，耳鸣声不小心满溢出来，掉进枕头的棉絮里面……

意识燃亮，心弦一根根拉紧，夜半，你又自床上坐了起来，打开计算机，光影闪动中，葵花开放桌面。你点开简报文件，将堆积的图文数字重新浏览一遍。鼠标如辘轳般运转，辛苦汲水，为要解决焦灼与干旱。

脑波于键盘上弹跳，夜车自远方驶来，车来人往，旅人上上下下，你坐于车内望着窗外，心神于车厢外疾疾奔走……

订单、报表、会议相连不断，白天的声音还没驱赶完，另一头的嘈杂又挤了过来……啪的一声，你将计算机关闭，葵花被夜给掩埋，意识收藏起来。

晨曦乘着列车前来，群鸟赶着鸣叫，你撑起枯槁身影进到浴室，水龙头哗地被转开，秽物自喉间吼地排出。太阳于气象播报台上一颗颗露出来，你张大口将半熟的蛋黄吞进嘴里，抹了抹嘴角，拎起公文包一声"走了"便出门。

"晚上几点回来？"问话空响，而后跌落地板……

鱼于缸里头张合着嘴，漂浮物随着水流绕转，瓶里的葵花已然垂头，一把抓起来塞往垃圾桶，水瓶倒出一阵恶臭。

市场哄闹着买卖声响，鱼摊滴水，肉铺上排放着骨与肉。猪鼻张着两个大孔，圆厚的大耳朵悬挂一旁，血迹沾在细毛上面。

你登录办公系统，眼盯着屏幕，字与图扭成花海，一朵葵花咬住一分阳光，瓶中花拼命地喊渴，四墙紧逼。画家紧捂住两耳，手中的笔用力挥，葵花于纸上烧起来。你键盘上的手随着画笔颤抖，蜂蝶闹响，列车自云层穿出，于你耳际呜呜响绕——画家拿起利刃对着自己的左耳划下——画里葵花开得艳灿，一朵朵于阳光下哭笑不得。

咔咔，咔咔咔，风扇转到尽头，卡住，顿了半晌，呼呼地转向另一头……你的鼾声传来，与风扇激烈交响，夜氛流动，你于纷闹中走进梦乡。我靠向你，脸颊贴着你的左耳，想要细听，却跟着沉沉地睡着。

花田沉寂，瓶里葵花一枝枝低下头。天明之后，阳光出来，葵花又将吸饱热力，重新抬起头……

方秋停

知名作家。著有《耳鸣》《港边少年》等。

耳　环

林怡翠 / 文

1

L紧张兮兮地跑来跟我说了不知从哪里听来的故事，说女人二十岁以后才打耳洞的话，会变成一个永恒的记号，往后生生世世都将要生成女人。

那时，我刚过二十岁，留长发，喜欢穿短裙，却因为怕痛而数次从打耳洞的现场逃走。但L的话，我只会一笑置之，就像她上次也说了，女人如果一辈子没被绣针刺破手指流血或被菜刀切伤的话，将会在来世受到惩罚之类的。

我不知道是什么动机使这个女大学生相信这些传说，但说来可笑，由于不善于女红，每次拿起针缝个扣子，我肯定扎破自己的指头，拿刀子更是笨拙，切过自己好多次了，这样下辈子会受到奖赏吗？

而高中时代的家政课，我全拿来偷偷读全套的张爱玲作品，连唯一做过的一条乱七八糟的围裙，也被我妈剪碎了当狗屋里的废布。那么，谁会为我的来世安排赏罚的条例和轮回的性别判决？

傍晚时，我向L说了这件事，她突然笑着牵起我的手站了起来。

"走啊。"她说。

"去哪儿？"

"去穿耳洞啊。"她坦率地说，"然后我们就可以生生世世当女人了呀。"

当然，我们没有真的去穿耳洞，但多年以后，每当我回想起这件事，我总觉得当时的L是飞舞在红砖长廊上的，我们满足得像是抽芽的藤蔓，背后是整片茵茵且充满香气的草地。

然后我们牵手走着，穿过等待的众生、审判的众神，没有畏怯。耳上垂挂着的碧玉如珠，轻轻甩动着，扯动了我们的耳垂。我们走过黑夜，走过岩石巨浪，走过火焰焚烧，却没有什么能吞噬或者淹没我们。我们变成了小小的跳跃的火花，似乎到很远的地方了，但其实，我们一直留在原处。

或许这是为何，我总是误以为L像是个吟游诗人，但细细想起，她既不太歌唱，也从不写诗。

2

"是善女人，尽此一报女身，百千万劫，更不生有
女人世界，何况复受。"（《地藏菩萨本愿经》）

我是因为H才开始学喝咖啡的，她总是在晴日里煮咖啡。

有一天她突然问我："不是说众生平等吗？佛经里为何要
说，诚心信仰，就可以生生世世不受女身？这算不算歧视女
人啊？"

"可是，佛经里有先提到，若厌女身。"我回答，塞了一口
她刚从烤炉拿出来的苹果蛋糕。

我想，佛经里要表达的，是对女人的不忍和慈悲。毕竟在
种姓阶级的世界里，女人是非常卑贱受苦的，假若有女人厌倦了
服从和劳动，那么在来生，就有了另一种选择、另一种期待。仿
佛在如恒河沙数的死劫和腐烂中，撩起裙摆涉过，从此再没有暗
夜，没有无止境的生产、难产和痛苦，没有追赶的恶狼。

（我的嘴里弥漫着肉桂干涩却又迷人的气味。那是女人的生
命的气味吗？咀嚼这散发着奇异辛辣的树皮？）

若厌女身，如果厌倦了……

我不由得抚摸耳垂上那个水晶心形的耳环。三十岁以后，我
终于拥有了L说的这对永生的穿孔和记号，如L所庆贺的，可以生
生世世当女人了。但我不知道我会不会在某一天顿然感到厌倦，

但这耳洞偶尔毫无知觉地密合，偶尔发痒，偶尔肿胀，像是要时时以不同的形式暗示，这活着，这孤立的女身。

也许，女转男身或转为女身，既不是惩罚也不是恩赐，这只是一次忽然的旅行。

毕竟，众生平等，但命运没有。

3

到现在我都还常常想起穿耳洞时的那种尖锐的疼痛。一把钉枪形状的工具，将一对黄金的耳环直接钉入耳朵的肉里，而且得戴上好几周不能取下来，有时根本痛得无法侧睡，甚至还些微的发炎出脓。

但有时，我会庆幸自己还记得那种疼痛，不断地提醒我，这个身体还在。

每天，我在镜子前，将耳环的细钩子，轻轻穿入耳洞，有时是带着水钻的，有时是搭配服装颜色的，我日日满足于装饰着我这个女人的身体。

我们女人总喜欢用一些什么来装扮自己的身体，我二十岁时，母亲送我一只精细的戒指，而母亲则保存着阿嬷交给她的玉镯子，这些用来打扮美丽的东西，其实不只是珠宝玉石，更是满满的回忆和疼爱。

然而，只有佩戴耳环得先经过剧烈的疼，但我还是爱这痛，就像是紧紧抓着的，舍不得的，梦幻空花。

4

但是，有一个女人不装扮自己。

在哈特舍普苏的女王神殿前，我也呕吐了。

这个埃及女王的神殿是宏伟的三层建筑，但参观者得先在烈日当空的沙漠中步行约二十分钟，才能亲近那些拱门外环抱着胸口的巨大石像。

哈特舍普苏是法老的女儿，嫁给法老的儿子以后，和丈夫的儿子争夺王位。为了宣告自己正统的地位，从此皆以男装现身。在神殿的壁画里，到处可见她打扮英勇的武士形象。这个假装的男人、伪装的国王，究竟是想欺骗崇仰男性的子民们，还是厌倦了女身？

在成功而完善地统治国家数年后，哈特舍普苏突然在历史上消失了。传说是记恨她的儿子回来消灭了她，同时也击碎所有和她相关的雕刻，因为这样做可以使她在返转阳世的过程中迷途。

在暑热的昏眩中，我赫然发现，每一尊女王的雕像，都被毁去脸庞。我心惊地想，这个隐藏女性身体的法老，最终还是失去了尊荣、权位，甚至连女子的容颜都没有了。

会不会她还在某处，生生死死环绕周旋，但这时，她已恢复女人的样貌衣着，穿戴着的巨大的黄金耳环上，雕饰着象征权力的蛇和各种蓝色的宝石。她要向世人展示，她仍旧是个风情万种的女人？

如假包换的，不需假扮成男人的女王。

5

然后，这使我想起她。

她是有一种舒服美的女人，短发，有着适合戴耳环的脸形。

不过令人惊讶的是，她居然是三个孩子的母亲，其中一个儿子甚至快大学毕业了。开始时，她问我能不能教这些妈妈写作、读文章。有一次她告诉我，想让孩子们跟我学汉语，因为到外地生活多年，孩子的爸爸认为英文比较重要，连在家里都用英文，孩子几乎连中文都不大会说。但孩子都上大学了，不愿意和小学生一起上课。

于是我便和这几个孩子，度过了幸福的夏季几个月份。孩子们乖巧懂事，对未来带着青春气息的慌张。除了和汉语奋斗，我们有时聊聊梦想，聊聊不成熟的爱情，聊聊他们正面对的紧张的父子关系。

几个月后，他们的母亲突然病了，开始不断奔走于医院之间，他们也逐一地回到原本的学校生活。三个月后，她逝世的消息传了回来，我不知所措地放下手中的书。那时冬天还没完全结束，墙外已开满了榅桲树的花，那种花鲜红得像是要把春天逼出来一样。听说，她在离开前嘱咐，不要爱颜色过白的花。

丧礼那天，我主动提议去帮忙，虽然我几乎不能算和她熟识，但总觉得这世界像是失去了一个美好的生命。孩子们哭得令人不忍，后方是父亲准备的一大盆紫色鸢尾花，白色的花非常少。牧师台的后面，摆放着棺木，在追思的过程中，我一直不由自主地想着，纤瘦的她还躺在那个宽大的棺内。

至少，她还在那儿。

最后，工作人员请我们最后向她告别，整个棺木被推入火化炉里，仿佛一眨眼，她便真正消失了。我不由得悲伤崩溃，再没有什么了，连那个没有温度的、不会言说的身体都没有了。没有了戴着珍珠耳环的耳朵，没有了为我们端来一杯薄荷绿茶的手。

我们都有的这个早晚要腐坏、被迫缴械的身体，竟是存在的最后证明吗？

突然间，我想起了她的耳洞，仿佛遗失了一切以后，只剩下这个女人的记号，一个小小的黑洞，还永恒地在某处记着、画着。

后来几年，我一直不确定在大哭之后，我是否真的呕吐了。或许，只是吐出了一堆咀嚼过后已没有味道的人生的树皮。

听说，在她人生的最后几个月，她一直在书写，始终捏着一个小册子，把每一件小事、每一个思想都记录下来，留给大学毕业的儿子。没多久之后，儿子离开这里，到远处的另一个异乡就职，但因为认识的汉字不够多，而始终无法真正地阅读这本母亲的故事。

我也总是遗憾，如果那个夏天再长一点就好了。

6

总有一天，我们都要告别，都要迷失。

我想在穿过那个幽微的廊庑时，耳上的串珠摇晃，叮咚声声，宛如足音。

直至，若厌女身……

林怡翠

知名作家。著有《岛屿女生的非洲时光：诗人与猎人》等。

我好土

蔡珠儿 / 文

芒果和柠檬在开花，甜馥芬馨，惹来粉蝶翩翩，蜜蜂嗡嗡，连土里也有春意，挥锄下地，觉得丰厚绵软，土粒松爽如糕粉，不时翻出蚯蚓，它们精壮生猛，活蹦乱跳。

这可是宝啊，活土才有蚯蚓，得来不易，以前没有哩。我一直以为，菜田石块太多，土质硗恶，但有个做营建的朋友来看了，摇头说，不是土质问题，你这田根本不是天然地，是堆填地，用建筑废料填高，铺上泥土扩充出来的。

我听了，如雷轰顶，但也恍然大悟，原来是块恶土废地，难怪层层相叠，有挖不完的残垣断壁，坚硬枯瘠，再怎么下肥也瘦巴巴。早知道就彻底换土，害我胼手胝足，干了大半年，搞得磨茧起泡，劳筋折腰，土性低劣难移，恐怕白忙一场。

懊恼失望，气苦不已，但转念一想，这地好歹收过几季瓜菜，并非"一毛不拔"，况且耕耘了大半年，日夕沾碰抚弄，已经有感情，也不忍心清除铲走。再说，铲走了能丢到哪里？还不是送去掩埋堆填，滋生更多废地荒原。我一直很内疚，前年装修房子，拆墙敲砖的，不知制造几吨建筑废料，造孽不少，把这块废地整治好，就算赎罪吧。

我不知试过多少施肥法。堆肥惹虫蝇，沤肥太少也太慢，草叶灰没有氮，不够营养；又因土面虚不受补，买来的肥料成效不彰，吸收迟缓。地上行不通，索性走地下路线，改用最原始的"掩埋施肥法"，把厨余直接埋在田底，再辅以落叶草木灰。这招好像管用，几星期后，菜渐渐肥了。

屡败屡战，"土改"终于有进展，我乐得手舞足蹈——哎哟，不行，只能足蹈，手臂劳动过度，痛得要去看医生，舞不了。但我逐渐掌握土性，知道菜田变肥，在虚不在实，不是因为下好料、埋了仙丹大补丸，而是因为结构改善，土层有腐殖质，开始松动软化。

我更加勤奋，每天刨坑挖洞，掘出磊磊砖石，捣碎硬块和黏土后，倒入果皮菜叶，浇水覆盖掩埋。还好菜地不全是堆填，深层有藤黄色的真土，黏稠紧实如年糕，要铲松切细，拌入沙砾草灰，让土壤有毛管孔隙，可以呼吸透水，微生物才能做功夫，滋育营养肥力。

一点点，一块块，地毯式掘过来，进度虽慢，成果斐然，芹菜和青蒜长粗了，韭菜叶由窄变阔，宽柔如飘带，吃来鲜嫩有甜味。红凤菜发福，比以前胖了一倍，茎干像蔓藤伸到篱外，摘也摘不完。意大利香芹原本呆滞，细瘦如野草，现在茂密高壮，碧骨翠叶，做沙拉和意大利面鲜香浓馥，长得太快吃不完，还得送人。

　　对照很明显，另一边的芫荽还没埋肥，生得矮细，老早就抽花。原来土性如人性，不能以本质论断，要加以涵养改良，然则人性复杂，巨变难测，不像土性忠实简单，用对方法，下足功夫，就能扭转顽冥恶地，化腐朽为神奇。

　　春来整地，蚯蚓活泼扭动，土层生出黑沃腐质，泥土触感也不同，松柔而又油润，隐隐有勃郁生机，果真是"阳气俱烝，土膏其动"，天候暖热，催发土壤作用，肥力流动播散，我甚至闻到地气，是一种微微的煮豆香。

　　土壤的形成是神奇之事，书上说，一厘米深的土壤，地球要花三百年形成，而能种植的"有效土壤"，则需三十厘米以上。哇，那不就是九千年，我还得加油哪。

蔡珠儿

知名散文家。著有散文集《花丛腹语》《南方绛雪》《饕餮书》等。

生命的衣裳

吕大明 / 文

在簸箕上筛出光润的麦粒

我在缝补一件名为"生命"的衣裳……

望向窗外，英国牛津齐尔维河上正逢三月，岸边水面漂着落花，似乎是梦中之河，孩子们都用篾织成的漏斗，本用来漉米，古称"笊篱"，捞水上的落花……

我不是不知道鸟儿断羽，花儿枯凋，在时间的碾轮下，生命在茁长，生命也在凋残，那都触及人类最隐秘的悲哀。

夜幕低垂时，一家家的窗子关闭，悄悄传递命运的讯息："时日不断消隐，生命逐渐步上迟暮之年。"

生命的霓裳终会褴褛不堪缝补，幽幽磷火会在墓前踯躅……

黎明黑夜交替，又仿佛眼睁睁等待生命的节扣在岁月的侵蚀下，像一只鸟突然扯断节扣展翅飞翔……

我从痛苦中历练出求生的意愿，不是睥睨群伦的傲然，思维像麦粒，在簸箕上摇转，经过筛子，筛落粗糙的表皮，光润的麦粒突然呈现在我眼前。

我用一支笔苦苦耕耘文学园圃，住在孤独的象牙塔里，浮在我心上像古典浮雕的文字典籍也是我追求的唯美，我将朋友送我的精美书签夹在心爱的扉页间，日日吟诵。

凡尔赛的森林到了秋季，一片珊瑚般的艳色，很像一场艺术大展，将海底的珊瑚全展览在这儿。巨大的珊瑚与刚冒出芽儿的小珊瑚，当西风与一场秋雨穿过珊瑚林，你一定会听到碎裂的响声；或夜晚的星光闪烁的时候，你一定会忆起一双在记忆中如星光一样明亮的眸子。

生命的霓裳终会褴褛不堪缝补，幽幽的磷火会在墓前踯躅，但活着的每一片刻，我都在缝补生命的衣裳。

有一种销蚀是外表的，销蚀的外表让内心的梦变得愈来愈精致，那是艺术家的梦，那个梦已不是蛆虫可以噬食的。

重拾一个凋零的梦

我在缝补一件名为"生命"的衣裳。

生命在欲堕还飞之间没有选择，韶华将时岁催逼，人生的筵席随时来到曲终人散的狼藉，一个个凋零的梦像一只只失巢的鸟儿会在午夜幽泣，一个个会哭泣的梦都在歌悼断竹落梅般幽怨的往事。

在阿尔卑斯山山城，我听到晴天融雪的微响，清音如流泉琤琮，让我忆起小时候与母亲在台北植物园听夏日一场雨落在莲花莲蓬上的清音。

声音泛滥交缠在旧日梦痕与失母的剧痛之间，一声声泣在我的心头，都是西窗的秋风秋雨，都是空阶上风扫落叶，夜雨打在芭蕉上碎裂的响声。

娉娉袅袅的华年已随时光的列车消失，春天也像白发迟暮佳人化身的白头沙鸥，刻意停留在迷失的记忆中，杜鹃啼春，几度春临春迟，只是勾引出人间的愁绪、人世的沧桑……

大地一片晴朗，残留的雪片依旧浮在英国牛津齐尔维河上，草原上的蔷薇藤蔓再也等不到初夏，一朵朵雪花留在枯凋蔷薇藤蔓上形成牛津草原上奇特的景观。

我在等待秋日一阵风来，外双溪的芦花卷起白浪……

我在等待五月蔷薇花季，母亲初访牛津的时辰……

古代《山海经》神话有鸟称"精卫"，她本是炎帝的女儿游于东海之江，溺水而死，死后化为精灵，她经常衔西山的木石来填东海……

她也在缝补一件生命的衣裳。

秋雨滴落在长廊玻璃屋外，天空墨染般黑，临到眉尖心头的忧郁像团团乌云在不断扩散……

我在玻璃屋里点了一盏灯，摊开了稿纸，重拾残章断句，像重拾一个迢远而破碎的梦痕，霎时，那些像花朵般凋落的往事并不在心上消失。

我在等待秋日，一阵风来，外双溪的芦花泛起白浪……

旧世纪的访客

我在缝补一件名为"生命"的衣裳。

一个暮色笼罩的夜晚，我经过法国布列塔尼，"漫步"在野地的竖石给这片海乡披上神秘的面纱，我说"漫步"，因为那石头像大大小小的巨人，就在那儿漫游徘徊，历史从没确定的解说，有的说其是用来进行天文星象学的统计，有的相信其含有宗教的意味。

神秘的岩石从公元前2800年至公元前2300年就竖立在那儿，当你经过，你仿佛看到旧世纪跋涉了迢远路途的访客。

布列塔尼世纪前的岩石像个神话，如果我们的生活失去神话的色彩，风神屏翳已收回风的啸鸣，水神川后已静止腾文跃彩，夕阳下已无波浪，没有冯夷的鸣鼓、女娲的清歌……

如果所有神话色彩都在一刹那消逝了，就像孩子没有童话读物，度过苍白的童年一般。

笙簧初奏的神话世界丰富思维的领域，生活也是一个人刻意营造的神话。

孤单的奥妙。

我在缝补一件名为"生命"的衣裳……

一个人孤独地搭夜车睡在卧铺上，睁着眼失眠地数天上的星星，半夜在德国小镇火车站拉着沉重的行李去赶另一趟火车……

回忆是一种淡淡的痛

在布达佩斯回巴黎途中，孤单地听到自己脚步的回响，在美国洛城迷失在夜色苍茫中……

于是我说：哭吧！在寂静的夜晚，悲伤的星子，让噙在眼里的珠泪，像晶莹的焰火一般流泻……

我缝补的那件衣裳也布满了孤单凄凉的补丁。

孤独也许圈限囚禁我的灵魂，却又为我开拓浩瀚壮阔的地界。"我是多么孤单！"当我这般叹息，林中的鸟儿回答说："你忽略了孤单的奥妙。"

绮丽的天空飘着海水漂染的蓝蓝的云彩，因为孤单，大自然的美占据心灵的空间。

一颗颗陨落的星辰，都是传奇故事，因为孤单我听到震撼天地间无声的喧哗，我介入一个神秘丰富只有精神与唯美的世界。

当痛苦啃噬我们的心灵时，别忽略埋首钻研的学者、作家和他们辉煌的著作，他们也许不是炼金师米达斯，能神奇地将一切化成黄金，但寻寻觅觅，想将这世界解释得更为美好。

有朝一日，生命那件衣裳会褴褛得不堪缝补，但人活着的每一刻都会怀着浪漫的思维。试想你手中缝补的就是曹植《洛神赋》所形容的洛水神仙——宓妃的服饰：奇服旷世地穿文履（绣花鞋），拖曳雾绡（轻纱），她体态轻盈，惊鸿一瞥地出现在洛水之上……

我缝补的那件生命的衣裳布满了孤单凄凉的补丁，这并不是曹植笔下"扬轻袿之猗靡"，洛水神仙的那件轻柔的衣裳。

当夜晚的月光陪我进入长梦，我虽孤单，似乎也脱离了生的桎梏，我是一只自由的鹰。

吕大明

知名散文家。著有散文集《南十字星座》《伏尔加河之梦》等。

现在是最好的状态

王文华 / 文

朋友病了，大家去医院看他。离开后在医院门口感叹："唉，这么年轻就生病了！"

另一人说："去年底还听他说，等到工作状态好一点时，就带孩子去迪士尼乐园。"

听到这话，我心中闪过好几个类似这样感叹的场景。然后我想通了：状态永远不会更好。因为现在就是最好的状态。

"等到……我就……"是从小到大最常用的句型。

"等到考上第一志愿，我就可以谈恋爱了。""等到当完兵，我就海阔天空了。""等到找到天命真女，我就幸福了。""等到找到工作，我们就可以结婚了。""等到结了婚，我们就可以安定下来了。""等到升了官，我就可以多花时间陪小孩了。""等到退休后，我们就可以去环游世界了。"

我们都说过类似的话，后来也都发现事情没那么简单。

因为两件事会发生，让这个句型无法成立。

一、我们考不上第一志愿，找不到天命真女，结不了婚，或升不了官。于是理所当然地说服自己，不能去谈恋爱、不能幸福、不能安定下来、不能陪小孩。怎么办呢？卷土重来，再试一次，或重造另一个比较容易成立的句子："等到考上任何一所学校，我就可以谈恋爱了……"

二、我们考上了第一志愿，找到天命真女，结了婚，也升了官。但发现那样的状态并没有原本想象得好，我们还是不快乐。于是天真地以为：一定要达到下一个更高的目标，状态才会完美，快乐才会来临。结果第一个句子还没完成，又造了第二个句子："虽然考上了第一志愿，但等到我以第一名毕业，就可以'真正'去谈恋爱了。""虽然找到天命真女，但等到我们发了财，就可以'真正'幸福了。""虽然结了婚，但等到我买了房子，就可以'真正'安定下来了。""虽然升了官，但等到我当上总经理，就可以'真正'多花点时间陪小孩了。"

就这样，现在的状态永远不够好到可以放心去玩、去结婚、去陪小孩、去环游世界。我们坚持要等到更佳状态，才开始对自己好。人生永远在"等待"，谈恋爱、陪小孩这些简单的快乐，一直被排在重重关卡之后。我们不觉得有什么损失，反而认为这是因为自己胸怀大志。

就这样，我们做的每一件事，都是"手段"。考上了第一志愿，是为了要以第一名毕业。升了官，是为了要当上总经理。活着，永远是在布局。醒来，就开始算计。我们不敢开香槟，因为还要再接再厉；不敢休假，因为对手都在打拼。我们不允许自己快乐，不允许自己关机，然后给了这种生活方式一个好听的名字，叫"生涯规划"。

算计和规划没什么不好，没有算计和规划的人生，活不出浓度和深度。但算计和规划会上瘾，很少人能在过头之前喊停。

结了婚，要买房子。买了房子，要把房贷缴清。房贷缴清，要换大一点的房子。换了大房子，要换大一点的车子……

升了官，要当上总经理。当了总经理，要冲业绩巩固自己的地位。地位巩固了，猎头公司来找你当更大公司的总经理……

这样下去，永远不会"安定下来"，永远没时间"陪小孩"。

很少有人能及时停止，所以命运帮我们做这件事。

生了大病，不能再拼了。这时你猛然发现：过去的战功彪炳，也只是一团空气。你醒了。

婚姻破碎，老婆不要你了，你从未陪伴的孩子冷漠地看着你，这时你猛然发现：你为了"安定下来"而一路追求的东西，反而给生活很多不安定。你醒了。

醒了还算幸运。没醒的人在老婆、孩子走了后，变本加厉地投入工作，因为突然没有"后顾之忧"。

其实那些"后顾之忧"，才是活着的目的。我们往前冲，一开始是为了让紧靠在背后的人有更好的生活。但时间久了，就忘了为什么往前，同时也把原本紧靠在背后的人，远远抛在另一个星球。

瞻前顾后，让生命更深刻。一味往前冲很容易，就像开车只会往前开。开车的乐趣，除了加速之外，还要减速、转弯、倒车、停车。

人生也一样。

当命运帮我们喊停时，有时它会给我们第二次机会，有时不会。

有第二次机会的，彻底改变了优先级或思考逻辑，赢回后半个人生。虽然只有半个，但已是大幸。

没有第二次机会的，就变成朋友在医院外感叹的对象。但朋友们感叹完后，真的能从他的故事中学到教训吗？难！这是人生跟我们开的大玩笑：除非亲身经历重大变故，否则不会长智慧。但经历了重大变故，长的智慧也用不到了。

想到这玩笑，我回到现实。医院门口的风总是冰凉，朋友的鬓角开始结霜。眼前是一起长大、一起青春、一起迈向中年的朋友。如今每次见面，都是在这种场合。

一人说："我先走了，改天大家不忙时，约个时间吃饭吧。"

我冒出一句："就今天吧！"

"什么？"

"吃晚饭，就今天吧！"我说。

大家低头看手机，查下一个行程。打电话，看能不能调出时间。大家忙着做一些，我那躺在病房的朋友曾经忙着做但不会再做的事情。

"今晚不行。"一位朋友说，"公司有事。周末好不好？"

大家附和：临时约太赶，今天要加班，周末比较好……我也点头附和，但内心惋惜，若是今晚有多好！因为现在是唯一真实的时刻。到了周末，想要加班的人还是会去加班，说好会来的人一定有的不来。这不是他们的错，而是人生永远不会有完美的状态。就算未来得到了看似完美的周末、学校、情人、职位，固然会快乐，但也有意料不到的问题：明星学校的同侪压力，让我们更不敢放松；天命真女卸妆后，也许喜欢挖鼻孔……如果要等到所有的问题都解决后才开始生活，那我们永远不会开始生活。

未来不会更好，而且随着我们变老，通常只会更糟。还好快乐不是取决于客观环境的好坏，而是主观心境的调整。个性不快乐的人，坐在皇位上还是不快乐；个性快乐的人，站在树下就满足了。

"周末你会来吗？"朋友问我，怕我因为今晚不能吃饭而失望。

"当然会！"我说。我怎么会因为不合我意就缺席呢？我不是刚刚才学会：人生永远不会有完美的结果！不同阶段，有不同的美好和挣扎。人生不会等我们准备好，想快乐要扑上去。活着的甜美，不在于享受完美，而在于享受挣扎。过去，带着虚幻的美好。未来，可能不会发生。只有挣扎的现在，才是最好的状态。

王文华

知名作家、节目主持人。著有《旧金山下雨了》《61×57》等。

每条路都是回家的路

第四章

行走于纷繁的世间，走过很多路，见过很多
风景，原以为外面的世界会更好，回过头却
发现，每走过一处，心底反复出现的，依然
是家乡的碧水蓝天和皓月星空。　•••

散步迷路

林文月 / 文

这一次，我想换一条路走走，这个方向是回家的方向。

不想走来时方向，总是走同一个方向，未免太单调。何况是散步，理当随兴地走；何况是夏天的黄昏，日头长得很。

我孤独自行。路不宽，但也不狭隘。一旁是呈下坡的小谷，长着许多树，橡树、枫树、松树及其他不知名的树；其实是不知名的树多过所认识的树。另一旁是住家，一些中产阶级的住家。各式各样小小含蓄适宜的房屋，大概住着普通善良含蓄的人吧。男女老少，衣食住行，悲欢哀乐。我兀自想着不着边际的事情，左顾形形色色的屋宇，右盼知名与不知名的树木。夏日倾斜的阳光透过疏密有致的枝叶间照落在头发和肩膀上。额际鼻尖微微感觉有些汗珠子，但并不太热，毕竟已到向晚时分，整个身子浸浴在舒服的温暖里。

我并不是每天出来散步的人，但是想散步常常都选在这个时候。夕照有一种令人感觉放心而亲切的情境，倒也未必要和什么"只是近黄昏"联想在一起。若是非要自我探寻分析出一个理由，或许是因为这一段时间。我是说下午5点多靠近6点这样的时间，离中午已经稍远，甚至离午后憩息，不管睡不睡着，也都有一些时候了。如果下午从事一些什么工作，可能到了有一点倦怠的状态，无论是阅读、写作、思考，或是做家事，都应该离开那个现场，起来走动走动。

刚才是在书房里背着阳光对着灯光看书。这一生搬过几次家，换过几个书房，由于种种不同原因，书桌总是在窗下或倚着窗，但总背着窗放置，所以读书写作都得背着阳光借助于案上左侧一盏灯。久而久之，觉得灯光反而比阳光能令人情绪稳定、心思专注。刚才便是夏日白昼里借着案上的灯读着一本旧书。二十余年前的旧文集。原本已搁置在书架上的一个角落，与自己前前后后所出版的同类书籍排列在一起。这一本旧文集自从摆在那个位置之后，便很少去取下来读它。说实话，若不是出版社好意安排重新排版，自己也不容易很认真地从开头读起。

重读的感觉是十分奇怪的。那些文章明明是我自己一个字一个字书写出来，而且也必然是费心斟酌过，那些内容所记，当然是自己经历过的事情，确实引起当年的感动或思考，可是有些字句在重读的时候却有一些陌生，有些事件和景象也相当模糊暧昧了。也许正是这样的时间的距离，令我有一种面对自己的旧文章而尚能保持相当好奇的心态继续读下去。

二十年了。时光何其悠悠。从记述的内容中，我看到自己过去的生活，其实和现在并没有太多分别。始终做着与文字书本相关的工作，在别人看来有些枯燥的事项中愉悦地过日子；单纯、认真、负责，而愉悦地过日子；有时候也难免有一点糊涂。这些篇章就是记述这样子的我自己。事过多年，重读文字里所记述的，看到的自己，几乎还是和从前一模一样的。

读旧作，仿佛照镜子，只是添增一些皱纹罢了。

于是，放下镜子，推开书册，出来散步。外面的世界以明亮温热迎我，与书房的幽暗截然不相同，是当下真切的世界。虽然文字得以复制现实而保存我二十年前的世界，甚至也得以让其他读者分享我的世界，两种境况究竟还是有分别的。文字的世界似真而假，似假而真。多么奇妙！

我一个人漫想着，散步着，仿佛步行的世界和思想的世界渐渐脱离开来互相不联系。待我定神一望，发觉自己走在一条不认识的路上。路面是同样老旧的水泥地，有些地方补修过，有些地方坑洼不平。我的步伐大概是习惯了这样子的韵律，一路上看看房屋，望望树枝，闲闲悠悠地想东想西，以至于定睛望之，发觉这条路，甚至这个区域，从前完全没有来过。抬头看到的路牌，写着从来没见过的路名。我向右转弯，走过一截较窄的路，也是没见过的路名；于是退回原处，再试试往左转，都是一样陌生的区域，只有松树、枫树和橡树，还有树下的花花草草一路都相类似。

大概是迷路了。心中开始有些着急起来，也不过只走了四五十分钟吧，当不至于走太远，离家应该不怎么远才对。四下依然明亮，只是夕阳更斜。

别急，别急。我在心里说。可是，向前走走，复退返试试；往东，又往西，都不认得。确实是迷路了。

华灯初上，是家家户户准备晚餐的时候。难怪一路上没见到什么人，我连个问路的机会都没有。绕来绕去，越弄越糊涂，完全迷失了方向。原先那种悠然闲适的心境全无，我变得异常焦虑。

忽然听到小孩嬉笑的声音。我朝那方向走去，看到一方草坪深处有两个小孩子跑出来，一个年轻妇人在停放路旁的车前催促他们上车。我心中感到十分庆幸，赶紧跑过去问那位妇人："你知道××路怎么走吗？""我不知道。我不住在这里。我是他们的保姆，正要送他们去朋友家呢。"我的一线希望落空。那妇人大概瞥见我面色忧虑，一边给孩子们系安全带，一边对我说："你知道大致的方向吗？"一时情急下，我竟听到自己说："我也是要去朋友家，迷了路。到附近就认得了。""反正我们是要开车走的，你上车吧。我慢慢开，到了你认得的地方，告诉我一声就是。"

我如得救星，快快上车。我平常并不是能言善道者，却也只好找些话题说说。譬如："我来访朋友。出来散散步，不小心迷路，回不了她的家。"我撒了谎，不好意思说我是散步迷路回不了自己的家。

其实，车子只开一小段路就到了我家附近的岔道。我央请那位保姆停车："我朋友家就在那边。"遂道谢，下车。我感觉腼腆又释然。

我的家原来在迷路的方向不远处。书房的灯依旧以温暖的光迎我安慰我。

林文月

知名作家、学者。著有学术论文《澄辉集》、散文《拟古》等；译有《源氏物语》《枕草子》《和泉式部日记》等。

黄山诧异

余光中 / 文

徐霞客，华山夏水的第一知音，造化大观的头号密探，早就叹道："薄海内外，无如徽之黄山，登黄山，天下无山，观止矣！"他是最有资格讲这句绝话的，因为千岩万壑，寒暑不阻，他是一步步亲身丈量过来的，有时困于天时或地势，甚至是一踵踵、一趾趾，踉踉跄跄，颠颠踬踬，局躅探险而跋涉过来的。

黄山不但魁伟雄奇，而且繁富多变，前海深藏，后海瘦削，三十六峰之盛，不要说遍登了，就算大致周览而不错认，恐怕也不可能。既然如此，浅游者或为省时间，或限于体力而选择索道的快捷方式，也就情有可原了。何况索道有如天梯，再陡的斜坡也可以凌空而起，全无阻碍，再高傲的峰头也会为我们转过头来，再孤绝的绝顶也可以亲近，不但让我们左顾右盼，惊喜不断，而且凭虚御风，有羽化登仙的快意。"骑鹤上扬州"，有这么平稳流畅吗？古人游仙诗的幻境也不过如此了吧！

一切旅程，愈便捷的所见愈少。亲身拾级而上迂回而下的步行，体会当然最多也最深，正是巡礼膜拜最"踏实"的方式。

所以清明节前一天，我们终于进入黄山风景区的后门，亦即所谓"西海"景区丹霞峰下。此地的海是指云海，正是黄山动态的一大特色。我们夫妻二人，浙大江弱水教授，弱水的朋友杨晨虎先生（此行全靠他亲驾自用的轿车），都是黄山管委会的客人，由程亚星女士陪同游山。

车停山下，我们在太平索道站下了缆车，坐满人后，车升景多，远近的峰峦依次向我们扭转过来，连天外的远峰，本来不屑理会我们的，竟也竞相来迎，从俯视到平视，终于落到脚底去了。万山的秩序，尊卑的地位，竟绕着渺小的我们重新调整。靠着缆索的牵引，我们变成了鸟或仙，用天眼下觑人寰。李白靠灵感招致的，我们靠力学办到了。

三点七公里的天梯，十分钟后就到丹霞站了。再下车时，气候变了，空气清畅而冷冽，骤降了十度。这才发现山上来了许多游客。午餐后我们住进了排云楼宾馆，准备多休息一会儿，在太阳西下时才去行山，也许能一赏晚霞。

山深峰峻，松影蟠蟠，天当然暗得较快。迎光的一面，山色犹历历映颏。背光的一面，山和树都失色了。真像杜甫所言："阴阳割昏晓。"折腾了一天，又山行了一两里路，是有些累了。回到排云楼，刚才喧嚷的旅客，不在山上过夜的，终于纷纷散去，把偌大一整列空山留给了我们。我们继承了茫茫九州最庄严的遗产，哪怕只是一夜。"空山松子落"，静态中至小的动态，反而更添静趣、禅趣。

　　真像歌德所言："在一切的绝顶。"万籁俱寂，只有我的脉搏，不甘吾生之须臾，还兀自在跳着。那么，河汉永恒的脉搏，不也在跳着吗？不逝者如斯乎，不舍昼夜。我悄悄起床，轻轻推门，避开路灯，举头一看，原来九霄无际的星斗，众目睽睽，眼神灼灼，也正在向我聚焦俯视。猝不及防，骤然与造化打了一个照面，能算是天人合一吗？我怎么承受得起，除了深深吸一口大气。太清、太虚仍然是透明的，碍眼的只是尘世的浊气。此福不甘独享，回房把同伴叫起来读夜。

　　第二天四人起个大早，在程亚星的引导之下，准备把黄山，至少是后海的一隅半角瞻仰个够。程亚星在黄山风景区管委会已经任职十七年，她的丈夫更是屡为黄山造像的摄影家。有她在一旁指点说明，我们（不包括弱水）对黄山的见识才能够免于过分肤浅，她把自己在1999年出版的一本文集《黄山情韵》送给了我，事后我不断翻阅，得益颇多。

　　导游黄山的任何小册子都必会告诉游客，此中有四绝：奇松、怪石、云海、温泉。此行在山中未睹云海，也未访温泉，所见者只有黄山之静。尽管如此，所见也十分有限，但另一方面印象又十分深刻，不忍不记。

　　语云：看山忌平。不过如果山太不平，太不平凡了，却又难尽其妙。世上许多名山胜景，往往都在看台上设置铜牌，用箭头来标示景点的方向与距离，有时更附设可以调整的望远镜。在黄山上却未见这些，也许是不便，但更是优点。因为名峰已多达七十二座了，备图识山，将不胜其烦，设置太多，更会妨碍自然景色。黄山广达一百五十四平方公里，山径长七十公里，石阶有六万多级，管理处的原则是尽量维持原貌。我去过英国西北部的湖区，也是如此。

黄山之富，仅其静态已难尽述，至于风起云涌，雪落冰封，就更变化万殊。就算只看静态，也要叹为观止。黄山的千岩万壑，虽然博大，却是立体的雕刻，用的是亿年的风霜冰雪，而非平面的壁画，一览可全。陡径攀登，不敢分心看山，就算站稳了看，也不能只是左顾右盼，还得瞻前顾后，甚至上下求索，到了荡胸决眦的地步。那么鬼斧神工的一件件超巨雕刻，怎能只求一面之缘呢？可是要绕行以观，却全无可能：真是人不如鸟，甚至不如猿猴。所以啊，尔等凡人，最多不过是矮子看戏，而且是站在后排，当然难窥项背，更不容易见识真面目了。所以连嶂叠岭，岩上加岩，有的久仰大名，更多的是不识、初识，就算都交给相机去备忘，也还是理不出什么头绪。山已如此，更别提松了。

我存拍了许多照片，但是很难对出山名来。这许多石中贵胄，地质世家，又像兄弟，又像表亲，将信将疑，实在难分。可以确定的，是从排云楼沿着丹霞峰腰向西去到排云亭，面对所谓"梦幻景区"，就可纵览仙人晒靴与飞来石。前者像一只倒立的方头短靴，放在一方方淡赭相叠的积木上，任午日久晒。后者状似瘦削的碑石，比萨塔般危倾在悬崖之上，但是从光明顶西眺，却变形为一只仙桃。此石高十二米，重三百六十五吨，传说女娲炼石补天，这是剩下的两块之一。它和基座的接触，仅似以趾点地，疑是天外飞来，但是主客的质地却又一致，所以存疑迄今。

从排云楼沿陡坡南下，再拾级攀向东北，始信峰嵯峨的青苍就赫然天际了，但可望而不可即，要跟土地公的引力抗拒好一阵，才走近一座像方尖塔而不规则的独立危岩。可惊的是，就在塔尖上，无凭无据地竟长出一株古松来。黄山上蟠蜿的无数劲松，一般都是干短顶齐，虬枝横出，但这株塔顶奇松却枝柯耸举，独据一峰。于是就名为梦笔生花。弱水免不了要我遥遥和它合影，我也就拔出胸口的笔做出和它相应的姿势，令弱水、晨虎、亚星都笑了。

到了始信峰，石笋矼和十八罗汉朝南海的簇簇锋芒，就都在望中了。所谓十八罗汉，也只有约数，不必落实指认，其中有的危岩瘦削得如针如刺，尤其衬着晴空，轮廓之奇诡简直无理可喻。上了黄山，我的心理十分矛盾。一面是神仙吐纳的空气，芬多精的负离子是城市的十多倍，松谷景区负离子之浓，可达每立方厘米五万到七万个，简直要令凡人脱胎换骨。加上山静如太古，更令人完全放松、放心。但另一方面，超凡入圣，得来何等不易，四周正有那么多奇松、怪石等你去恣赏，怎么能够老僧入定，不及时去巡礼膜拜呢？

奇松与怪石相依，构成黄山的静态。石而无松，就失之单调无趣。松而无石，就失去依靠。黄山之松，学名就称"黄山松"，其状枝干粗韧，叶色浓绿，树冠扁平，松针短硬。黄山多松，因为松根意志坚强，"得寸进尺"，能与顽石争地。原来黄山的花岗石中含钾，雷雨过后空中的氮气变成了氮盐，能被岩层和泥土吸收，进而渗入松根，松根不断分泌出有机酸，能溶解岩石，更能分解岩中的矿物与盐分，为己所用。因此黄山松之根，当地人叫作"水风钻"，它像穿山甲一样，能寻隙攻坚，相克相生，把顽石化敌为友。所以八百米以上的绝壁陡坡，到处都迸出了松树，有的昂然挺立，有的回旋生姿，有的枝柯横出，有的匍匐而进，有的贴壁求存，更有的自崖缝中水平抽长，与削壁互成垂直，像一面绿旗。

这一切怪石磊磊，奇松盘盘，古来的文人高士，参拜之余不知写了多少惊诧的诗篇，据说是超过了两万首，那就已将近全唐诗的半数了。我也是一位石奴松痴，每次遇见了超凡的石状松姿，都不免要恣意瞻仰，所以一入黄山就逸兴高举，徘徊难去。尤其是古松槎枒纠虬，就像风霜造就的书法，更令人观之不足。下面且就此行有缘一认的，略加记述。

凤凰松主干直径三十厘米，高龄二百载，有四股平整枝丫，状如凤凰展翅，十分祥瑞，其位置正当黄山的圆心，近于天海的海心亭。黑虎松正对着梦笔生花，雄踞在去始信峰的半途，望之黛绿成荫，虎威慑人，据说寿高已四百五十岁。连理松一根双干，几乎是平行共上，相对发枝，翠盖绸缪，宛如交臂共伞的情侣，弱水为我们拍了好几张。竖琴松的主干弯腰下探，枝柯斜曳俯伸，似乎等仙人或高士去拨弄，奏出满山低调的松涛。

　　送客松和迎客松在玉屏峰下，遥相对望，成了游客争拍的双焦点。送客松侧伸一枝，状如挥别远客的背影。迎客松立于玉屏楼南，东望峥峥的天都，位居前海通后海的要冲，简直像代表黄山之灵的一尊知客僧。它的身世历劫成谜，据说本尊早被风雪压毁，枝已不全，今日残存的古树高约十米，胸径六十四厘米，自1983年起便派了专人守护。第十位守树人谢宏卫自1994年任职迄今，就住在此树附近的陋屋之中，每天都得细察枝丫、树皮、松针的状况，并注意有无病虫为害。严冬时期他更得及时扫雪敲冰，解其重负。他曾经一连四五年没回家过年：松若有知，恐怕要向他的家人道歉了。此树名满华夏，几已神化。程亚星告诉我们，1981年有挑禾人歇于其下，一时兴起，在树身去皮刻字，因此坐牢。

　　黄山之松，成名者少而无名者多，有名者多在道旁，无名者郁郁苍苍，或远在遥峰，可望而不可即，或高踞绝顶，拒人于险峻之上，总之，无论你如何博览遍寻，都只能自恨此身非仙，不能乘云逐一拜访。松之为树实在值得一拜：松针簇天，松果满地，松香若有若无，松涛隐在耳，而最能满足观松癖者的美感的，仍是松干呈蟠蜿之势，回旋之姿，加上松针的苍翠成荫，简直是墨沈淋漓的大手笔书法，令人目随笔转，气走胸臆。

余光中

当代著名散文家、诗人。代表作有《藕神》《白玉苦瓜》《记忆像铁轨一样长》等。

夕照楼随笔二则

徐国能 / 文

蜜蜂垂死的夏日

——读苏佩维埃尔（Jules Supervielle, 1884—1960）漫想

> 树倒下了……
>
> 诗人说：
>
> 找吧，找吧，鸟儿们，
>
> 在那崇高的纪念里，
>
> 你们的巢在什么地方？

像一个古代的波斯诗人，可以在喷泉或金莺花丛中慢慢构思作品，在蜜酿的酒边或风轻轻掀动的纱帐下考虑一个修辞术，那将是多么幸福。我走到这静谧的花园，榕树、杜鹃这些常见的南国植栽在艳阳下默默领受这一季的暴虐，唯墙旁的榄仁树下十分阴凉，仰望蓝天无痕的午后，夏日像一首延伸到无尽远处的清

歌，由寂静冷冷悠唱。

在那阴凉的树荫下，一只蜜蜂垂死，它已仰卧于黄土地上，偶尔奋力地振动翅膀，但它已无法飞行，只徒劳地在地上转了一圈，随即沉静下来。反复数回以后，它慢慢不动，细小的手蜷曲，若为自己的将亡做最后祷告：仁慈的父啊！请洗净我那生之烦忧，带领我卑微的灵魂到你永恒的座前。

观察许久，我想给它几滴清水，这样对它或可有一些安慰，但那无疑是可笑的；转念想一脚踩死它，让它少受落于尘沙的苦楚，但天空是那样的清澈美好，满园芳草飘香，也许它的复眼还流连金阳里那神奇的光谱，它小小的心还在搏动，还期待着一次飞行……于是我只能静静陪着它，面对明亮盛夏的小小死亡。

据闻，近年在欧美、大洋洲等地，某种神秘的原因让放蜂人的蜜蜂不再归巢，造成了养蜂场的蜜蜂大量减少。我不知这只野蜂是不是遇到相同的问题（传染病、地磁偏移、农药滥用、水源污染、外星人……），是文明或末世的预言让这小生命迷失，还是它自然地走到生命该穷尽之处。我想起了艾米莉·狄金森的那首短诗：

如果我能让受伤的知更鸟安返它的巢
此生便不再虚空

但我不知道蜂巢何在。

阳光从叶隙间一点一点地洒下来，微风之时，地上若有流金。现在才7月，秋天还很遥远，冬天还在遥远的更远处，为什么小小的蜜蜂便即死去呢？花园里繁花正簇拥着盛放的生命，蜜蜂应当奋力采蜜，助其受粉、孕育，然后生生不息，直至于恒永。但什么是恒永呢？所谓：完善的尽头是无尽。那是指一首印象残缺的诗，却也是永驻我心深处的夏日时光。但疲倦的尽头便是死亡，它是否已倦于日日的劳苦，倦于炎热的阳光，倦于蜂巢的稠密，倦于生……夏日垂死的蜜蜂，无论世界如何灿亮，它终究是要陷入冗长的黑暗了，像换好礼服、竟闻死神轻声叩门的骑士，无论世间还有多少盛宴、多少酒杯，从此再也没有一只手为他而举起。

死亡显得悲哀，是因其本身的寂寞，还是对世间太过繁华的想念？

静静注视着这个小生命轻微地挣扎，慢慢地死去，世界并没有改变什么，口渴的依旧口渴，等待的还在等待。但我忽然感受到阳光如此炽亮，而阴暗处却躲藏了那长长的一列，背着镰刀、已不耐烦等待收获的队伍。苏佩维埃尔的诗里说有个人总是将手掠过烛火，以确信自己还活着；但有一天，烛火依然，他却已藏起了自己的手。

我伸出双手，让它们在地上形成各种形状的阴影，我用这个阴影覆盖已无动静的蜜蜂，像一片黑云……此刻，我突然想喝一点冰凉的酒，听一曲激昂的马祖卡舞曲，或是让细沙一样的情感流到我的心中，让木然许久的心为狂喜、哀恸、悯然、抑郁这些情绪所深深占有，在树还没有倒下以前。

此刻——肉身还属于我，灵魂还属于我。

牧神曲

——春日散步读康明斯（E.E. Cummings, 1894—1962）《天真之歌》

春日在静定中悠长，在回首间短暂。当世界偶然阒寂，春日便来到我的心中，借由窗前新嫩的芽叶、碧绿的树影、天外鸟语、一些沉默的往事。其实，应该是我走到春天里去，最好是困倦的午后，走到一条溪流旁，青青河畔草，春日本来要在水边，才能领略属于她的明亮洁净以及唤起思慕的遥远他方。来到水边，才能领略流动的倒影是那样柔和，风亦用那温和的手抚过草尖摇动的寂寞。

此时红尘已远，只闻隐隐市声，那是每个人都曾踟蹰的街角，都曾凝望的高楼，应被透明水彩淡淡绘成的人生远了，此处只有一条小溪、一段矮堤、一些在远处运动的人，渐渐转为夕照的悲哀。我多想在此躺下，"说淙淙的水声是一项难遣的记忆，我只能让它写在驻足的云朵上了"。但我应该忘却杨牧，我应该顺着夕阳的微光走到更深处去。

总遗憾这样的时刻被我蹉跎，总是想着什么，却亦无能去完成些什么。或许春日就是这样，我只能顺着那青草坡走，感受"日暮天无云，春风扇微和"，老先生说，那样的胸怀是可想象的。我无法想象，我只感受到一切都已安置于适当的位置上，都已涵蕴了生长与完满的自我条件，既不多余什么，亦不匮缺什么。我走在那些欣欣的辉光里，感到世界融洽如低缓的弦歌，让心不知不觉与之默默应和。

唯我想起了那遥远的牧神，春的神祇，爱酒嗜色。那在密林里一闪即逝的羊角，那留在软泥上的羊蹄印痕。在春风使所有亡灵苏醒的时刻，牧神是否孤独于繁花，又沉郁于林野新鲜的芬芳？美的追求、爱的追求，还是欲望的追求？那属于所有人的原质，在春日的林间隐现，像一首天真的歌，唤起了多少乡愁。"艾迪和比尔扔下了玻璃珠和海盗游戏跑来，贝蒂和伊丽莎白丢下跳绳和跳格子舞蹈而来。"春日是那卖气球的跛足老人的哨音，是伴随着它偶然露出的羊蹄，渐远而渺的诗篇。

春日已经深浓，由原野向远处的文明弥漫而去。黄昏的散步是可记忆的，在黑夜之前，风已微凉。城市的华灯点亮，我当执起妻女的手，为她们拉上防风的夹克，隐没于仍带凉意的夜色，隐没于这样平凡的一次漫游。但那潮湿而迷离的春日将归往何处，那已失去山林旷野的牧神将归往何处？我仿佛见它踯躅于太过文明的都会，在衣香鬓影、觥筹交错的宴会里独饮暗紫的酒，在灯火幽暗的舞台上扮演万年前的自己，在靡丽的橱窗中凝视那些缱绻的爱侣，在一棵盛放的樱树下独自跳那古异的舞蹈，于是整条街便有了生命与死亡。

欲望的春日真使人烦恼，不是因为艳阳的邀约或花事纷扰，而是那不安于寂静的躁动，以及走在繁华喧嚣里莫名兴起的深郁。我恐怕那是牧神遥远的召唤，在无尽的春日呼唤你生命当如青草一般滋长，当如他的舞蹈那样放肆。原始而熟悉，甜蜜又哀伤，春日的汁液浓郁，一饮便让人不禁回到了少年，那样的青涩，那样的孤独——涌满内心的是对人世强烈的向往、充满尝试的欲望却不知该往何方追求的刹那。仿佛有一个老人贩卖的紫色气球飘过微雨的市街，向远方而去。寂寞的青春，那时，我曾推开窗，山雾像潮水般淹没我；那时，我曾在牧神隐约的笛声中，爱过，死过。

徐国能

知名散文家。著有散文集《第九味》《煮字为药》《绿樱桃》等。

太平洋的浪

柯裕棻 / 文

某日我和朋友到信义诚品书店去听讲座，活动单位请来了台东的歌手巴奈现场演唱。这家书店的公共空间，明亮、宽敞、安静，秩序井然，不像专门办小型演唱的酒馆那么昏暗凌乱，有苍凉的氛围。我还愣想，这空间不太适合，巴奈的声音嘹亮足以响彻纵谷，在这么规驯的圈牧场所，她那野放的声音要怎么奔跑呢。

我们坐在最后一排，一开始还觉得座椅这么一排一排好整齐、好乖巧，空旷寥落的。不久，巴奈来了，头上系着条大黄巾，肩披紫花巾，和她先生两人风风火火地走来。原本安静的场子气氛立刻不一样了，他们带来某种浮动的力量和声音。他们坐下，也不多说，随即开始试音、调音，一边试一边和听众笑谈，那场地立刻就在她的掌握里了。她说，这空间好规矩，不习惯哟，嘿嘿笑着。眯眯眼圆圆脸的笑，满头卷发也笑。

她试了一阵子，那只麦克风不怎么对她的音，试过几次之后，她豁开了，说，算了，那就开始唱吧。吉他一刷，她的声音霎时灌满整个楼层，清朗开阔，像夏日晴空，起伏如风中摇摆的稻田，明亮辽远一如太平洋无垠的、绵延的海岸线。她的声音改变了这拘谨有节的小空间，固态的结构溶解了，无形的秩序崩解了，一切都化为和煦的声波，柔软却有力，清澈又浑厚，墙面退远屋顶消失，歌声一波波搂住每个人。整个楼层的人群全拥上来，密匝匝挤满周边的走道和空间，众人屏息凝听。

一个孩子在远处啼哭，这本是恼人的事，巴奈笑说，你们听，他也有他自己的节奏呢。于是又唱了一首慢歌，那远处的孩子仿佛听见了，一拍一拍跟着哭，竟渐渐变成数拍子，然后就静了。

后来，某支曲子她要大家唱合音，虽说是合音，其实只是简单的"呵嗨哟"。试了一次，众人接得零零落落，再试一次，三拍，很简单，要有力。大家还是接不上。

她便说："要想象海的波浪，'呵嗨哟'就是海的三拍，是海的力量推着你。你们看过海吗？在海里游过泳吗？是海浪的感觉。"

于是众人又唱了一次，这次对了。

我没办法跟着唱，我受了意外的震撼，泪眼模糊，我全身紧绷拼命忍住眼泪，仿佛化为一块礁石抵着众人的声浪。海浪，海的三拍子——呵嗨哟。我深刻知道海是这样，我太知道海的波浪和拍子，台东的海，太平洋的浪。我全身都记得那感觉、那力量和温度，不可抗拒的推力，又温柔又强大。唉，我想家了。

全场的人高声齐唱"呵嗨哟"，越唱越高兴，像海浪一波一波增强，我无法思考，内心激动澎湃，难以抑制，只能拼命忍着莫名浮现的泪。旁人不懂我哭什么，欢欣鼓舞的和声怎会流泪呢？可是，可是，礁岩上的浪花是我的心情。

原来我的哭点在这里。听摇滚乐时我会莫名在某些歌的前奏扬起时特别高兴，或是听见某个吉他和弦时感到天堂的召唤，但我不会因此而流泪。

只有这种时候，不假外求的，从身体深处的记忆被召唤出来的家的情感，像海一样温柔有力，无法抗拒，推着我，面对自己。

柯裕棻

散文家、小说家。著有散文集《浮生草》《洪荒三叠》；小说集《冰箱》等。

山寨版的齐王盛馔

张晓风 / 文

1

车到汉中，有点晚了，已过了晚餐时间，但由于主人的盛意，我们走进了餐厅，而且还有了一个房间。这地方是古城，我坐下的时候心中想着的是司马相如和苏东坡，这些来自成都方向的才子，在赴长安大城的途中，想必也在此地打过尖吧！

菜一道道端来，忽一回想，发现近年大陆餐具有其令人惊喜的进步（其实，我们这边也一样），就是放弃了早期繁复的景德镇式的彩色图案的瓷盘，改成素雅明净的白色骨瓷盘。白色令人一目了然，不容易藏污纳垢，让人在清洁方面先放了心。再加上中菜本身色彩丰富，又常是放得满满一桌，白色隐身自重，不会去跟美食互拼颜色，弄得两败俱伤。简言之，白盘子可以令食物十足呈现其翠碧或艳红。华人一向喜欢让莫名其妙的热热闹闹的彩色纷呈并列，热闹到要爆炸，如今肯用简单素净的白盘子真是美学上的新境界。

也许怜我无酒力，主人带来的酒名叫山茱萸酒，山茱萸是红色的小山果（长得像小枸杞），酒味淡而远，是别处没有的，颇令人难忘。吃到尾声，不知怎么，又忽然端上一盘菜来，盘子不大，菜的颜色倒挺漂亮，浅绿的芹菜丁，加鲜红的辣椒丁，至于这些配料配的是什么主菜，我大约猜得出来，但我还是问了一句：

"这道菜是炒什么呀？"

"是炒鸡脚趾头。"

哎，给我猜对了，可是，这么"写实派的形容食材方式"，叫人不免有几分憾意。及至下箸（其实是用汤匙舀的，这东西小小滑滑，筷子颇不好夹），却觉十分可口，原来我于食物的品评，除一般人常说的"色、香、味"之外，特重触觉，此菜清脆中又包含柔韧筋道，对我来说十分可喜。

"这菜，是这些年才流行的，还是本来就有的？"

他们答不上来，只说：

"好像也有一阵子了。"

我有点失望，但也不便穷追猛打，暂时留下一段疑案。

炒一盘去了骨的鸡脚趾头，原也不是什么名贵大菜，我为什么刻意要问是不是因"经济大好"，不仅"少部分人富起来"，而是"大部分人已富起来以后"的结果？原来此菜虽不怎么起眼（甚至可能有些人根本不屑吃它），却也来之不易。它有点像台菜里的"炸龙珠"（其实是"炸鱿鱼嘴"），少说也得五十只

"鱿鱼嘴"才能凑得一盘子。一天若有十个客人来点此菜，就得准备五百只"鱿鱼嘴"。而一只鱿鱼只一张嘴，所以这小小一盘菜必须合众力才能办成（否则自己去哪里买五百只鱿鱼呢？），其中最麻烦的可能是货源和运输。

又像驰名的万峦猪脚，一只猪只四只蹄，小小万峦乡哪来那么多猪脚？于是起先是向外县市调货，接着竟至要从外地进货。炒鸡肾，炒的也是"天下之公（鸡）"的精华，一个台湾地区的全体公鸡当然不够用——所以，回头来说"鱿鱼嘴"，也须仰仗远洋渔船和老外的"鱼余"。

同理，炒鸡脚趾头的麻烦亦然，这类菜，家庭主妇如果想一试身手很难，因为取材不易，它是食品分割出售以后的特殊品类，你必须透过特殊渠道才能取得你要的这一小部分。

取得鸡脚以后，当然还要加上去骨。这件事，也不知是该谁干的活，有"无骨鸡脚丁"在贩卖吗？或者，各家师傅必须自展长才？至于下锅挥铲（连爆香），大概不出三十秒（鸡脚丁想已先行余烫去腥了），反而成了整件烹调行为中最微不足道的小事一桩。

这盘菜，其中最贵重的，应是"交通网络"的建立，全境公路或铁路要发达，才能吃上一口这种菜。鸡虽有脚，但它自己是不会走到汉中城来的，它的玉趾，想是坐火车、坐汽车乃至坐飞机来的吧。

所以，我才会有这样一问：

"这道菜，是近年流行起来的吗？"

想起鸡脚就联想起交通，想起交通就联想起——你一定要相信我，我不是在耍肉麻——孙中山来了，这百年难得一见的因真知力行而充满魅力的奇男子。

为什么会想起孙中山？是因为为他而悲。百年前，他打下江山，但他想做的官居然是"交通部长"。想来真是对极了，没有交通网，中国的地大物博有什么用？不过是千千百百个穷穷苦苦的小集小镇小村小乡，连不成线，构不成面，那算什么泱泱大国？

但交通网又岂是好架的？寸寸皆须金砖玉砌，民初的国人哪有那成本？他终于撒手人寰。我每次搭载极便捷的交通工具，总是为孙中山而伤悲，如果他能活到今天，如果他能搭一次捷运，如果他真的能效力交通建设……

2

跟一盘炒鸡脚趾头有关的联想其实更多，那就更说来话长了。

年轻时读书，只贪多，不求甚解，加上五十年前工具不多，想留数据，多靠手抄。我疏懒，自以为可靠记忆，其实根本没办法记住那么多，大部分的数据只模模糊糊知道有那么回事而已。

到了三十多岁，有天读王方宇先生的文章，非常钦佩（他是旅美汉学教授，也是美术收藏和论述的权威），他的文章写得好，但其实另外一件令我着迷的是他自署为"食鸡跖庐"。食鸡跖？有点熟，却也有点忘了，于是赶快又去查，原来是《吕氏春秋》上的比喻故事：

善学者，若齐王之食鸡也，必食其跖数千而后足。

高诱的注解则说：

跖，鸡足踵。喻学者取道众多，然后优也。

我当时第一个反应是，这齐王也真是个大胃王，鸡脚踵不知一块有多大，就算小如黄豆，吃上数千个也太贪嘴了。而踵又是什么部位？辞典的解释有二，其一是脚跟，其二是全部的脚板。鸡不像人，所以不会有脚跟，而如果说脚板，则鸡不像鸭，也不具蹼（脚底板）的生理结构。至于那几根鸡脚爪子，因皮比肉多，看来也不怎么精华高贵。所以我私自揣想，挑嘴的齐王所爱吃的，应该是鸡脚中心的部分，那里有一块直径约0.8~2.0厘米的"筋球"，此筋如长在猪的脚上，菜单上叫"虎掌"（中菜菜名一向有自我膨胀的习惯，所以"猪掌"就忽然升格成了"虎掌"了），跟乌参一起烩煮，再垫几张烫过的西式生菜叶，可算是一道美味。可是鸡脚中间那一块该叫什么呢？叫凤爪是不行的，凤爪是指整个鸡的腿胫骨，这块齐王爱吃的"筋球"如果比照对猪的叫法，就该叫"凤掌"了。凤掌当然也是得之不易的食物（看来挺富于胶原蛋白），但如果是齐王（算来，齐国是"富有的、已开发国家"），他是有钱的，御膳房大概供得起。麻烦的是

《吕氏春秋》也不说明白，"数千"究竟是几千，就算两千也要一千只鸡啊！在一千只鸡身上各挖一小坨筋球，剩下的鸡尸要怎么办呢？大概都送给了大大小小的群臣了？

唉，奇怪，《吕氏春秋》不是"改一字就可得千金"的完美著作吗？记载美食却记得如此不清不楚，不说货源是什么鸡，也不说那筋球有多美味，更不说拿什么汤来提味，此外是蒸的？煮的？烤的？炸的？卤的？麻辣的？白切的？凉拌的？火锅的？小炒的？……大概吕不韦当年养的食客全是君子，君子远庖厨，害得我这淑女（21世纪了，君子的反义词不是"小人"了，是"淑女"）推敲来推敲去，都不知道两千三百年前齐王那道菜是怎么烧的。唉，要是吕不韦当年养的士人中有女士就好了（唉，不行，他不敢，怕吕夫人会想歪了），当然啦，女士也有"不煮族"，所以要会煮菜的女士才行，像我，就能把事情说清楚了。

如果养的士是孔子型的人物也不错，但也无法求证孔子自称"多能鄙事"的"鄙事"包不包括煮饭。

可惜！可惜！一道好好的食谱，只因记录的人不肯"顺手"多写一点，弄得我们都没本事去恢复齐宫中令齐王失态大嚼的美味。学者常常记得的是故事的引申比喻，其实比喻不比喻算什么，"美食之方"才千金难求哇！

3

王方宇先生是20世纪一位奇人，他的成功是才华、用功，加上财富和运气的种种总和。当然，更了不起的是他对艺术如对宗教的一线专忱，这种兼人文、艺术、收藏于一身的人，这个自诩"只食鸡跖精华"的学者，现在已不容易看到了！

"食鸡跖庐"熄灯了，但我对鸡跖的食方依然好奇。

少年时代只懂得喜欢唐诗（苏东坡当然例外，他是跨时代、跨领域的），中年以后才渐渐多喜欢宋诗，众诗人中又不免对陆游有点偏心，倒不是因为他"爱国"（"爱国诗人"是句不通的话，哪有诗人一天二十四小时爱国？或一年三百六十五天爱国？他总得写点别的），而是因为他那么热心地记录了南宋时代南方农村的点滴生涯。他到处去喝村酒，到处去赏山花，如果要找导游，陆游应是不错的人选，他会吃会喝会玩，而且还到处交朋友。

陆游诗中有首谈到和邻居喝酒的事，既谈酒，不免也就说起下酒菜来，其中有两句是这样的：

鸡跖宜菰白，豚肩杂韭黄。（《与村邻聚饮》）

听起来很像目前大陆时兴的"农家菜"，其中后一道菜如何做我不知，但前一道显然是用鸡脚趾头炒茭白笋。茭白笋和鸡跖都清脆可人，茭白在江南又是沼泽地带随手可得的好食材，小老百姓哪有那么多鸡可吃，配点茭白既经济又爽口，算是"山寨版"的"食鸡跖法"。

这次在汉中古城吃到炒鸡跖，真是又惊又喜，当地的人也许不知道他们称之为"炒鸡脚趾头"的小菜其实大有来历。也许这菜自古并没有失传过，但脱离皇宫后，民间庶人的方法好像跟陆游的邻居如出一辙。也许他们缩小规模，不让饕客吃数千个；只让他们吃数十个，再掺和点配料，如我在汉中吃到的芹菜红椒之类的。当然，如果不坚持只吃脚心肉，而把脚骨节处理一下，一只脚也可以切出二十块小丁丁。套句台湾人爱用的"古早味"一词，这道菜还真是"十分十分古早的古早味"。

能在古城的旅邸里遇见古代的吃食，在郊原初润的春天，还真不是普通的幸运！

后记：

2011年春4月，我本想自己一个人从兰州一路赴成都，去看千里山花。在我而言，这原是"赴美"之行（不是去美国啦！）。蒙《读者》杂志仁弟仁妹不忍，怕我成了"赴难"（读作"南"）之旅，于是珈禾小姐衔命把我送到目的地，此文是记载路经陕南汉中古城所吃的一道古菜，兼怀远方诸君子。

张晓风

知名散文家。主要作品有《春之怀古》《地毯的那一端》等。

男人与沙漠

成英姝 / 文

之前我把沙漠中的赛车理解为一种热血澎湃的激情——上次去新疆，车手驾驶赛车一进入沙漠立刻有如飞箭脱弓射出，沙地上扬起沙尘；四五十摄氏度的空气凌烫着皮肤，近七十摄氏度的地热蹿进鞋里，灼伤的脚肿胀成虾红色，我如火炬燃烧，整个人从头到脚激昂沸腾——这次去内蒙古巴丹吉林，十多日朝夕和车手相处，深入赛道一窥他们在生死关头冒险的路，情形变得不一样，我重新理解了赛车，与其说它强悍疯狂，勇武而富攻击性，不如更贴近地诠释它是一种令人难以想象的纯粹。在这个世界里，所有赛车以外的其他事物都被排除了，什么都没有、完全消失，就只有赛车，独独只有赛车。我从未看过一群人能共同拥有一个如此纯净无瑕的世界，在这段时间里，高密度的，如此亢奋欢愉，分享着壮盛饱满的骄傲、智慧、幽默、理解。

M带我在天亮前就启程潜进赛道，咱就跟赛手一样照路书走（沙漠中并无有形的赛道，只有一望无际的沙丘，车手靠GPS导航指方位，路书则标示地形概况，高速行进中由副驾领航报路书指引车手，但事实上路书要对上地形并不容易，百分之百都会发生走偏脱离路书标示的赛道范围的情形），爬坡、翻梁，找到一个好的眺望点，守在那里。

巴丹吉林的沙漠跟新疆的沙漠风情完全不同，这儿的沙丘起伏剧烈、密集，大坡大坑的危险度高很多，赛手要非常谨慎；新疆的沙漠则幅员大、沙质软，赛程磨人艰辛。这天出人意表地下雨，沙漠一年下不了几次雨，据说专给赛车碰上，沙地一湿，硬度变得很不可测，赛手早上起来看见变天，原本的策略都得修正。凡车一进入沙地，轮胎都得放气，但到底要放到多少，要看赛手的习惯、判断、策略。沙质软，气放得不够会陷沙；沙质硬，气放太多跑不快，但沙漠地形诡谲多变，沙丘背后是什么你永远不知道，这一步沙地是硬的，下一步就跟流沙一样松。上坡的油门也要凭经验、技巧、判断，踩得多冲到顶翻车，踩不够卡在坡上不能动弹。沙如水鬼般，幻化异变，多重相貌，在底下攫住你的脚。上坡是缓的不觉察，到了顶一翻，后头是峭壁，两百米高，超过五十度陡，摔下去车跟人都会整个碎掉。

上次从新疆归来，一回台北整个没劲，赛车世界里的男人那种活在当下的热情，对当下以外的一切嗤之以鼻的大气，好路不走专挑险恶的勇猛，推翻了过去的我看待人生的逻辑，无法再忍受台北从早到晚抱怨不停、责任都是别人的、世界太坏只有自己好的男人，倒尽胃口。这次来内蒙古，更确定我心中的真男人是什么样子，不是炫耀自己的铁骨、豪迈，不是打落牙齿和血吞以及男人情谊的华丽表演，而是沉着而顾全大局的，是自信傲慢却又单纯谦冲的，我见了不少铁血汉子是默默忍不是人能忍的苦，是用超乎凡人能有的毅力和意志把自己的潜能拉到极限，却不是孔雀开屏地到处炫耀，你若问起，他只淡淡笑说没事儿。

长距离越野拉力赛吸引人的地方是什么？除了冒险精神、无畏勇气、速度快感，它的特别是需要高度的智慧，仰赖经验累积的技巧，包含了对地形的认知判别、野外求生之术，无可言喻地与大自然的凶猛和美妙融为一体。沙漠赛车与其他赛车很不同的是，风驰电掣地超越、击溃对手，意义不大，唯一重要的是超越自己的极限。沙漠是神留给人类最后一块不可亵渎的净土，以地狱的形貌，穿越其中面对的不仅是严苛的环境，还有自己的心魔。

当我在终点等待第一辆赛车归来冲刺，远方的高地上，如地上星子般闪烁的玻璃反光乍现，似幻觉时现时隐，微小却耀目的亮光令我热泪盈眶。烈日灼伤我的同时寒风刺骨，我的手脸都焦黑龟裂渗血，惨不忍睹，迎着沙尘暴我闭上眼睛，感觉我的心脏剧烈跳动，告诉自己我是一个活生生的人。

我们搞写作的，经历了什么若不写下，它好像就不存在，但对车手来说，只有当下，当下的瞬间，一切已经完成。

大营帐篷内，我终日听男人们如孩子般亢奋笑谈，一天一天，没有一分钟安静的时刻。我心想，我感染的这份喜悦与妙趣横生，根本无法与这大营以外的任何人分享。

一个男人从赛车中能赢得什么？不是只有冒险的快感，他们习惯于找最艰难处翻山越岭，去没人去过的地方，看没人看过的景象，走没有路的路，而他们来到此，从竞争中得到另一种乐趣，我开始明白，男人最想要的东西应该是什么——获得尊敬。今天这个世界，已经太多人根本不在乎当个值得被尊敬的人了，而在赛车的世界里，这些男人非常古典，活在古典的逻辑价值中。他们在乎证明自己，在乎尊严胜过一切，这是他们快乐的来源，因为当你重视尊严、重视被尊敬胜过一切，你就必须当一个光明正大、爽朗、包容而大气的人。

我跟M说，我喜欢一个男人，从来不是因此想跟他厮守，而是想变成像他一样的人。

我发现真正的爱情就像沙漠。你喜欢一辆车，它超棒的，你会想拥有它，因为你希望它是你的，你想要驾驭它，你想和它时刻相依。

可是你喜欢沙漠，你不会想拥有它，你拥有沙漠要干啥？谁会想要拥有一片沙漠？沙漠不会属于你，它永远不会属于任何人。你对沙漠痴狂，来到沙漠中，享受了沙漠令人目眩神迷的精彩，但离开了沙漠，你的世界充满了其他各式各样的事物，沙漠不但不是你世界的全部，甚至只是极其微小的一部分，然而毫不减损它在你心中的美、它绚烂壮大的魔力。

你挑战了沙漠，成功地穿越，你认为你征服了沙漠吗？一只蚂蚁爬上人的头顶，就是征服了人类吗？沙漠不介意你怎么想，它是它自己，沉默而巨大地在它的内里展开最瑰丽的风暴，永恒的。

　　每个人都是绝无仅有的，美且独立的，人不该属于任何人，也不该认为自己可以拥有任何人，这太自私傲慢了，就算以爱为名。我不想属于任何人，也不想拥有任何人，但我珍惜爱，爱如此美，美得令人心碎。

成英姝

知名作家。著有《地狱门》《似笑那样远，如吻这样近》《人类不宜飞行》等。

人间烟火事，最抚凡人心

第五章

在那些坚韧、赤诚的生命故事中，获得直面"无常"的勇气，去找到让生活峰回路转的细微线索，捕捉到间隙中的微光；在焦灼与忧虑中，重新找回身心的安宁。 • • •

不合时宜
——母亲的固执

吴晟 / 文

1

母亲身体一向粗壮健朗，从年轻到七八十岁，一直维持强健的体魄，超乎一般农家妇女，因此农事再怎么繁重，总能胜任承担，一季又一季从不怠懈。母亲的意志力更是坚强，面对父亲车祸骤然去世，庞大债务的逼迫，又需独自筹措我和弟、妹四人的学费、住宿在外的生活费，还是撑持过去，留住田产，未被打垮。

回想母亲一辈子，过得最艰辛、最苦痛却没有能力去改变的事，除了父亲英年过世，莫过于时代变异中科技文明的冲击，直接说来就是对"文明产物"的抗拒。

1970年，我从学校毕业，选择返乡教书、定居，女友也支持，从宜兰请调来吾乡中学任教，我们一起协助母亲耕作，逐年偿还债务。

乡亲都说我很孝顺，只有我自己明白，我是何其不孝。

日常生活中，我和妻确实几乎事事依顺母亲，唯独不能接受母亲抗拒文明产品，每一样改变，都必须花费不少力气说服、要求、争取，甚至引发激烈冲突。

在所有冲突过程中，亲友眼中，我和妻是无辜的"被压迫者"，当然都支持我们，一起责备母亲落伍、老古板，跟不上时代，常拿来当作带有嘲弄意味的笑谈、趣谈。包括远在美国的大哥，偶尔回来，也大力声援，开导母亲，我们更有充足理由和后盾，理直气壮反压迫。

然而母亲终其一生抗拒文明产品，果真毫无道理吗？

从我家到任教学校，约四公里路程，既无火车也无公交车，连客运都没有。任教之初，首先要决定交通工具。

当时摩托车已入侵乡间，逐渐流行，尤其是公家机构"吃头路人"更为普及。但因父亲在我专一那年，刚买摩托车只骑了几个月便在下班途中因车祸丧生，所以摩托车是母亲的梦魇，不可能允准。我能理解母亲的心情，不敢违逆。

父亲留下来的"二八仔"脚踏车还很好骑，我和妻在学生时代共骑的那一辆"来礼"，婚后也当嫁妆寄送过来。这两辆脚踏车骑起来备感温馨。

有几位年轻同事，骑最流线型、最拉风的"伟士牌"摩托车，有时和他们一起并行，他们尽量放慢车速，我则拼命加紧踩踏板，踩得气喘吁吁，那种景象，很值得玩味。

认真想想，多数同事从家里到学校，不过几公里路程，何况还年轻力壮，非骑摩托车不可吗？

然而时代潮流滚滚推进，有多少人挡得住，不被潮流推着走，而成为潮流的推动者？

80年代后，轿车逐渐普及，砍树铺水泥盖车棚的风气，快速流行，学校、机关纷纷起而效尤。母亲挡得了一时也挡不了多久，等到我的子女在村庄小学毕业，上了中学，妻为了接送小孩，母亲终究还是得接受汽车时代的来临。

2

70年代的农村家庭，民生设备普遍还很简陋，妻成长于都会，较早接受文明洗礼，来到农村，样样很不适应。

所有民生用水，要去屋侧古井一桶一桶汲取；浴室也要靠提水；厕所还是茅坑，每隔一段时日要定期清理出来，一桶一桶挑去田里施肥；每间卧室放置一个尿桶……

容器大都是一片一片木片围匝起来的木桶，桶子装清水就叫作水桶，装尿就叫作尿桶，装屎就叫作屎桶，装饭就叫作饭桶，装什么就叫作什么桶，不能混用。

每一个桶子都很珍惜，不轻易弃置，围匝木片松脱、散掉，有专门"匝桶"的师傅下乡来修理。

"文明"沿着电线杆一一快速侵入农村，我们赶着追随潮流，母亲则拼尽力气抗拒。

最早是冰箱。

我们结婚才一两个月，法院来查封我们家的所有财产，冰箱是妻的少数嫁妆之一，也被贴上封条，母亲说好呀，贴上去没关系，反正也无用。妻当然很伤心。母亲的理由：自早以来，食物处理后，用菜篮吊起来防老鼠就可以了，哪需要冰箱整天插电，"多了电费"。

从古井改变为自来水，母亲说：古井水那么方便，为什么还要花钱买水？源头不知哪里来，有一天停水怎么办？又有不明气味，哪有自家古井可靠又清甜，不必怕经常要断水，夏天又清凉。

从茅坑改变为抽水马桶，母亲很难接受粪肥被冲掉，"真无彩"（真可惜），连尿也不能留下来浇菜，还要每撒一次尿，就冲一次水，多浪费。

从扇子改变为电风扇再到冷气机，母亲深深感慨：吹冷气哪有在树下吹风凉快？真想不通为什么宁愿把树砍掉，大家躲在房间内吹冷气。

要买电视，母亲说：做戏呆、看戏惫，闲人才有时间看，我们种田人哪有那种美国时间？每天中午，店仔头电视机前，挤了一堆邻居，看得嘴仔开开，不知要下田；晚上一大堆团仔，守在那里，不知去读书。

我在1982年出版的散文集《农妇》中，有多篇叙述这些事件，只是当年我是以幽默略带调侃的语气，当作趣事。

其实，每一次改变我们都是多么理直气壮要求母亲同意，想尽办法说服，近乎逼迫母亲顺应新时代潮流。在说服的过程中，经常发生大大小小的争执，乃至激烈冲突。

历经时日最长、争执最多、冲突最激烈的一次，大概是厨房的改变。

3

妻嫁过来时，我们家厨房还是使用大灶，主要燃料是稻草。大灶前墙角边堆放一小捆一小捆稻草，俗称"草"，从灶坑塞进去燃烧。

每一期稻子收割后，要将稻草扎成一捆一捆，从田里载运回家，在家屋周围空旷处，一层一层叠起来，堆成圆锥形，俗称"草墩"。

大灶前的"草"将用光时，必须花费至少一两个小时，坐在"草墩"边，抽取一小卷一小卷稻草，头尾折到中间，扎成"草"，搬进灶前放置。

以稻草为燃料，就有大量灰烬，俗称"火麸"（稻草灰），灶坑内的"火麸"每天至少要清理一次，每次都有一大畚箕。

"火麸"收集成堆，是农村很重要的堆肥；"火麸"的过滤水很润滑，是母亲的最佳"洗发精"，一向很珍惜。

然而"草"的消耗量十分快速，三五天，至多一两个星期，就需要补充一次，尤其稻草密布稻芒，接触皮肤很容易刺痒，特别是对都会人，确实是不小的家事负担。

妻极力争取要废除大灶、改换瓦斯炉，爆发多次争吵，包括姐姐、妹妹等亲友，也来"赞声"，大家联成一气指责母亲固执，跟不上时代。

母亲又委屈又生气：懒惰就是懒惰，讲那么多理由，我使用这个大灶几十年，养大你们，哪一餐让你们饿过、没饭吃？自己田里的稻草"便便"不用，要花钱去买一桶一桶瓦斯。

在亲友的"舆论压力"下，就像其他民生设备，母亲只好让步，在室外用砖块砌一个小灶，逢年过节做甜糕和菜头糕、炊肉粽，以及烧热水等耗时较久的炊事，可以派上用场。

母亲使用大灶数十年，养大我们，确实想不起有哪一餐耽误过我们，让我们没饭吃，包括每天早餐，必须带中午便当就煮饭，不然就煮稀饭。

而今家家户户都有瓦斯炉、微波炉、烤箱……设备多齐全多便利呀，然而多少家庭几乎不做早餐。或说现代人工作忙碌，但母亲的农事和家事不够忙、不够繁重吗？

母亲常说：我们农村家庭，有自己的条件，何必一直要学都市人？

自从使用瓦斯炉，每期稻子收割后，田里的稻草废弃不用，只好就地焚烧，大好的资源平白浪费，又造成浓烟四起。

其实稻草功用大矣！不仅能当作大灶燃料、有机堆肥，还可编草绳、草席（或坐垫）……

其实以往许许多多的民生用品，都取自农作物，我一直相信，如果以往用心"研发"，一定可以制作得更精良，可以推广得更流行；而且取之于大自然，还之于大自然，不会造成地球负担，环境污染。很可惜在工业产品冲击下，一项一项快速被取代而消失。

4

母亲抗拒的，不只是现代化的民生设备，还有耕作方式。最大最苦痛的抗拒莫过于农药。

当农药开始入侵农乡，迅速普及，不只稻田，蔬菜上喷洒得更频繁，农民本身及食用者，中毒事件时有所闻。

母亲坚决不使用。母亲没什么知识，不懂什么大道理，只是凭直觉，这么毒这么难闻的东西，喷洒到田里，不可能不留存在作物上，怎么能吃？吃下去怎么可能没事？

农药入侵农乡也成为农民自杀最便利的工具。如有人去做统计，必定会发现，自从有了农药，农民自杀率提高很多。其中以喝农药居多。苦命的乡民以这样苦痛的方式结束自己的生命，更是悲惨。

有时候只是闻到气味，就会产生很不舒服的感觉。

父亲生前任职于农会，曾担任供销部主管，某天清点仓库中的农药存量，可能是在仓库内待的时间太久，发生头晕呕吐、明显中毒现象，送医急救。这个经验更加深了母亲对农药的恐惧、抗拒。

母亲抗拒了一期又一期，抗拒了一年又一年，可是当所有隔壁田都大量使用农药，稻谷收成量确实越来越提高，唯独母亲的稻作虫害越来越严重（可能是隔壁田的病虫害都被赶到我们家稻田了），收成量越来越少，逼不得已只好放弃抗拒，一面感叹一面接受"农药文明"。

当初放任农药商积极推广农药，其中含有多少种剧毒？是否评估过作物生产量的提高，将牺牲多少纯净的环境？将付出多少生态浩劫的代价？

无须谈多深奥的理论，在我们的日常生活经验中，最具体最明显的后遗症是，昔时辽阔的田野，大小溪流，水草蔓生，鱼、虾、蛙、蚬等等数不尽的自然生机，多么丰盛、生生不息，永远捕捉不完，而今几乎已完全灭绝。

近些年来，逐渐有越来越多的人投入有机或说无毒农业的耕作，虽然缓慢，还不普遍，总是已唤起不少觉醒，兴起一股小小风潮，并有扩大的趋势。母亲当年坚持的，就是现今最进步观念的"有机"呀！

我常有一种"痴想妄念"，如果当初不贪求快速、便利，不发展农药，而将心力、资源转移到"有机耕作"的改良，转移到生物防治法的推动，是否可能产量与环境两方兼顾？

5

1999年9月母亲过世后，年复一年，对母亲的思念越来越深，最常出现在我脑海中的，便是和母亲为了科技文明而争执、冲突的画面；每一个画面，都如针刺在我的内心，隐隐作痛。

母亲晚年经常无限感慨地说：会坏！会坏！时代只有越来越坏！不会越好。

有些邻居劝母亲：你自己不要坏就好，不必操烦那么多。

我越来越理解，母亲一辈子抗拒文明产品，考虑的除了金钱的浪费，必然还有更深沉的隐忧、不安。

母亲不识字当然不懂得什么资本主义，不懂得消费刺激生产，生产带动经济，同时也制造污染。她只明确知道，人的生活不该也不必那么浪费。

例如两位妹妹的鞋子。

1980年我曾在一篇《了尾仔》的小文章中有一段描述：

"自从两位妹妹从学校毕业，踏入社会工作以后，不断接受都市文明的陶冶，家里各式各样的鞋子，也就多起来了，每次妹妹回家，为了所穿的鞋子，尖头的、高跟的、花花绿绿的……总要引母亲一顿生气：有平底布鞋可以穿，又省钱又轻便，已经很好了，偏偏要穿那些'阿里不打'的三八鞋，连走路都走不稳，就是太闲了，才有这些花样。"

春节前几天，照往例家家户户都要清洁大扫除，妻搜出了好多双旧鞋，准备丢掉，被粗手大脚、日日和泥土为伴、经年少有几天机会穿鞋子的母亲看见了，一面清扫、一面反复唠叨：这些了尾仔，真浪费，这些了尾仔，真不知爱惜，还未穿坏，买了一双又一双……

80年代前后，所谓的"免洗餐具"开始盛行，母亲看见随手丢弃的塑料碗、塑料杯、塑料袋、免洗筷，四散堆置，一大袋一大袋，经常感叹人怎么会变得这样浪费？一点点"捡拾"的习惯，都轻易抛弃。

我们自家不使用什么免洗餐具，平日对待客人、奉茶、吃饭或挑点心到田里，母亲坚持使用瓷碗、玻璃杯，或金属杯盘，宁愿花一点时间洗涤。

母亲一辈子劳动，总可以胜任，最痛苦的是面对时代的变迁，抗拒文明产品，引来不少嘲笑和数落，还要耗神耗力气面对我们不断的"据理抗争"。

母亲的固执、不合时宜，果真没有道理吗？

吴晟

知名作家、诗人。著有《不如相忘》《飘摇里》等。

大地震
—— 一个小男孩的见证
杨泽 / 文

1

在那件事发生前，我还是一个未满十岁的小男孩。

在那件事后，几乎大半个世纪过了，我确定全家人，没有一个，没有一次，提起过"那件事"。

哲人说，"存有"总是被遗忘；哲人又说，"存有"其实就是遗忘。然而，那一年，有那么一件事，既在世俗历史之内，也在世俗历史之外；既非个人历史，亦非集体历史可以概括。它发生在我身上，也同时发生在身边众人身上，却决定了我后来进入时间、进入历史的某种姿态。

2

那是1964年的1月18日晚上八点零四分，主要因触口断层所引发，嘉南地区发生了里氏6.3级的地震，是为知名的白河大地震。

这是我在网上搜寻来的历史档案：整场大地震，死亡与失踪共106人、重伤229人、轻伤421人。民房全倒10502栋、半倒25818栋，公共建筑全倒682间、半倒764间，破损达1905间。其中，嘉义市受创尤巨，地震袭击后，中央喷水池旁的中央餐厅、新台湾饼铺最先蹿起大火，闹区中山路（大通）、中正路（二通）、光彩街、文化路、国华街周边形成一片火海，延烧直至隔日凌晨，焚毁房屋达174户，总面积达7848平方米，嘉市精华地段付之一炬。

亲爱的读者，只能说抱歉，我并无法带你回到第一手历史现场，因为当年的我，不久前才度过九岁生日的一个大小孩，吓坏了，只能愣在当下，在寒风中不停发抖，眼睁睁看着周遭大人们在快速蔓延之火势中抢救家当，一件件地搬到冬夜大马路边，形成跳蚤市场般的梦幻奇观。

事过境迁，我不得不这样归纳说：人与历史的邂逅、遭遇，从来一直是历史采取主动；从来都并非人选择进入历史，而是，历史选择进入我们，重重地掉落在人的头上，眼前一黑，目瞩一眩，让我们不得不看见它、接受它。就像位居下线的士兵，忽然收到来自上级的特别指令，只是，这指令埋藏在一堆密码当中，我们得花一辈子去追踪、去理解，而且不见得可成功破解，更遑论完成它。

3

说来吊诡，那场地震，及随后的大火，就此烧掉了我的童年，却也将它永远储存在心灵一角，让我在其后，可以随时随地一再重访。

事过境不迁，直到今天，我一再地回到我出生、成长的那栋日式平房中。

每一天周而复始的仪式：睡在榻榻米上的我，老早被责令、被教导，晨起的第一件事就是，折叠好睡过的被子，收入纳被间；倒过来，每天的最后一件事，从纳被间依样取出被子，在榻榻米上摊开来，准备就寝。

日与夜则是另一种不思议的仪式。日式平房特殊的隔间及布置，从玄关到起居室，从纸拉门到挂衣服的屏风，像极了刻意设计的现代剧场。最神奇的是，那一道道，从户外不同方位角度打下来的太阳光和月色，时时刻刻，分分秒秒，自由地在室内摆设间追逐、嬉戏。那一道道、一层层光影黑白的变化，以及阴阳明暗的消长，幻化出千万种悠悠漫漫的姿态。如今思之，不啻一曲华丽的赋格，一场奢华的巴洛克。

最最反讽的是，活在当年，木造建筑与钢筋水泥在大规模轮替的时代夹缝里，人与物、创造与破坏的力量，同样强烈渴望其对立面。因此，每当造型配备皆十分摩登的消防车出现在闹区街口，鸣笛呼啸而过——宛若发出一阵阵从地狱深处传来的笑声——年少的我无役不与，就像任何一个被莫名鼓动起来的街头小孩，为了赶赴火场的嘉年华，尾随在其后狂奔！

4

那是"二战"末期，美国B29军机对嘉义市区进行大轰炸，熊熊火光中，火车站与喷水池间的大通，瞬间夷为平地。战后重建，到1964年的大地震不过二十年，一夕间再度化为乌有。

震灾也常是社会革命、文化革命的新起点。灾后大通中山路的大力拓建，包括红砖人行道的铺设，还有其后中央喷水池摇身一变，成为现今著名的七彩喷水池，都算是浴火重生。

如果今天你从火车站一路走来，行经喷水池圆环，左转进入文化路前，依旧看得到矗立在原址的新台湾饼铺。这家老店成立于百年之前的20世纪初，正是嘉义市第一家高级和洋果子店，"日据时期"称为日向屋，直到地震发生前，还是一栋二层楼房的巴洛克建筑。典雅的立面、热带情调的阳台及围栏，夏天阴暗凉爽的骑楼走道，此刻回想起来，仍令我记忆犹新。由于老家就坐落在斜对面，中山路与中正路之间的长巷里，离饼铺不过一街之隔，童年最开心的，便是拿着大人过年过节给的零用压岁钱，立刻冲到比我还高的饼铺柜台前，买糕点解馋。

然而，新时代马上就要登场。1964年大地震的前一年与后一年，何其巧合，恰好也是电影《梁祝》和《真善美》风靡全城，通俗文化浪潮席卷而来的转折点。未能免俗，我跟同辈少年一样，整天忘我地随着电影配乐哼哼唱唱；当年恐怕是大街小巷，男女老少，不分族群及地域背景，举城若狂。

5

大半个世纪过去了，大地震并未在我或我的家人身上造成任何后遗症，幸存者的策略似乎都是一致的，那就是遗忘。

这样说，或许也并不正确。不，或许，也并不只是遗忘；或许，也还有一些无法表达、无法言说的什么，只能留给每一架孤独的传感器，让每一个孤独的人，去默默承受。

大半个世纪过去了，嘉义人的日本时代早成陈迹。我们之间，大部分台湾岛上的人，似乎都已习惯驰骋在美国时代，或所谓全球化时代的网络系统中。

事过境不迁，亲爱的读者，我不得不说：世俗历史、进步历史常是单线叙述，时间却并非直线，而是一座拥有多重出入口的巨大迷宫。

大多数人如你我，从不曾是历史中的行动者或代理人，充其量，只是幕起幕落，一场嘈嘈切切、咚咚锵锵的历史剧中，带有几分无奈的龙套角色。

然而，比之浑浑噩噩的龙套角色略略好的命运，也许就是充当一架四处任漂泊的传感器，上下寻索，永远朝着失落的心灵磁场的方向。

我不知道，这算不算是某种时间的恩宠，让我可以跨越那不可言说的边界，直接触及身体深处的记忆。

我只知道，这说来有几分荒唐，在大半个地球外，在羁留美东的十年里，一个人常半夜醒来，怅然有所失。此谜最终揭晓，才知美东并不在地震带上，也就少了来自全体台湾民众记忆深处，我后来戏称为"生命如花篮，地震如摇篮"的午夜微震。

事过境不迁，一个后来在钢筋水泥丛林里打滚了半辈子的我，在大地震的若干年后，有一天，再度与日式平房碰个正着——始而如警报陡升，继而犹鼓点狂落，一时间，我的心弦暗自颤动不已，余音袅袅，最后，似乎触及了夏日蝉嘶的最高阶。

杨泽

知名作家。著有《纵浪谈》《狂飙80》《作家的衣柜》等。

内在描绘
——关于邓雪峰老师

苏伟贞 / 文

　　没有记忆，我们就什么都不是了。

——布纽尔

　　我们常有一种老于人生之感，但老于人生偏偏很难说得清楚，倒是大伙不太爱谈的老于身体，总有这个那个专有名词提供给世人具体去形容去比拟。好比晚近才发展起来的脑神经学之失语症、失忆症、辨识失能等等。（但身体也有其复杂性，我就知道有位老太太，丈夫在加护病房躺了两个月，病房里各式重症，哀叫的、无声的、插管的……拖延时间而已，每天三班探望，要没感觉也难。丈夫过世，她仍每天朝医院前进，很卖力地挂了这科换那诊，照X光、超音波、测骨质密度，谁都拦不住，问她可有医生诊断生了啥病，答案只有一个："不是你痛你不知道！"）失语、失忆、失能、失读、失调、失常……无力可回天的"失"，哪个器官都有机会缝合、替代、支架、弥补、切除……只有这"失"，没辙。奥立佛·萨克斯（Oliver Sacks）正是脑神经医学临床个案的代言人。

皮博士是位杰出的音乐家，有天怪异的事发生了，皮博士开始认不出学生，但只要学生一开口，他就能从声音认出对方，家人找上脑神经医师萨克斯，经过诊断，皮博士有多重神经功能损伤，主要是"视觉辨识不能"，造成想象、具象表达和现实感知能力的蚕食殆尽。所幸他掌管音乐感知的颞叶皮质区相当正常，于是视觉感知的功能就以音乐性取代，譬如皮博士嗅闻玫瑰花香辨识出这是玫瑰，然后用歌声旋律召唤对玫瑰的认知，萨克斯这部分的诊断语言接近哲学："他需要的是连接。"和一般患者不同的是，皮博士和他的太太接受了这个事实。人生没有更灰暗。邓雪峰老师和师母也是。

三个月前老师搬了家，新居坐落在市郊山腰，主要是有安全宽幽的小区公园。先前住市区，每天黄昏，老师只身跨过马路到对面森林公园散步，如是二十多年，走着走着，忽地惊异道："怎么绿灯的秒数愈来愈短？"每过不去，就算过去了，居然在森林里迷路。怎么了？

脑神经额叶皮质钙化。逻辑推理、语言能力、名字记忆……一一弥封的旅程展开。之后师母就是报进度了，最后的结论："把握时间吧，多来看老师！已经不太认人，慢了，就找不到你们的老师了。"师母身体力行，有时候打电话去，家里没人，不在KTV就是看表演吃饭，忙着刺激皮质区，以及创造少数能得的记忆。

犹记三年前一个秋日午后，师母从黄山回来，约了我和同是学生辈的姜捷吃饭、闲聊心事："你们老师越来越少话，一直在忘事，我的丈夫怎么了？"我们的邓老师，不满二十岁只身来台，考进政工干部学校美术系，天生一双捕捉色彩的灼烁鹰眼，松、枫、梅、桃、木棉、玫瑰、芍药……一本活的植物图鉴，"于花鸟、山水别有领会"。70年代前后二十年，绘画教画摆龙门阵、家人学生友朋，那是很愉快的岁月。如今濒临破局，时空昏然，不认名字、面容、历史，失去思考线索、花卉山水逻辑……不可思议的是，和老师的犹疑失措对比，新的绘画动能起飞了，以前就够让学生惭愧地勤练，现下更是见纸就画，且回到小学生姿态，一笔一笔，好仔细，既好动又专注地画满来。于是，迥异以往的邓雪峰风格出现了，现在的画推翻了以前的画。师母先是讶异，回过神来，开始振作精神以数码相机、病历、书写为老师记录。老师画得神快，师母购置大木箱的动作更快，十来口大木箱全用来收藏老师画作。这天，师母打开木箱一幅幅取给我们看，小心翼翼拉开画作或铺平工作桌或磁铁壁立墙面，和老师以往笔下的扶桑、木棉、紫藤、孔雀、美人……竟是完全不同的素材，杜鹃、天女木兰间错的白墙黑瓦屋群、几何序列的油菜花田……印象派点描法，平面、色彩亮丽、形状鲜明，没有具象线条，没有情感记忆痕迹，画与画没有太大的主题变化，其中有些恍若凡·高重复的扁柏主题，朴树，燃烧似占去整张画70%，一色蓝或黄或红，布满全纸，乍看下，老师失去了他的留白能力，但那些不可解的细节，如此不合理却呈现一种内在描绘。例如，有一张撑住天伞状不知名的树，以点描深深浅浅晕染开的黄，饱满华盖的处理却是轻覆着圆珠笔头大小的淡黄嫩叶，好纯净可爱，似曾相识又如此全新的邓雪峰。"为什么这样结构布局？"老师微笑摇头以川音回他："忘了，不知道。"如果皮博士最常哼歌，老师最常说："忘了，不知道。"（皮博士也画画，萨克斯医师以科学分析："近期作品仅有混乱的线条与颜料造成的斑点。"皮太太："你没看出他艺术风格的发展的过程，是如何挣脱早期写实主义进展到抽象、非表象艺术创作吗？"是的，无定律无真理，"病态和创作力也常常巧妙地共荣共存"。）主题重复着主题，说明老师失去了他的辨识能力，说来，棱格状田垄、无限花序、云彩轮廓……也出现在皮博士的画作里，值得高兴的是，萨克斯医师诊视也不否认这些元素具有极佳的敏感度，"像是以毕加索般的眼光看待事物"，毕加索就毕加索吧！我们也和皮太太一样视为艺术风格的发展而非病状！

每天目睹人生直统统失去的过程，其实是很绝望的，但老师仍在画，于是我们暂时是快乐的："老师以前太严谨了，这会儿把逻辑解散了，却画出这么让人惊艳的画，医生也说很罕见，就当是往好地方发展，不去抵抗，师母也放松点。"（皮博士没有任何奋斗的痕迹，他不知自己失去什么。……他唱着歌做每一件事，如果被打断，就会失去连贯性，衣服、身体变得陌生，他无时无刻不在唱歌……吃饭、穿衣，每一件事都化成了歌。）

师母这又旧话重提："什么时候去黄山？"作为德模的老师也是乡长，我们结婚时，雪峰老师少见地送了幅水墨画祝贺。德模不时在老师家走动，老师在黄山脚下买了房，有兴致时半年黄山半年台北，两边画室足备，不一样的景色，老师提笔更精神了。师母约去玩已好些时日，终于要成行，临出发德模进了医院，食道癌末期，旅游团解散，德模让我跟师母说："别等了。"六个月后，德模离世，师母终究没等到德模。这些年，师母不忘旧约不时叮嘱："你必须替德模去一趟！"（这时老师一人立在画桌前，默声，不看什么，面容平和，"忘了，不知道"。额叶皮质退化，是属于寂人的。）

老师已经不记得德模，师母并不放弃，不舍得老师不记得学生了："看见照片一定会记得。你下次带德模的照片来。"西班牙大导演布纽尔即使经历母亲失忆的"此曾在"打击，他仍愿意以缓慢的方式重临山岳、河流、林木……一一说再见，道别之后若没走成，"我还会回去再说一次再见"。记忆作为一种驱力，以颜色、画、病症、感情等形式向我们展示，提醒了我们脑丘曾经几近完美地储存了每一笔人生经验，就为这理由，我也该帮德模去一一说再见。

布纽尔母亲丧失记忆后，爱翻阅同一本杂志，次次都慎重地从首页翻阅到最后一页。记忆流逝如此快速，每秒转页的画、自己是谁、来自深邃生命本身的儿子……皆如初见，所以布纽尔进出母亲的房间，母亲都以为第一次看见他，向他招呼："你好。"自也印象深刻，岁月淹然。难怪布纽尔自传第一节谈的便是记忆："没有记忆，我们就什么都不是了。"

　　在布纽尔，这位伟大的梦想家，把人生活成道别之旅，从某个角度看，远藤周作《深河》也提供了类似的人生样张，不同的是，《深河》是一本信仰之书，信仰在这里十足功能性，书中几位角色组团做恒河之旅，其中矶边此行主要觅访过世的太太启子。（我一定会转世，在这世界的某处。我们约好，一定要找到我哟！）或许在这里投胎，医院当志工照顾过启子的成濑美津子，来找当了神父（朝向水流的方向……各色各样的人背负着不同的辛酸，在这深河祈祷……）曾被她嘲弄甩掉的旧情人大津，第二次世界大战被派到缅甸、饿极当头吃过战友肉的塚田和木口（那时，我们如梦游者一步步走向死亡）则为了洗涤……人人带着一本账簿来此求道，然临河一立，他们忙着记忆自身故事之际正碰上大历史发生，印度圣人甘地遭刺杀，大津被牵累生死未明，但揭示的过程中，这名无罪的罪人灵魂就地重生，所谓刻舟求剑，所谓"身如聚沫，不可捉摸"，人世白忙一场，以此为甚。我认为以"重生"来开脱生之罪，是一道太懒惰简单的公式。小说里的人物，老带着一股天真气，将现在与过去、生与死齐托付给转世。生死概念最深刻境界，也许只是宁静顺势，依我看，邓老师反写了"人间深河的悲哀，我也在其中"的题旨，说穿了，人世就是我们能拥有的"深河"，不必远求。但那终究是小说，对我的启发，也只能以小说解。况且，我并没有信仰。

最后我想描述一张老师的字，录写两首诗，古拙的晋人字体，回返童趣，分写在纸面两头，镶嵌在窗花也像门联图案里，两首诗，一首是南朝哲人陶弘景的《诏问山中何所有赋诗以答》：

> 山中何所有，岭上多白云。
>
> 只可自怡悦，不堪持赠君。

陶弘景曾教学梁武帝，后辞隐，武帝登位，下诏敦请陶弘景出山："山中何所有，卿何恋而不返？""岭上多白云。只可自怡悦"是陶弘景的回答与状态。

于是我们忙不迭地问老师："这是谁的诗？为什么是这首？抄的还是背熟的？"

"不记得了。"

"内在描绘"，只可自怡悦。

苏伟贞

知名小说家、张爱玲研究者。

著有《过站不停》《单人旅行》《租书店的女儿》《长镜头下的张爱玲》等。

陪侄女一段

吴柳蓓 / 文

大扫除之前遍寻不着Ana D的专辑，黄色包装的唱片不在架上，找了几回后，心想可能是某次带到教室播给学生听，遗留在学校的笔记本电脑里忘了退出，被拿走了。过年前将书房彻底打扫了一遍，发现Ana D夹在清人朱祖谋编选的《宋词三百首》里，那本书大约有七厘米厚，轻巧的唱片就像美式汉堡里的番茄切片，薄薄的几乎忘了它的存在。

亮亮也喜欢Ana D，特别是*Me Quedo Contigo*这首歌，空灵的西班牙美声把书房四周都疗愈了，一把风吹进窗内，土褐色的罗马窗帘随风摆浪，像一首马德里的斗牛诗，铿锵的火的节奏，很难形容的妖孽感。一整张唱片听完，心灵的满足感像裸足在大草原，耳际涨饱风的流浪、牛羊的嘶吼。每次只要从播放器流泻出Ana D低哑的美声，亮亮便自动扶着桌沿，认真地摇动屁股，或者呈半蹲状，蹲蹲起起，随着音乐进入她的童话世界，表情非常享受。我猜想那个世界可能有满坑满谷的小动物和漫天飞舞的红蜻蜓、白纹蝶。当音乐一结束，她便发出疑惑的"咦"音，指挥我再播一遍。

相拥在书房里听音乐、吃饼干、玩嘟嘟车是我和亮亮最怡然自得的时光。一岁半的小孩听得懂人话，又带点兽性，半人半兽的野性像月光下的狼，变身之前的所有预兆都摊在书房里，兽性大发之前给她听Ana D、喂几口饼干、抱抱摇摇，她便温驯得像一只小羊，乖乖地安静了。

对我来说，她是天外飞来的一个包袱，更像戳着邮章的人肉包裹，没有预警地丢掷到我的生活圈，原本拿笔拿书的手开始学着泡奶、换尿布、洗婴儿。初接触她的那段日子真是晦涩，令人绝望，更明白当娘不只是一件苦差事，更是一种折磨，必须拥有天跟地一样厚实的勇气才能胜任。我跟友人抱怨与孩子同床共眠的痛苦，睡眠质量破碎得像乞讨不到食物的街友那样难堪，黑眼圈和眼袋进驻，火气大到要吃黄连解毒丸，更惨烈的是自由没了，失去自由，跟关在狗笼里的小狗没有两样。抱着哭闹不睡的她，默默在心里哭泣，这种挫败的日子究竟还要过多久？

痛苦是一张透明的网，让你无所遁逃，但是偶尔的苦中作乐可以让时间快转，只要暂时忘记自由的美好。抱着黏人的她坐在计算机前看"巧虎""哆啦A梦""海绵宝宝"，用童稚的声音吓唬她不乖乖吃饭就会被巧虎咬咬，不乖乖睡觉就会被哆啦A梦打打，她似懂非懂地点点头，下一秒钟立刻相忘于江湖，扭来扭去，像一只多动症的小蛔虫。我丢开特急的稿件，丢开该备的课，丢开该完成的报告，跟在她的屁股后面团团转，她丢什么，我捡什么，绕了几圈后，她做了一个猥亵又可爱的动作：搓搓裤裆，拉屎了。一阵翻天覆地的抢救擦拭后回归静态，她继续咿咿呀呀逛大街貌，我累瘫在一旁的沙发上，用疲惫的双眼盯着她所有颠顸且拙粙的小动作。

　　而所有的难堪与痛苦都在某一个时间点得到补偿。突然有一天，发现她会喊人了，原子弹般的震撼，我兴奋得在房间绕圈圈，再冲到她面前摇着她瘦小的肩膀说："再叫一遍，再叫一遍。"那是一个平凡的早晨，帮她换掉睡衣，抽掉奶嘴，捏了肉肉的脸颊，边动作边对她说："今天要乖乖，姑姑很忙，乱吵海绵宝宝就不跟你玩了。"她一径睁着大眼睛，眨巴眨巴地盯着我，很无辜的模样。换好衣服，起身要抱她，一道小巧无邪的童音飘进耳间，像天籁。"姑姑"，她冲着我又喊了一遍，然后笑开了。我压不住内心的震惊，忍不住飙出脏字，亮亮顺着我的语尾发出甜甜的小号Wow Cow，舍不得骂她，将她搂得紧紧的，那一刻像抱着亲生女儿一样满足，天塌下来都跟我无关。

　　在计算机前忙着，母亲哄不了亮亮，扯着喉咙喊："姑姑，姑姑咧？亮亮要找姑姑，姑姑快来。"我叹了一口气，放下手边的工作，一边爬楼梯一边发出粗哑的威胁声："这么晚了，谁还不睡，谁，我打打。"亮亮听见我的脚步声，开心得弹跳起来，钻入被窝里发出兴奋的尖叫声。然后，我得乖乖地躺在她身旁，唱着自编的安眠曲一遍又一遍，她才会慢慢地平静，合眼，睡去。收拾妥当，一看时钟，往往又是深夜十一二点，我不晓得一向难入睡的亮亮是前世的时差所致，还是其他我和医生想都想不出的原因。眠去的她像一只阖翅休憩的天使，白天的使坏和调皮像一管屁，早就灰飞烟散了。摸摸她的睡脸，甜蜜的痛苦活该要扛。

亮亮一天一天长大，我的调适状态也步入佳境，已经习惯每晚有个小婴孩躺在身边，习惯她的黏人和撒娇，习惯她惊人的模仿力，习惯她半夜噩梦哭醒，习惯她不时地闯祸与捣蛋。我不想承认，却也不能否认，亮亮磨退了我性格里的洁癖，独善其身的脾气，也缩减了我跟人保持距离的刻度。小生命的加入，对我流浪惯了的生命是巨型的灾难，但是我更相信人生来就得接受磨难（违背自由意识就是一种身心折磨），端看上天指派的功课。以前办不到、做不来的事，自从带了亮亮，包容与宽宥的心被筑大，不再轻易说不行、不可能了。"能耐"就像女性的肚皮，再大再沉的娃娃照样背起来。

温暖舒适的午后，我推着亮亮到巷子口散步，茂盛的阿勃勒和扶桑剩一把枯枝挂着凋零。"阿勃勒。"我指着它对亮亮说。"婆了。"她说。"阿——勃——勒——"我放慢速度再说一遍。"丫——婆——了——"她抬起硕大的黑眼珠询问着。我忍住笑，蹲下来摸摸她的头说亮亮好棒。她手舞足蹈，仿佛完成一件困难的任务。沿着巷子走，冬末初春的繁花即将忙碌，我记得这一带茶花很艳，日日春很娇，还有沙漠玫瑰在土堆上兀自精彩。巷子的尽头岔出两三条更狭隘的弄，这巷里弄外的底细亮亮很熟了，走到哪个地方便咿咿呀呀，提醒我上一次有条小白狗嗅着她的脚丫，有只小猫衔着一尾鱼走过……

虽然早就协议好，满两岁时由兄嫂带回新竹上幼儿园，目前一岁半的她并不知道大人的安排，每天醒来喊姑姑的童颜童语甜入我的心坎。就当作陪你一段吧，在某年某月，你或许会记起，从前有个叫姑姑的大女生在你面前流下类似母亲的眼泪。

吴柳蓓

知名作家。著有《永不凋零的心》《没有门牌号码的国度》等。

我的妈妈嫁儿子

廖玉蕙 / 文

那年，乡下的堂哥病逝，母亲扶病前往吊唁。

浩大的排场过后，大伙儿聚坐吃散宴。我陪坐一旁，帮母亲添饭布菜。同桌俱是母亲的晚辈，对她执礼甚恭。母亲座位的另一边，是一位看来年纪不下于她的长者，用低沉的声音和母亲切切说着些什么。散宴吃到尾声时，他忽然激动地从口袋里掏出一个红包来递给母亲，母亲推拒着，不肯拿。那人情词恳切，几近哀求地说：

"请汝一定要收起来，我这阵比较做得到，阮的几个囝仔拢在赚钱了！汝如果不肯拿，我心肝会极艰苦咧！"

母亲也非常坚持，不停地重复着：

"汝免这样客气！汝生活快活，我就极欢喜了！"

看我露出狐疑的表情，母亲为我介绍：

"看是恁驼仔伯的细汉后生，汝要叫阿坡仔兄。"

母亲回头跟男人说："这是我的细汉查某囡，极大汉时，才会走路的那个。”

那男人一听说，慌忙摇手说：

“毋免！毋免！叫我阿坡就好！恁妈妈自少年就极照顾我，是我一生的恩人。这只是一点点的意思，汝就劝伊收起来，这样，塞来塞去，歹看啦！”

红包最终是收了还是没收，至今记忆已然模糊，只记得阿坡仔兄用亲切的语气跟我说：

“以前，汝不会走路，常常坐在车衫的车仔上，看恁阿母做衫，极乖咧！我每次转去旧厝，你的嘴极甜，常常阿坡仔兄、阿坡仔兄一直叫。”

时光忽然被拉回到古早的岁月，因为不知如何应答，我感觉有些不自在，只能咧着嘴傻笑。

驼仔伯，我是还留有印象的，他的大儿子阿城我也还记忆深刻，甚至后来阿城娶的媳妇阿荫仔嫂及他们的三个小女孩都还记得。至于什么时候冒出这位阿坡，我是完全茫昧无知的。小学那年，我们从乡下老家搬到较热闹的小镇后，驼仔伯还常来探望母亲；几年后，就听说他积劳成疾过世。驼仔伯往生时，我约莫正上初中，已经不再是懵懵懂懂的孩童，偶尔会从父母的交谈中爬梳一些人际。印象里，驼仔伯过世前就将之前攒下来的少许存款，拜托妈妈保管。因为阿城和太太阿荫都是不善营生的人，驼仔伯唯恐他们三两下就花光积蓄，所以，请托母亲代为保管，加以节制。阿城每回拿钱，都需要出示正当需求才能过关。当时，我就觉得妈妈好有权威，可以主宰别人取用明明是属于他自己的钱财。何况，阿城还比妈妈大了两岁，却得怯生生地来跟母亲申请经费。在我的理解里，母亲应该是一位极受信任的人，否则，谁放心把钱交给别人保管。

当时，镇上另有一位叫阿桃的远房亲戚，成天怀疑那位被她招赘进来的先生有外遇，先生常因此不耐烦地拳脚相加。她不时来跟母亲哭诉，大多午饭后就来，直说到天黑，之所以给我留下深刻印象，主要是只要她一来，就意味着那天的晚餐要延迟了。饿肚子的难受，让我很讨厌她的到来。我曾经几次听她巨细靡遗且几近歇斯底里地谈论有关先生外遇的蛛丝马迹，发现每回的证据力都相当薄弱，觉得她小题大做。奇怪的是，平常对我们很没耐心的母亲却都不厌其烦地加以安慰开导。这些大同小异的故事听了几次下来，我倒开始同情起那位一直无缘识荆的先生了！也因为她怀疑先生不老实，便把存款放在母亲这里，以防不小心被先生掏空。母亲像是可靠的银行，被寄托着百分百的信任，随时有人来开户，随时得准备着应付客户们提领他们存放的财产。

以前，我老是因为跟母亲的默契不足而挨打，直觉母亲做事利落，反应灵敏，绝对是个凶悍泼辣的厉害角色。那回丧礼过后回到家，母亲犹然叨叨叙说着过往，我这才略窥她温柔的另一面，真正对母亲开始刮目相看。

驼仔伯是我们廖家的佃农。他的太太早死，一个大男人带着两个稚龄的儿子流浪来到我们村子。祖父怜惜他，给他一块地耕，他便成了我们家的佃农。一开始住在我们四合院内的杂物间；三七五减租后，农地放领，他们才在属于他们的土地上盖起一幢简单的小茅屋。母亲嫁过来时，年方十四，和驼仔伯的二儿子阿坡同年。驼仔伯虽然有了耕地，却因为没有钱买肥料，农作物的收成很不理想。所以，除了耕种外，驼仔伯偶尔还兼做奇怪的副业：帮忙处理夭折孩子的尸体。

　　往往天蒙蒙亮，他便徒步到丧家，用草席裹住死去的婴儿或小孩，连同祭拜的糕果，一起担着到山上，就地埋葬。烧过纸钱，从山上下来时，村子里的孩子看到驼仔伯远远的身影，便雀跃地奔向前去迎接。有的帮忙提锄头，有的接过扁担，好不热络！其实，醉翁之意不在酒，而志在那些祭拜过后的糕果。驼仔伯虽然日子过得贫困，却一点也不小气。一回到家，孩子们便摊开刚刚才包裹过死人的草席，一点忌讳也没有地在上面排排坐，等着老人家均分祭品，津津有味地吃起来，清贫的年代，孩童们还来不及认识死亡，先就迎向了现实的蹇涩，糕果的吸引，远胜对死亡的畏惧。我那三岁即不幸溺毙的小妹，因为年纪太小，依乡下习俗，不能举行丧葬仪式，也是一大早让驼仔伯担起木头盒子内的小妹，走向微雨的山头前，向眼泪落个不停的母亲再三保证会设法找个好所在，让小妹落土为安。

　　容或如此，驼仔伯的一家人还是有一餐没一顿的，难以维生。母亲常常接济，或馈赠自种的蔬果，或干脆送去煮好的饭菜，但总也不是长久之计，不得已，阿坡只好听从媒妁之言，让人招赘。村子里的人都说我母亲将阿坡当作儿子"嫁出去"了！两人虽然同样是二十余岁，但是，身份不同，少东夫人形同家长。据母亲说：

"伊实在真可怜！厝内啥米拢无！欲去给人招，连一领可看的衫也无。我只好赶工给伊车一套西装、几领衫和内衫、内裤，款（打包）一个皮箱给伊带去！"然后，阿坡便由我父亲领着，送到更加偏僻、陡峭的山坳里去，到了山上才知道，那户人家同样耕着几亩贫瘠的田地，生活也很艰难。他们花少少的聘金把阿坡招赘过去，实指望多了一口男丁可以帮忙耕作。我父亲眼见那户人家家徒四壁，估量阿坡不但不会有比较好的日子过，恐怕是更要吃苦了，因此，循着原路回家时，心里万般不舍，难过得好像自己做错事似的。回家后，和母亲说着说着，两人都哭了！

母亲谢世后，跟母亲最亲近的堂嫂，在一次的聚会中，又为我补足了母亲叙述时的留白，让我像拼图般，陆续拾起板块，渐次拼凑出较为完整的母亲图像。堂嫂说，其后，阿坡偶或回来，形销骨立，母亲总不舍地送去几道菜或杀一只鸡给他补一补；听说阿坡工作繁重，连生病也不得休息，还得勉力下田插秧或清晨即起采笋，更是红了眼眶。有时，不知如何帮助他，便硬挤出一些钱来，买些日常的牙刷、牙膏或毛巾，塞进他的袋子内；或让他带些自家母鸡生的鸡蛋回去，聊表心意。这也许可以说明阿坡那日何以硬要送红包给母亲的原因吧。

继驼仔伯仙去后，阿荫嫂也接着弃世。阿城像是复制他父亲的生命般，独自抚养三个女儿长大。最后，实在无力负担，三个女儿都在十四五岁便提了两口皮箱，跟着老兵走了！阿城与其说是嫁女儿，毋宁说是卖女儿更接近事实。而三个女儿的六口皮箱内的东西，据堂嫂的说法："拢是五婶婆给伊准备的。"她口中的五婶婆，就是我那艰苦卓绝的母亲。那时节，家家户户都穷，我母亲靠着父亲一份基层公务员的死薪水，得养活九个黄口小儿。不知她是怎样的神通广大，还能接下这些额外的重担！接近九十岁的堂嫂在母亲过世后的一个午后，幽幽地回顾：

"恁老母一生帮助过极多人，别的先不说，驼仔伯一家人受恁老母的照顾实在太多了，莫怪阿坡到这阵还思思念念，不敢放袂记得。"

母亲的勇于任事，在那样的年代中，即使是男人，恐怕也难以望其项背，她没有受过多少正规教育，又因很早投入婚姻，也缺乏社会历练，可是，她却充满爱心，胆识俱足。除了"天纵英明"外，我真不知道还能有什么更适当的形容词了。

廖玉蕙

知名散文家。著有散文集《永远的迷离记忆》《古典其实并不远》等。

梦中的父亲

利格拉乐·阿𡠄/ 文

　　最近半年，常常与父亲相遇，在梦境里；如真似幻，让我好几次自梦境中醒来，却又分不清楚那是做梦还是回忆。梦里的他，还是一如十数年前离世时的样貌，满头的白发、水肿的身躯和一脸严肃的表情，十足是个让人会害怕的长者之貌。

　　父亲过世将近二十年了，在他过世同年出生的孙子，现在都已经投入职场了，若不是因为最近父亲常在梦里出现，我都要忘记他离开原来已经有这么久远的时间；妹妹打电话来说，她最近也常在极度疲累的夜晚里，被久违不见的父亲造访梦境，但却不见父亲开口说一句话，她问我："父亲是不是有什么事情要交代？"我沉默地挂上电话，却忍不住点起了烟放上案头，心底默默地问着："爸，您有什么话要说吗？"

　　父亲是个寡言的人，从小，只要见着他点起一根长寿牌香烟，接下来便可以看到父亲陷入沉思的表情，那表情常常以一种令人敬畏的方式呈现，即便是再得宠的长女如我，也不敢轻易地在此时前去打扰他。后来，我随着父亲的苍老逐渐长大，这才慢慢地自他的口中得知，那些年来点着烟的沉默时光里，是离家多年的父亲忆起远离许久的大陆老家，那种思念像极了战争时受伤的伤口，总在不经意间就袭上胸口，足以让他久久无法喘气。

我不懂，至少当年的我无法感受。直到，我自己也成为离家的游子之后，才了解父亲口中所叙述的那种疼痛感，而无法喘气竟直逼窒息的程度。原来，思念是一种这么折磨人的感觉，然而，我离家再怎么远，也总有方法可以抵达，那么父亲呢，尚未解严的时代，他要如何处理锥心刺骨的思乡感？因为有家归不得啊！

我为父亲点了一根烟，那大概是我少数对于父亲还有的生活印象之一，因为这种时光出现的频率，随着父亲老去的速度愈来愈高，尤其在他即将离世的前两年，当时，他已经预知自己的死亡即将到访吗？我依稀记得，就在父亲离世前几周，他拉着我的手说着："丫头，我就快要可以见到你的姥姥了，我想她啊！"那一年我十七岁，也知道不过几年前，通过香港的亲友来信转达姥姥的死讯，父亲怎么就快要见到已然过世的姥姥呢？

过于年轻的我，没将父亲那一席话放在心上，直觉认为那是他过于思念老家的缘故，没想到，就过了几周而已，父亲因为中风倒在家里的浴室中，再也没醒来过，并且，走得极快，没有任何痛苦，甚至快得连只字片语都没留下。这种遗憾，在往后几年不断地折磨着我，此刻才终于理解父亲有家归不得的疼，因为无论我回家几次，都再也看不到父亲沉默的身影了。

自此，每当思及父亲时，我也总爱点起一根烟，陷入当年与父亲相处的点滴时光中，甚至开始慢慢地也抽起烟来，在烟雾弥漫中，似乎可以遇见父亲出现在缥缈里，什么也不说的只是望着我，一如他在世的时候，一如他离世的时候。或许，这就是父亲存在的一种姿态。

第一根烟就快烧完了，父亲如真似幻的身影依然没出现。这半年，他不断出现在我与妹妹的梦境中所为何来呢？我开始认真地想着关于父亲种种的日子。是冥诞吗？父亲的生日早已过去，那是牛郎织女相会的前一日。是忌日吗？时序尚未到达，那该在农历年过后、极冷的季节。那么，还会有什么？这才惊觉，原来现世的生活里，与父亲相关的纪念日只剩下两个。

有什么事情是我们做子女的人所遗忘了的吗？父亲的骨灰放在灵骨塔里，为的是终有一天要将他送回朝思暮想的大陆老家，我想，这应是父亲最后没来得及说出口的遗愿吧！前几年辗转和老家相关的亲戚联系上，告知了父亲的死讯，并表达想要将父亲的骨灰送回老家的想法，电话那头倒是沉默了几十秒的时间，然后淡淡地说着："既然人都走了，就别这么麻烦吧，放在哪儿不都一样！"

这意思，隐藏的内容是什么？是要我们别送回去了？我心底有满满的疑惑，却无法对着电话那头该要叫声"姐姐"的女子提出。于是，父亲的骨灰坛就这么放在灵骨塔里，直到现在。那时距离此际也有七八年的时光了吧，父亲是为了这件事情出现在我与妹妹的梦境里吗？因为我和妹妹曾在他的骨灰坛前焚香告知，然而，这件事情却从未实现过。

我燃起了第二根烟，试图通过云烟袅袅和父亲沟通：思绪继续在过往中打转，将父亲送回大陆老家的事情后来怎么发展了？我想了好久，脑海中出现的是妹妹的不满叫骂、母亲的沉默不语和父亲战友的低声啜泣，那些和父亲一样苍老的游子为什么哭泣呢？想不起来的焦虑，让我忍不住也点了根烟自己抽着，就在第一口焦油侵入肺腔的时候，我猛然忆起了一句话："活着回不去，死了没人要啊！"那是和父亲极为要好的同乡，伴随着眼泪脱口而出的话语。

而不过就在前两年的时候，说出这句话的长辈也因病撒手人寰。据说，他的骨灰也寄放在某一座庙宇里，因为地点就在南部，所以妹妹偶尔会在年节时前往上香。毕竟这位长辈在台湾未再娶，没有子嗣可以前往祭拜，和父亲情同兄弟的感情，就让我们顺道尽份孝心吧。想当初，父亲还曾经开玩笑地说，若是自己走了，母亲就要托给他"代为照顾"了，我们都知道那是什么意思。

第二根烟突然熄了，无风、无故，熄了！还剩好大一截，就在我思及母亲的时候。父亲来梦中，为的是母亲吗？这些年来母亲急速苍老，变化就如当年的父亲一样，头发白了，身躯肿了，愈来愈沉默了，唯一的差别是她不抽烟。父亲挂心的是愈来愈老的妻子吗？我拿起了电话，按下再熟悉不过的电话号码，给远在南方部落里逐渐老去的母亲，那头有人接了话筒，是母亲沙哑的声音传来，我鼻头酸酸地回答："妈，是我啦！"

利格拉乐·阿𡞁

台湾知名作家。

骨　肉

钟文音 / 文

　　母亲摸了我一把后，突然打了我的手臂和腰臀一记，并发出某种见了恐龙怪物般的叫声，她说：你什么时候胖到手臂来了，手臂胖就是老了，你知不知道啊！说话时她狠狠地打掉了我正在吃得一手油滋滋的面包和甜甜圈。

　　"你的气质看起来不像是读女高的，比较像是读育达的"，我突然想起高中因考试压力导致发胖的那年遇到某校联谊的某男对我说的话。乍听轻松，细思却满是讽刺。之后大学四年肥胖症因得意爱情而被严格控管着，再次发胖就是这一年，不明原因的，我又得了不断吞咽的咀嚼症，也就是无意识的嗜食。

　　母亲给了我一张名片，上头写着整骨师。她要我立刻出发去找名片上的人。"马上！"母亲又说。我缓缓地起身，像是再也经受不起身体重量似的疲惫。

　　门后依然是电视佛法频道的声浪，我陷在沙发里时间颇长，故也跟着听了段时间，大约是说人出了娘胎就受染污，地水风火组合成色身的三十六种不净，皮毛爪齿鼻骨肉髓，泪精液尿涎屎……诸天有香神，以香气为食，故曰寻香行。关上房门那一刻，我真希望自己变成香神，如此就无形体，不觉色身疲劳了。"我于往昔节节支解时，若有我相、人相、众生相……"母亲三楼老公寓电视的声浪直到我走至一楼时才完全消失音波，母亲不仅眼睛陷入阒黑深穴，连耳朵也仿佛失守的疆域，电视总是声音开得很大。

母亲的眼睛开始露出坏征兆，是我发现母亲买卫生纸却常买成了卫生棉，上公厕老是将警铃按成冲水器，当然还有膝盖常出现不知在哪撞伤的印子，以及走路愈来愈慢。

阿嬷死时眼珠子弹出一粒玻璃，后辈才知道她原来有一眼早看不见。她说着，仿佛人老就是这样，以为人皆如此。

我的眼睛去年也出现过云翳。

走在路上，身旁冷不防被几个不知从哪里跳出的小兽擦撞着。我想有一天我会当母亲的导盲犬。

母亲要我去看整骨师的这年，我那长年挂在计算机桌前的腰椎正巧发着痛，还有大学时长年在快餐店打工站得两腿发酸的痼疾仍不时现身和我打招呼。尤其是晨起那一刻，我总觉得爬下床铺是一日的酷刑之始。

名片的地址印着五股。

我如受伤狮子般地跨上小绵羊，从二重疏洪道一路驰去。我听说阿爸年轻时曾在这一带租田种菜，菜田旁的土地公庙和百善祠已迁，昔日蛮荒已人工化，公园和脚踏车步道让这里的一切仿佛没有历史，唯一有历史感的是某年台风肆虐淹大水所灌进疏洪道的痕迹仍在，大水过后水滞留凹地而形成的小湖泊，长满及膝的草。曾经的暴虐转成了温柔，像是某种爱情过程，两相交欢，滞留者多因凹陷难离，记忆卡在一个深深的沟槽。

五股有种奇怪特质，工厂和眷村杂陈。城镇灰着一张脸，工厂铁皮屋和水泥眷村楼房连成一气。陆光新城曾住着阿姨，姨丈老兵退役后，虽有新公寓住，但仍常往眷村跑，为的是去打牌。骑经这里时，不免想起阿姨有回曾把姨丈某房儿子介绍给我，那时我还是个憨傻的可爱女生，才刚大学毕业，众姨们竟已紧张兮兮地认为已是拉警报年纪，那男生早忘了长相，普通到想都想不起来。

直到有一天，当我发现不经意说起自己过去绰号是"水蛇腰"，饭桌上每个人竟露出了好像我在说谎的表情时，我知道我不能老是黏在椅子上了，我整个人像是被时光坐坏的家具，等着被修复或当柴薪。

这就是为什么连我老妈都"摸"不下去了，她用仅存的眼波余光及手劲狠狠捏了我的腰一把，然后递给我一张说是可以改变我命运的名片。

窝在观音山旁的小镇人口繁多，到处是漆着说绿不绿、说蓝不蓝的铁皮屋工厂。几家位于河坝旁的铁皮屋染厂把小河染成了血腥，久了又成了肝褐色。等我寻到公寓下方时，乌云已经追赶到头顶上方。

按了电铃，大楼门开。大白天里依然是一团黑漆漆的楼梯，

我得小心走着才不至于跌倒。门开，见整骨师发略秃，这稍微让
我失了点信心，他真的可以改造我的身体？正当我这样想时，却
发现这师傅除身材匀称外，手臂精实，一点儿赘肉也没有，且皮
肤粉嫩，身骨细挺，我顿时有了信心。

　　"我要玩你的背！"整骨师丢了一件遮前胸的露背衣给我换
下。我第一次听到"玩你的背"这种性感的词，若非老妈已给我
心理建设，可能我会误以为性骚扰。我边褪去外衣，边悄悄打量
着这个空间，这空间的摆设也有一种被主人整过的氛围，极简干
净，仿明代家具隐藏着个人的低调品位，和我老妈的空间完全不
同，老妈对生活用度与用品很直接，没有任何为了美而存在的多
余装饰，杯子就是喝水，电灯就是照明，食物就是吃饱。她唯独
对我的外表很在意。

　　"小娜，女人一胖就显老。"她老盯着我的身体变化，唯
恐我肚子偷藏了男人的种。我总喊冤，没啦，吃胖的。既然吃胖
的就能减回来，她说。但她却不要我去挂减肥科，因为她听阿姨
说，我不是真的胖，是骨头变形，骨头将肉撑开撑胖。"里面都
是空气啦，原来你的肉会呼吸。"母亲又说，笑得我腰痛。

　　但像母亲那样照顾色身者，现在却是眼耳渐入寂灭。想到
此，我问师傅能否治母亲的眼疾。师傅说很慢很慢，眼神经很细
很细，干掉就像计算机失去了电源线，不再起作用。

　　之前眼科医师说我也会有四成概率遗传母亲的眼疾，但即使
一点概率也可能不会发生，提早检查是好的。于是我进行着视血

管、视网膜、视野等检查，瞳孔盯着屏幕，如飘游在银河星辰。"遇见任何的强光、弱光、微光，都要按下按钮，这样可以检测你的视野看得多宽、多远。"做完检测，瞳孔离开星球，医院天花板上的灯管闪烁顿如要刺瞎眼睛一般，我低度的视线勉强穿越了光，走至外头和一群老人等领眼药。步出医院，约是药水作用，眼前果真成了花花世界，车速飞快如光，我心幻想着帅哥行过拉着彷徨的我过马路。

老妈有回就抱怨她一个人来检查眼睛，走出医院，外界顿成乌暗天，所幸有一女子见她伫立无助，竟带她回家，一路且问着她是否没有家人，不然怎么一个人。"你是我女儿，却比陌生人还不如。"母亲大人，冤枉啊，女儿不知你要去医院。

这样想时，我的肩骨两侧的肉顿时被碗般的玻璃杯吸住，玻璃杯如响尾蛇的毒嘴紧紧吃咬着肉，杯中溢着血滴子，疼痛让我瞬间从旧忆弹回当下。

"从你的骨架可以看出你是一个刻苦的人。"整骨师说。听此言我吓了一跳，我一直以为自己是个逸乐的人。"要扎针了哦。"他预告疼痛将袭，而我早已准备被肢解。他在扎针处抹上酒精，手指沿着我的脊椎骨缓缓滑下，可以感觉其手指呈S状。"你是中S，不是大S也不是小S，弯的幅度说大不大，说小不小。你的骨架异于常人。"他说我的骨架要调很久，需要时间与空间才能还原。

我起先听成钟S。

整骨师是手艺师，每一根针都在他的神指下戳进了皮肉，不久身体就插满了针，像十八铜人。借针灸分离骨肉，接着才能整骨，没有松掉骨与肉而直接整骨是会受伤的。当骨肉沾黏时，就更需时间分离。我得先帮你骨肉分离，他说。

我的脑中却出现老妈让一个陌生女子带回家的画面，她对陌生人怨着亲生骨肉在她生病时却不在身边。

你不是胖，你是肉里有气。气消，肉就贴回骨头，就显瘦了。结束一个小时的疼痛，换得了些许轻松。就这样，这一年我大约一周或两周来此报到一次。我妈看我去得算勤快，和姨通电话时很高兴，像是已经看见我的美丽变身未来。如峨眉派的整骨师傅，一个乍看不像是可以帮女人打造梦想的老伯伯，日日如高僧般立在那简洁的空间里。

"你的心受伤很久了，血都是黑的。"有日他说，"且你以前跌倒过，且跌得很严重。"他说。我想着，小时候妈妈骑脚踏车载我去买菜时，我曾从妈妈没停好的车上跌落？或者是小学时玩捉迷藏，从榕树上跌下？或者脚崴到跌倒？大学情人骑机车撞上电线杆时跌伤？或者是在补习班当班导时手里捧着考卷却踩空台阶而滚落？没错，我跌倒过，且常跌倒，双鱼没有腿，容易跌倒。

我且看见一个小女生在阴黑里写功课，一边啼哭一边写作业，一笔一画写着字：小熊有一个梦，小熊有一个梦……十遍二十遍三十遍地罚写下去。天色晚了，屋外暗光鸟呀呀鸣叫，她的眼皮好沉重好沉重，像是一旦合上就再也无法睁开了。一个小女生看着躺在木箱里的父亲睡得很沉，任母亲的哭喊拍打也醒不过来。长年坐在捡来的软椅上写字，承受不住重力的脊椎逐渐扭转成S，不再走直的脊椎却泄露了人的过去。

在疼痛的时间里，却看见了往昔被感情与时间肢解的肉身，是沉重的灵魂让肉身变形。肉身需要呼吸，但吸了太多的无明气：生活的气，压力的气，感情的气。"骨正筋柔，心开脉解。"我听见整骨师在背后说着，似乎很满意他在我身后"玩背"的成果。

他完成一个成品后似乎心也变轻松了，忽然有感而发说起自己帮别人的身体骨肉分离，却也搞得自己骨肉分离，妻离子散。我才知道他妻子离去，也把孩子带走。难怪我总是看他一个客人接着一个客人，仿佛是一个小时就固定开出一班的列车，分秒不差，一个钟点换一个客人。

我给他时间与空间后，也换回了原来的自己，回到自己的我，感到轻松，骨正气顺，气不再在骨肉里胡乱流窜。

终于结束"被整"的日子。今日我在咖啡馆回忆着相处许久的整骨师，这精瘦如身怀武功的师傅，可是摸过我"背"最多的男人呢。咖啡馆旁是家甜甜圈店，还好没有特别想吃的感觉。

"没有小孩子喝咖啡的，你不要在旁边再给我钻来钻去，影响我和阿姨说话了。"咖啡座旁有两个女人和一个小女孩。我又看见了我的童年画面，活在一堆女人家的碎言碎语里。我所畏惧的也不再畏惧了，在姨母们身旁做功课的那个小女孩现在看起来挺快乐的，记忆可以改写。但能不能凡事都敏感却又凡事都能轻松以待？轻松却敏感的人生？整骨师的脸瞬间飘在眼前，他微笑着说："你会是个示范，自己生命的见证。"啊，这整骨师忽然变成母亲公寓里的电视说法师父。

我最后一次见他时，他即将远行，他将至梦里的香格里拉，他想看看往昔曾打坐过的山洞。他像是在等着做完我这个客人后就准备收山似的。我忽然想起佛陀，佛陀在入涅槃圆寂前说他还有一个有缘弟子，见了才能辞世，彼时他看见一个老人正渡过重重山水，一路长途跋涉朝他而来，一个为了赶在佛陀圆寂前获得佛陀开示的老人。我当然没有这位老人长途跋涉的精神，我最多就是骑着我的小绵羊来到身体改造的梦想园地。

我的腰又恢复了些许年轻时水蛇腰的影子。

"来，眼睛看上面。"我帮母亲点着眼药水，她的眼睛早已不再流出透明的泪水，她的眼睛流出的是红如夕阳的血，两行血泪，触目惊心，陈年眼泪化成血。她的手忽然伸过来用力掐我的腰。"嗯，没胖回来！"她说着，严苛的脸散出稍稍满意的笑容。

骨肉相聚，骨肉分离，但骨肉始终是骨肉。我拧紧了眼药水，接着在药包里找出写着"钟小娜"名字的眼药水，准备减缓一下这骨肉遗传给骨肉的美丽苦痛，我和母亲骨肉沾黏得太久太久了。

钟文音

小说家、散文家。著有《我亏欠我所爱的人甚多》《暗室微光》《从今而后》等。

坏　春

杨富闵 / 文

黄家过年不贴春联的习惯已经三十年了。

三十年来，黄家三合院数十扇门窗通通不见什么福的、春的、满的大小毛笔字，新年快乐是太难为情的字眼，天增岁月对众病缠身的黄家人来说，有时是太多余的日子。就是不贴，外公个性古怪，是有"癖"的人，问他春联呢，他回答你，贴头壳会不会比较快？外婆脚路歹，过年祭拜档期全满，她忙着炊粿问候地基主、历代公妈。二四送神，初四接送出去的神，管不了，反正黄家不向老天爷索取福啊、春啊、满啊，你不要，老天爷还真不会给嘞。

怎么说呢？福，自黄家两女儿陆续出嫁后，三十年来黄家唯一可称有福的事，大概算前年外公从高雄建志补习班退休，不再老迈身躯吃头路，我们好放心。他在家养老种茼蒿菜、大白菜、青葱头过田园生活，身体勇健。老人"老荣"年金挺够用，反正两老尪婆花不多。那阵子是我记忆中黄家气氛最甜腻的时刻，果园内花树都美，不远处嘉南大圳水势盛大，菱田偶有白鹭鸶歇跳，一跃而起。在黄家终老，曾经是我期待的事，大家也都习惯不提起一些事情。春呢，两女儿出嫁后，唯一姻缘迹象是大舅前阵子跟大陆新娘在凑。被我省略的情节是他们骗吃骗喝，说要经营四川牛肉面店，拐外公退休金抵押地契至今面店仍不见个影，谎言越扯越大，又且说怀了小宝宝，我们一听就知道是假的，只因大舅身份是吸毒前科的假释犯，他曾于归仁监狱服刑十三年。你敢想象一个海洛因宝宝的诞生吗？你敢期待一个神志不清、手抖动、目珠混浊的人许你新年新希望吗？既然退休金被拐光，那所谓满满的米瓮、存款、红包袋就甭提，黄家从来不是太有钱的人，大舅屁股擦不完，2009年，年少搞"学运"、中年搞房地产的左翼青年小舅癌症暴发，医疗花费好惊人，这回真穷到底了，又哪来金玉满堂这件事？

是的，三十年来，大舅小舅兄弟档滋事不断，像连续剧情，日日重口味，且饶富变化，过年要贴的是灾、厄、衰才算应景，才算戳中黄家的心。我们时常天未亮就回黄家开家族会议，议题从失业、欠债、借钱、跑路、安非他命、判刑、官司、重大伤病、癌症、化疗、搜索票，到病危通知单。围炉之夜，饭桌围不圆，漏洞百出，8点熄灯入睡，恭喜，恭喜。孙子有了数码相机后，初二回娘家，全家福没半张全员到齐。我开始对这家族产生下意识的排斥与恐惧，到底祖坟漏水有问题，还是三合院风水地理败坏，难不成大小舅全被下降头了？下一个要倒大霉的，会不会轮到我？

2010年，黄家三十年来最坏的一年。大舅不断输出家产，行踪飘忽不定，黄家外头不时有警车在巡，小舅病情陷入胶着，他意识到死亡催逼在即，时序入秋，便开始血崩与昏迷，外婆三天两头就跌倒，失去行动能力的她整日埋怨与哭泣，念着阿弥陀佛，连全家的支柱外公都进开刀房做前列腺手术。出嫁的两姊妹遂逆着当年出嫁路线回后头厝当侠女，而我决定以外孙身份，好好思索黄家的问题。我们都盼望着大家能好过一点，虽然黄家故事的结局是小舅的死亡，以及吸毒的大舅再度被发布通缉。

该怎么做才好呢？那先贴个春联吧，一年之计在于春，春回黄家土脚地，让我们从头开始栽培家运。

于是今年二九暝下晡（除夕下午），驱车佳里镇大润发卖场，挑选三十多张凸版烫金春符、福符与满符贴上，管他外公跟前跟后碎碎念，再挑副镭射彩虹膜款对联贴大门，金框金字，好让黄家三合院金光闪闪。上联：一年四季行好运；下联：八方财宝进家门；横批：家和万事兴。道尽黄家无限心事，每个人都被写了进去。户埕前恰好停放着小舅生前的破古董车，记得给挂个开车大吉，目前它的驾驶者是大舅，据说乡间小路都开一百二，愿他上路大吉大利、意识清晰。我会再买串鞭炮造型的吊饰，让客厅灶脚披披挂挂，火炉毕毕剥剥。旺，山珍海味就算了，外公外婆吃得清淡，心血管不好，这字，就留给别人。最后我就行到小舅的屋子，贴个招财进宝，不成；身体健康，不成……花好月圆，不成；就给它开工大吉吧，我要在这里继续书写下去……黄家事，开工大吉。

贴春联工程浩大，这才知道我们黄家幅员真不小，只是人丁单薄。我气喘吁吁地躺在院子樟树下的海滩椅上吹冷风，一时落寞，可能想到小舅都死了，为时已晚，不要春福满，我要命，写个命来贴。外公为何不喜春联？虽然一路上他都跟在我后头递胶水看端正，大概他老早就意识到这狂放字眼都离黄家太远，看着心酸。我看着手上十来张财子寿、天官赐福，不贴，算了，不贴。这时外公又端来纯天然青草茶要我润口退肝火，他前阵子手术并不顺利，走起路来颇迟缓，想起他上回给我百来张统一发票，说是大舅前阵子失踪，声称去台中铺桥造路后带回家的。我按张检阅，发票消费地点全在台南县境内，购物内容是白吐司、鲔鱼罐头、全脂牛奶和长寿烟，俨然是逃犯才有的采买清单。大舅，你又说谎了！外公脸色立即沉落去，反反复复白贼话，唉。我的心情有点沉重，起身在院内继续跑进跑出，贴吧，就贴吧！连亚克力板搭建的假门假窗都不放过，芙蓉盆栽也不放过，坏风扇、旧电视、潮湿床垫、破锅炉都不放过，院外大舅起居的小暗房，也给个红字吧，谁叫他爱抽烟、爱聚众、爱骗钱、爱吸食安……不得入家门。

黄家过年不贴春联已经三十年了，今年，我要革掉这坏习惯，向老天爷要回少给了三十年的好运势。日落未落，新的一年的除夕夜就要到来，我得先返杨家吃年夜饭，留外公外婆大舅三人围炉，黄家小世界，那画面有点凄惨。我想着，就过年嘛，过年就这么一天，再说，黄家灾异频传、运势败坏到底的2010年，终于，过了。

杨富闵

知名作家。著有小说集《花甲男孩》等。

佛像店夫妻

林育靖 / 文

老家右邻是间工艺社，以木为材雕刻佛像，漆上色彩鲜艳的妆，着衣，而后开光。半成品佛像小至供奉桌上型、大至乘轿游行款，各有神韵，只是未成仙前经常委屈挤在几平方米的店面里。

佛像店老板吴董白净斯文；老板娘雅欣则笑容盈盈身段玲珑有致。吴董当然有双巧手，钉锤敲打，细笔临绘，成就庄威神祇；雅欣则具一张巧口，颇能招呼来往人客。但究实说来，吴董口才并不差，能言善道民间信仰典故；雅欣手艺也不赖，经常做些小点心分送街坊邻居。

吴董夫妇与我父母多年相交，彼此虽不是推心置腹的友人，但因接触密切、互释善意，曾数度相邀同游山林果园。我和雅欣阿姨谈过几次，绕着浅薄的话题打转，吴董略带鼻音的声腔更不投我缘，不过也说不上讨厌他们，诚心微笑点个头，称赞阿姨送的凉糕好吃极了，我是办得到的。我不是很愿意待在店面更久的原因其实不在人——未完成的佛像令我不安。

我并无特定宗教信仰，喜欢唱圣歌也随俗拿香，但拜拜时又不知该睁眼还是合眼，不知哪个香炉该插几炷。我可以望着天空中的一片云，捻起海滩上的一粒沙，感动得泪流满面，但很难痛哭流涕膜拜一尊雕像，具体化的神太似人。然而小屋里排排坐的神明如此逼近，我这不虔不净沾荤妄想的躯壳，是否被一览无余？吴董说："放轻松啦，点睛前未有神性，开光后则万不可渎。"吴董真个轻松，手持彩笔谈笑自如，来客吐槟榔汁在佛像旁的盆栽里，或开黄腔解解闷都无妨。

偏偏我是个在滑坡理论上刹不住脚的人。所谓滑坡理论，以堕胎为例，赞成怀孕初期可以拿掉孩子的人认为，受孕前3个月只是生物学上单纯的胚胎，可以不当"人"。但3个月是12周或碰运气的89到92天？谁能肯定受精时辰？3个月前胎儿果真无灵无感？如要争议，若非坚决反对堕胎，则时间点永远无解，生命绵延，没有阶段式跳跃的时机可以拿捏。树木通往神像之路，魔术般的开光仪式同样说服不了我。

我一方面不信，一方面又迷信得不可救药。

雅欣知我嗜茶，考上大学时，她送来附有滤网的不锈钢小壶，圆嘟嘟的壶身恰能冲满大马克杯，很适合一个人沏茶苦读。

我只身在台北念书而后工作，并不常返乡，纵使回家也不会去串门子，偶然见面，招呼一声。雅欣的名字仍经常掺在家常闲话里：雅欣拿来的竹笋，雅欣送的木凳子，上周与雅欣一道去采柿子……

但吴董出现在我与母亲的长途电话却是头一遭。母亲说，昨日吴董脸色仓皇来访，说早上出货翻覆折损惨重，要先由别家工厂调借材料赶工以维持商家信誉，恳求父亲出借五十万应急，周转一两日收到货款即还。事出突然，他迭声道歉。五十万？父亲大惊，月底所有药商同时拥来请款，加上发放全数员工薪水也要不了恁多，家中怎会有这些钞票。吴董眼眶泛红低声下气："麻烦您领给我吧，三点半前我一定要存进银行啊，不然，不然，我们……"

父亲借钱与人向来千万谨慎，谨慎得不近人情，但他说这般不近人情才能长远保持亲情友情，并且维持小家庭的安定。数十年来当然有些人来借，他只答应过一位至亲及一位好友，他们开口二三十万，父亲考虑后掏出三五折。父亲说：钱借出即要有觉知是拿不回来了，如舍得下才点头。果然两笔都没有下文。好友原先偶携家带眷来看病，如今不好意思出现，大约光临别家诊所；有时远远打了照面，便别过脸或绕弯路。至亲没再来家里走动，有回父母去拜访他的双亲，做母亲的直说抱歉借了钱还不了，替儿子赔罪，父亲远道探视的孺慕心怀以尴尬收场。于是父亲更强化他的思想，借钱给亲友，送走的不只是钱，很可能还有情。父亲当时出借金额已经思索，并不执着收不收得回，但同时遗落的感情，却不易释怀。一时拮据的两位都厚道良善，但一笔债卡在当中，他们与父亲都再也亲近不起来了吧。

幼时不懂父亲的坚持，明明定期或不定期乐捐为善，扶助素昧平生的人，何以狠得下心拒绝相识者。但出了社会，有了收入，被借过钱，见了财务引发的纷争，我才逐渐明白父亲说的理。

所以对于父亲居然就急匆匆地奔走银行东凑西凑，捧着牛皮纸包走进吴董店里，全家人都觉不可思议。大概是"救急不救穷"的俗语让父亲忘了他借出的一样是辛苦挣来的钞票，并且可能一去无回。

第二天便有消息传来：吴董与雅欣签赌欠下巨额，愈撒愈多愈陷愈深，利利相滚终被钱庄逼债，借遍了邻舍亲友。一家人不知何处避难去了，铁门深锁。

父亲错愕至极，沮丧至极。"我像个笨蛋。"父亲很少用这么重的字眼。

我和母亲都很惋惜，那之后好一阵子，我们想买件衣服吃顿好菜时，便会想起那沓厚厚的钞票。不过我们更心疼的是父亲，钱毕竟是他赚的，而且这次欺骗戳伤了他理智判断的自信。

当左邻右舍串联要诉诸法律时，父亲并没有参与，他不想再赔上更多的时间跟精神。但确实很难原谅，尤其不久有传言来：雅欣对旁人说，父亲会被借这笔钱，是他的劫数。又有人说：当雅欣知道邻居朋友联合要告她，一副对人性失望透顶的模样说，没想到你们会告我，居然这样无情啊。然后听说：他们读高中的儿子出了车祸。

几个月后，右邻搬来新房客，同样开起佛像工艺社，新老板周大哥据说是吴董的徒弟。我没再进去过，这回倒不是因为佛像令我心慌，我只是不想见到吴董传人。

两三年后，有次回家发现周大哥的喜帖，讶异父母竟要出席，父亲说："终究是邻居，况且周大哥是踏实的人，师徒传承的是手艺不是性情，为人处世还是宽厚些好。"

吴董与雅欣的名字很少再被提起，偶尔谈到，摇摇头叹口气，想着他们的儿子伤势是否完全恢复，成长过程苦不苦、怨不怨。

前日与母亲通电话，母亲问我正在做啥，我说刚用五十万的茶壶泡茶喝。母亲愣了一会儿，会意过来笑道：这么说来，我也正坐在五十万的凳子上同你说话呢。

林育靖

知名散文家、医师。著有《天使的微光：一位女医师的行医记事》等。

万物有灵且美，都值得被温柔以待

第六章

风和雨，草木和动物，一切都极致纯净。它们带着原始的力量，既是盎然勃发的，又是温柔静谧的。如果我们能简单到以一株草、一滴雨为起点，没有物种的高低贵贱之分，只有相互的倾听，人类将和植物一样幸福。

. . .

萨埵那太子舍身饲虎

蒋勋 / 文

麻线鞋

在敦煌的市集看到一种用麻线编的鞋，很像古画里西行求法的僧侣脚上穿的那种。下面是好几层旧布料和纸片，用糨糊粘成厚鞋底，手工缝纳的粗麻线线脚，结结实实，看起来有可以行万里路的牢靠。鞋帮和鞋头也是用几层的厚布裁制，鞋面两侧却是用软麻线牵成，像今日的透空凉鞋，都是缝隙。我拿在手中，看了很久，这鞋的样式太熟悉了，敦煌洞窟壁画供养人像里僧侣脚上都有一双这种样式的鞋，画中玄奘大师身背行囊，脚上也有一双。看起来只是旧布料旧纸片缝制，拿在手中也很轻，却难以想象西行求法者或许就是穿着这样的鞋，踏过漫漫长途，千里迢迢，走去了天竺。护持着求法者誓愿深重的一双脚，这鞋，握在手中，仿佛有了不同的分量。廉价、结实，不是糊弄观光客的粗糙工艺，当地平民百姓日常生活的必需品，每天要穿着行走，坏了就要换，才会如此平价而扎实吧。我买了几双，第二天清晨就穿上这鞋上鸣沙山。

鞋子穿在脚上，踏在沙里，才发现它传承了上千年的价值。鞋底入沙，不滞碍，不滑溜，仿佛是沙的一部分。脚抬起时，沙粒即从两边透空缝隙滑出，脚趾干干净净，不沾黏沙尘。轻盈柔软，通风透凉，这样的鞋，是可以走过这8月烈日下四十公里长的鸣沙山了。

鸣沙山下有月牙泉，在金色起伏的沙丘间，一汪碧绿透亮的泉水。弯弯的月牙，搭配着沙丘优美弧线，像是古老阿拉伯湛蓝夜空里的新月，安静、纤细、纯粹，是每个夜晚一千零一夜故事的开始。沙不填泉，泉不涸竭，上千年来往过的人都留下了对这奇迹风景的描写。如同佛弟子合十微笑，听了一段梵音经文，除了欢喜赞叹，好像没有多余的言语。这样干净的沙，这样干净的泉水，这样干净的僧侣穿着踏过沙丘和泉水的麻线鞋，使我觉得脚趾和步履都一样洁净了起来。

走到沙丘高处，远眺月牙泉。游客远了，言语笑声远了，可以听到风中鸣沙，很细微的叮咛，像一种颂赞，也像心事独白，脑海浮起敦煌石窟里刚刚看过的萨埵那太子舍身饲虎的壁画。

舍　身

敦煌的北朝洞窟壁画没有后来唐代壁画的华丽曼妙，刚刚传入中土的古印度绘画技法，同毛笔书法式的流畅线条非常不一样。这些北凉、北魏时期的壁画，使人感觉到悲愿激情交缠的宗教舍身情绪。色彩浓烈奔放，笔触粗犷，造型庄严浑朴。石窟中《萨埵那太子舍身饲虎图》是北魏壁画的杰作，一点也不逊色于欧洲文艺复兴米开朗琪罗在西斯廷教堂的《最后的审判》。两者都以肉身的堕落与流转为主题，肉身升降浮沉，紫蓝赤赭郁暗的天地山川，仿佛在混沌未开的时间与空间里，肉身对自己的存在还如此茫然。发愿、堕落、舍身，萨埵那太子和米开朗琪罗笔下《最后的审判》的肉身救赎一样，深沉思索生命本质的难题——肉身如何觉醒？以绘画的形式展现哲学命题，两者都是旷世巨作，只是敦煌北魏壁画的工匠没有留下姓名，早米开朗琪罗一千年，在幽暗的洞窟深处，一样是度化开示众生的伟大图像。

米开朗琪罗依据使徒约翰《启示录》画成《最后的审判》，阐述基督信仰的肉身救赎。敦煌北魏画工依据当时刚刚译成汉文不久的《金光明经》，以佛陀本生故事解说肉身舍去的深沉命题，两者有非常类似的美学质量。

《金光明经》

《金光明经》在北凉时代经中天竺的法师昙无谶（385—433）译成汉文，很快在民间流行，成为佛教说法布道的重要经典，也成为画工创作洞窟壁画的故事范本。昙无谶活跃在4世纪末至5世纪初，从印度到罽宾、鄯善、龟兹，大概跑过了古丝路今日克什米尔、阿富汗、克孜尔、楼兰一带，一直穿过河西走廊，到了敦煌。北凉的皇帝沮渠蒙逊很看重他，奉为国师，让他译经，但似乎更看重的是他通咒语法术的神奇能力。当时的人以为昙无谶可以"使鬼治病，令妇人多子"。后来昙无谶声名远播，连北魏的世祖拓跋焘也依仗国势强盛向沮渠蒙逊要人，蒙逊以为昙无谶私通外国，也惧怕他为他人所用，就谋害了他，他死时才四十八岁。

北朝初期传佛法的印度僧侣生平都像神秘传奇，像鸠摩罗什（344—413），像昙无谶，在丝路漫漫黄沙长途间流浪，从一个国度到另一个国度，出入于世间尘俗欲望与佛法之间，昙无谶在鄯善国因为私通公主而出逃，罗什最后被吕光逼着成婚，强纳十名女伎，淫、酒毁戒。据说他曾经在众僧面前吞食一钵钢针，表明自己未离佛法。

他们来世间是为了传法，而他们的肉身最终都不能守世间的戒律，牵连在复杂情欲与政治的瓜葛中，罗什与无谶都不是以外在世俗规范证道的高僧，然而他们译出的经文美极了，尤其是罗什，译文可以传诵至今，媲美汉文里最优美的诗赋。读他译的《金刚经》，可以把哲学论述的繁难译成单纯诗句的格律，仿佛是在读诗，不觉得是在理解宗教经典，令人叹为观止。昙无谶约比罗什晚二十年，他的译笔从《金光明经》来看，继承了罗什的风格，兼具叙事与偈颂的特点，汉译文义与梵音咒语同时并存，创造了独特的文体。今日东亚一代信众读《心经》"观自在菩萨，行深般若波罗蜜多"时，依然是汉译与梵音并存，使文字的阅读介于理解与声音聆听之间。或许当时信众不完全是汉族，古丝路一带，诸多种族杂处，罗什、无谶本身都来自印度，又经历各个不同语言地区，因此保留了语言的多样性。广大信众，识字者不多，经文多由僧侣宣讲解读，因此昙无谶的《金光明经》中大量使用四字一句的韵文偈颂，如《鬼神品第十三》，以长达四百多句的四字韵文唱诵。当时僧侣为信众高声念诵，语言铿锵，叠字叠韵，"是身不坚，如水上沫；是身不净，多诸虫户；是身可恶，筋缠血涂，皮、骨、髓、脑共相连接"，萨埵那太子舍身前的独白，如歌如诉，信众聆听，来自僧侣肺腑呼吸，肉身共鸣，或许比文字的阅读更有感染力。《金光明经》一共十九品，其中《功德天品第八》完全以汉字音译灌顶咒语，如果只通汉语，其实无法理解内容，是最纯粹的声音赞颂。无谶似乎比罗什更接近咒语的神秘信仰，当时他也的确有"大咒师"的称号。

《金光明经》当时在民间广为流传的是其中的《流水长者子品第十六》和《舍身品第十七》，是佛陀在王舍城为弟子追忆自己往昔前世的两段故事。经中说的是"往昔因缘"，我们的肉身，有一天或许都将是"往昔因缘"吧。"流水长者子"是看到池水干涸，上万条鱼将死，他发愿以二十头大象载水，济度鱼群。

舍身品

"舍身品"叙述的就是萨埵那太子舍身饲虎的故事，叙事情节如同小说，引人入胜，成为北朝当时最普遍流传的绘画主题。故事说，国王罗陀有三名太子，大太子波那罗，二太子提婆，三太子就是萨埵那（也译为"萨埵"）。三人到园林游戏，偶遇一虎生产，生下七只小虎，因为没有食物吃，无法哺乳，"饥饿穷悴，身体羸瘦，命将欲绝"，母虎与七只小虎都即将饿死。大太子波那罗告诉萨埵那说："此虎唯食新热肉血……""新热肉血"使人想起割肉喂鹰的尸毗王，古印度的舍身都从这么真实的"新热肉血"开始，而这四个字似乎不常见于儒家经典，当时初译为汉文，不知对汉族的知识分子是否有极大震撼。

面对一群饿虎，有人愿意把肉身给虎吃吗？大太子波那罗说："一切难舍，不过己身。"一切最难舍弃的不过就是自己的肉身吧！这是大太子的当下领悟。二太子接着说："以贪惜故，于此身命不能放舍！"是的，我们对自己的肉身都有这么多贪惜，看到其他生命受苦，自己有悲悯，却无法放舍。"舍身品"用了极特殊的叙事方式忽然转入三太子萨埵那的发愿："我今舍身时已到矣……"

我们其实很难理解萨埵那舍身的动机与逻辑，对中国儒家教育而言，人与虎是对立的，只有"武松打虎"，却绝无人舍弃肉身救虎的可能。

故事宣讲至此，广大信众起了好奇。为什么？为何一个养尊处优的皇室少年，萌生了将自己的肉身喂给老虎吃的念头。经文里也有"何以故"三个字的问句。听讲大众都在等着答案。

萨埵那的思考不是从悲悯老虎开始，他想的是自己肉身的处境，"处之屋宅，又复供给衣服、饮食、卧具、医药、象马、车乘，随时将养，令无所乏，我不知恩，反生怨害，然复不免，无常败坏；复次，是身不坚无所利益，可恶如贼……""若舍此身，即舍无量痛疽、癣疾，百千怖畏……"他有了对自己不坚固的肉身最彻底的反省——"是身不坚，如水上沫；是身不净，多诸虫户；是身可恶，筋缠血涂，皮、骨、髓、脑共相连接"。

那个敦煌石窟壁画的画工也在现场聆听故事宣讲了吧，他也想到了自己的肉身，这么多忧愁烦恼，筋缠血涂，皮骨髓脑，这个不坚固也不干净的肉身究竟要做什么？

"还至虎所，脱身衣裳，置竹枝上……"

萨埵那怕哥哥们阻止，支遣他们离开，回到老虎陷身的悬崖，脱去衣服，放在竹枝上……画师听着僧侣宣讲，构思着他的画面。

他开始在空白的墙壁上勾勒出轮廓，萨埵那跪在地上，高举左臂，右手当胸，发了舍身的大誓愿。经文的描述有很多细节，萨埵那在要跳下悬崖之前，忽然想到老虎已经多日没有食物，身体羸瘦，已经没有力气行走，即使跳下悬崖，它们也无法前来吃他，萨埵那因此想了一个办法，用干竹枝刺断颈脉，让血流出，方便老虎舐血，恢复体力，再啖食骨肉。

这是经文最骇人听闻的一段吧，画师眼中有了热泪，他或许陷入沉思："原来舍身是要有如此勇猛的誓愿啊！"画师在空白墙壁上勾勒了第一个萨埵那的形象："即以干竹，刺颈出血，于高山上，投身虎前。是时大地六种震动。"壁画中萨埵那右手正以竹刺颈，高举的左手，连接着第二个向悬崖跳下的动作。

据说那时洞窟里幽暗，洞口外的光照不进来，画工有时用蜡烛火炬照明，也有时洞窟深处，氧气不足，无法燃火，又怕烛火熏黑墙壁，便用小镜片折射户外的光，墙壁上闪烁一片镜光，画工在这一片光里画画。

萨埵那双手合十，纵身向下跳，他的姿态像今日跳水台上的选手。少年的身体赤裸，手臂上有手镯，原来肉身的粉红，年代久远，变成暗赭色，轮廓的线条也氧化成粗黑，好像这身体要在空中经历时间劫难，斑驳漫漶，一点一点消逝泯灭，然而在终归梦幻泡影之前，还有最后的坚持，停格成墙壁上一片不肯消失的痕迹。

画工用停格分镜的方法处理了萨埵那连续的三个动作——"发愿刺颈""纵身投崖""舍身饲虎"。

时间的停格仿佛大地的六种震动，萨埵那肉身背后是石绿色和赭红的起伏山川。

时间与空间混沌渺茫，赤裸的肉身自无数无边无量劫来，要在此时此地与自己相认了。

亚洲的石窟艺术在公元5世纪前后的成就是世界美术史的最高峰，然而这些无名无姓的画工，留在幽暗石窟里的辉煌作品，或许只是他们以身证道的一种修行吧！

他们其实是无数个萨埵那，肉身横躺在永恒的时间里，让虎前来啖食，"骸骨、发爪布散狼藉，流血处处"。近年，敦煌石窟清理出当年画工的居所，这是一个比他们创作壁画的洞窟还要窄小的石洞，晚间，工作一日的疲惫身体，就窝在那仅可屈膝容身、石棺大小的洞中睡眠，然而或许他们羸瘦的面容在睡梦中是有饱满的笑容的吧。

萨埵那最后的一个停格是横躺在大地上，一头母虎在啖食腰部，两头幼虎在啃食大腿。舍身者的身体像优美舞姿，一手后伸，仰面向天，完全像米开朗琪罗雕塑的 *Pieta*（*Pieta* 是米开朗琪罗的作品，译为《哀悼基督》）中横躺在圣母怀中的基督。紫蓝、石绿、赤赭，斑斓华丽。经文里说萨埵那的母亲在梦中感应到太子舍身，她在梦中"两乳汁出，一切肢节，痛如针刺"，"乳被割，牙齿堕落"，印度初传中土的文学如此情感浓烈，如同当时壁画，灿烂浓郁，爱恨纠结缠缚，肉身的醒悟都在当下，没有推脱。

《金光明经》用了长篇偈颂重唱整篇故事，把原来叙事的情节整理成诗的咏叹。

敦煌石窟像一幕一幕未完的"往昔因缘"，眼花缭乱。因为长途颠簸，肉身疼痛，夜晚难眠，在旅店休息，脱去脚上穿了一天的麻线鞋，在床边静坐，呼吸调息。脑海浮现萨埵那连续的发愿、跳崖、舍身。浮现萨埵那赤裸的脚，面前并排整齐放置的一双鞋，忽然仿佛似曾相识，也是不可知的往昔因缘吗？

蒋勋

著名散文家、史学家。代表作有《生活十讲》《孤独六讲》《舍得，舍不得》等。

在街头，邂逅一位盛装的女"员外"

简 媜 / 文

我应该如何叙述，才能说清楚那天早晨对我的启发？

从人物开始说起还是先交代自己的行踪？自季节下笔还是描述街头地砖在积雨之后的喷泥状况？我确实不想用闪亮的文字来锁住一个稀松平常的早晨——上班时刻，呼啸的车潮不值得描述；站牌下一张张长期睡不饱或睡不着的僵脸不值得描述；新鲜或隔夜的狗屎，虽然可以推算狗儿的肠胃状况，但不值得描述；周年庆破盘价的红布招不值得描述；一排乱停的摩托车挡了路，虽然我真希望那是活跳虾，干脆一只只送入嘴里嚼碎算了，但还是不值得扩大描述。

秋光，唯一值得赞美的是秋光。终于摆脱溽暑那具发烫的身躯，秋日之晨像一个刚从湖滨过夜归来的情人，以沁凉的手臂搂抱我。昨日雨水还挂在树梢，凝成露滴，淡淡的桂花香自成一缕风。我出门时看见远处有棵栾树兴高采烈地以金色的花语招呼，油然生出赞美之心。这最令我愉悦的秋日，既是我抵达世间的季节，亦情愿将来死时也在它的怀里。

一路上回味这秋光粼粼之美，心情愉悦，但撑不了多久，踏上大街，尘嚣如一群狂嗥的野狼扑身而来，立即咬死刚才唤出的季节小绵羊。这足以说明为何我对那排乱停的摩托车生气，甚至不惜以生吞活虾这种野蛮的想象来纾解情绪，我跌入马路上弱肉强食的生存律则里，面目忽然可憎，幸好立刻警觉继而删除这个念头，举步之间，唤回那秋晨的清新之感，我想继续做一个有救的人。当我这么鼓励自己时，脚步停在斑马线前。

灯号倒数着，所以可以浪费一小撮时间观看几个行人，从衣着表情猜测他们的行程或脾气的火暴程度。但最近，我有了新的游戏：数数一个号志①时间内，马路上出现多少个老人。

之所以有这个坏习惯，说不定是受了"焦虑养生派"所宣扬的善用零碎时间做微型运动，以增进健康，再用大片时间糟蹋健康的教义影响（"糟蹋"云云，纯属我个人不甚高尚的评议，可去之）。譬如：看电视时做拍打功，拍得惊天动地好让邻居误以为家暴打电话报警；等计算机打印时可以拉筋——没有脑筋的话就拉脚筋；地铁上做晃功晃到有人害怕而让座给你；在医院候诊时做眼球运动，但必须明察秋毫不可瞪到黑道大哥（瞪到也无所谓，等他从手术室借刀回来，你已经溜了）。我一向轻视这些健康小撒步，总觉得这么做会灭了一个人吞吐山河的气概。文天

---

① 交通信号的意思。

祥做拍打功能看吗？林觉民会珍惜两丸眼球吗？但说不定我其实非常脆弱且贪生怕死，以致一面揶揄一面受到潜移默化。刚开始，必然是为了在号志秒数内做一点眼球运动，企盼能推迟文字工作者的职业伤害——瞎眼的威胁（何况，我阿嬷晚年全盲，她一向最宠我，必然赠我甚多瞎眼基因），接着演变成数人头，就像小学生翻课本看谁翻到的人头较多谁就赢，接着，我必然察觉到哪些人头白发多黑发少、老人多小婴少，所以升级成给老人数数儿。很快，我得出结论：闲晃的大多是老人，街，变成老街。"老人"二字稍嫌乏味，我昵称其为"员外"，正员以外，适用于自职场情场操场卖场种种场所退休、每年收到重阳礼金的那一群。

现在，等号志灯的我，又玩起"数员外"游戏。正因如此，我可能是唯一看到马路对面巷口弯出一条人影的人。如果那是时尚少女，我不会注意；若是哭闹的小女童，我只会瞄一下；假设是矮小精悍的买菜妇，我会直接忽略；但她牢牢吸住我的目光，不独因为她是短短二十秒内第八个出现的"员外"，更因为她比前面七个以及随后出现的第九个都要老，她是今天的冠军。

过了马路，我停住，隔着十几米，不，仿佛隔着百年惊心岁月，不，是一趟来回的前世今生，我远远看着她。她的脚步缓慢，我不必担心她会察觉到有个陌生人正在远处窥看——这当然是很无礼的事。她走到邮局前，邮局旁边是面包店，再来是药房、超市、银行，然后是我。我无法猜测她的目的地，要过马路，或是到超市前的公车站牌，或是直行到某个机构某家商店。此时有个声音提醒我，数数游戏应该停止了，今早得办几件麻烦的事，没太多余暇驻足。我这年纪的人都有数，我们不应该再发展户口簿以外的马路关系，光簿子里的那几个名字就够我们累趴下了，再者体力上也很难因萍水相逢而兴起冲动，我们离骁勇善战的"青铜器时期"远了，心锈得连收废铁的都直接丢掉。

但事情有了变化。当我抽好号码牌坐在椅上等候时，我竟然缺乏兴致做"银行版眼球运动"——数数有几台监视器，顺便给观看监视器的保全一点"可疑的趣味"，或是看着牌告汇率呆呆地想着被我数过的那些"员外"：他们留在我脑海里的个别印象与美元、欧元、日元字样做了诡异的联结，而币旁的数字则标示他各自的困难指数是涨或跌。譬如：美元阿嬷的驼背度比昨天严重了0.03，欧元阿公的颤抖情况可能贬值0.01，日元奶奶大幅升值意味着不必再推轮椅……灯号显示，还有十三个人在我前面。这时间，不少人掏出手机神游，我继续盯着牌告，猜测他们现在在做什么，喝粥、如厕、复健、走路、卧病或是躺着在运送途中？

我遇到美元阿嬷那天下着大雨，在某家医院附近的捷运站，我正要刷卡进站，看到站务员对已出闸门的她指着遥远的另一端出口说明医院方向。八十多岁，阿嬷挂着一把伞当手杖，喃喃地说："哦，这边哦，那边哦，不是这边哦？"她驼背得厉害，几近九十度，微跛，再怎么抬头挺胸也看不到天花板高的指示牌。

我停住脚步，对她说："我带你去。"便扶着她朝医院那漫长的甬道走去。外头下着滂沱大雨，如果没人为她撑伞，一个"老员外"怎么过这么长、杀气腾腾只给二十五秒逃命的马路呢？我送她到大门，交给志工，像个快递员。现在，我忽然想着那天没想到的事，我怎么没问她："看完医生，有人来接你吗？"不，我应该问："你身上有钱坐出租车回去吗？"

　　在水果摊前，起先我没注意到欧元阿公。选水果的人不少，有几只惹人厌的胖手正以鉴赏钻石的手法挑莲雾，我速速取几个入袋，那天忘了带修养出门，所以在心中暗批："挑候选人的时候有这么苛刻吗？"付了账，正要离开，这才看见老板娘替欧元阿公挑好莲雾，挂在他的"Π"形助行器上，报了数目，等他付款。我用眼角余光瞥见他的手抖得可以均匀地撒籽入土、撒盐腌菜，就是不能顺利地从上衣口袋掏钱。老板娘等得不耐烦，帮他从口袋掏出铜板若干，不够，还差若干，欧元阿公嘟囔一声，抖着手往裤袋去。我问老板娘到底多少钱，遂以流畅的手法掏出那数目给她，她把阿公的铜板放回口袋，对他说："小姐请你的，不用钱。"阿公似乎又嘟囔了一声。我有点不好意思，最怕人家谢我，速速离去，但心想，我若是老板娘请他吃几个水果多愉快！锱铢必较与否，乃彼之所以富而我之所以窭的关键了。此时，我忽然想到为何他只买莲雾，也许只爱这味，也许相较于木瓜、菠萝、西瓜、哈密瓜这些需要拿刀伺候的水果，莲雾这害羞且善良的小果，天生就是为了手抖的"老员外"而生的。不知怎的，想到莲雾象征造物者亦有仁慈之处，竟感动起来。想必，监视器都记下了。

遇到日元奶奶那天也是个秋日。我故意绕一大段路，探访久未经过的静街小巷，看看花树，那是我的欢乐来源，新认识一棵蓊蓊郁郁的树，比偶遇一位故友更令我高声欢呼。我沿着一所小学的四周砖道走着，一排栾树，花绽得如痴如醉，阳光中落着金色的毛毛雨，我仰头欣赏，猜测昨夜必有秋神在此结巢。

正当此时，看见前方有一跑步妇人与一位推着轮椅的老奶奶似乎在谈话，几句对答之后，妇人高声对她说："你想太多了！"说完迈步跑了过来，经过我身旁时，或许察觉到我脸上的疑惑，又或许她想把刚刚老奶奶扔给她的小包袱扔出去，所以对我这个陌生人说："老人家想太多了！"一出口便是家常话，使我不得不用熟识的口吻问："怎么了？"她答："她说她要走了，唉（手一挥），吃饱没事想太多了！"跑步妇人为了健康，迈步跑开。看来，她是随便抓了我倒几句话，那老奶奶也是随便抓到她，倒了几句很重要的话，在这美好的晚秋时节。

九十靠边，枯瘦的她佝偻着，身穿不适合秋老虎的厚外套、铺棉黑长裤，齐耳的白发凌乱、油腻，有几撮像河岸上的折茎芒花招摇。应有数日未洗浴，身上散着膻腥的毛毯味——混着毛料、潮气、油垢、浊汁，若她倒卧，那真像一张人形踏毯，今早阳光蒸腾，确实适合晒一晒旧地毯。

她推着轮椅，缓慢地移步，这台小车变成她的助行器，只是椅上空空的很是怪异，应该被推的她却推着轮椅，应该坐人的位置却坐了阳光与空气。看来，她还不符合巴氏量表规定，也可能无力负担外佣薪水，只能独自推着空轮椅，在四处布着狗屎的砖道上踽踽而行，阳寿还没用完，只能活着。

我猜测，今早，她沐浴于暖阳中，心思转动："太阳出来了，秋风吹了，我要走了！"因那自然与季节的力量令人舒畅，遂无有惊怖，仿佛有人应允她，咕隆隆的轮转声在第一千转之后会转入那不净不垢的空冥之境，化去朽躯，溶了肮脏的衣物。她感觉这一生即将跨过门槛飘逸而去，故忍不住对陌生人告别。我猜测。

银行里的事情办妥了，我得去下一站。不知何故，原应向左走的我竟往右边探去，也竟然如我猜测，第八号"员外"尚未消失；她站在超市前面，朝着大路，不是要过马路，亦非等待公交车，不像等人，更不是观赏远山之枫红雪白（没这风景），那必然只有一个目的：招出租车。

如果身旁有个帮我提公文包的小伙子或仆役，我定然叫他去看看，伸个援手。惜乎，本人辖下唯一的贴身老奴就是自己，遂直步走去。且慢，开口招呼之前，我暗中惊呼，这位女"员外"是否刚从二三十年代十里洋场上海掉出来——夜宴舞池里，衣香鬓影，弦醉酒酣，满室笑语连连。她喝多了几盅，酒色胜过胭脂爬上了脸，她扶了扶微乱的发丝，说："我去歪歪就来。"遂跌入沙发，随手取了青瓷小枕靠着，似一阵凉风吹上发烫的脸庞，竟睡着了。她不知那就是《枕中记》里的魔枕，一觉醒来，竟在陌生的老旧公寓，六七十年惊涛骇浪全然不知，流年偷换，花容月貌变成风中芦苇。

绣衣朱履，一身亮丽长旗袍裹着的瘦躯，显得朱梁画栋却人去楼空，头戴遮阳织帽，配太阳眼镜，颈挂数串璎珞，一手提绣花小包一手挂杖。这风风光光一身盛装，说什么都不该出现在街头，在约莫九十高龄独自外出的老人家身上。

我问："您要叫出租车是不是？"

她说："对。"

"去哪里？"

"××医院。"她答。

"有带车钱吗？"我问。

"有。"她答，清楚明白。

我一口吞下几辆乱停的摩托车（盛怒中的想象），扶她到路边，目测自前方驶来的小黄们，要招一部较有爱心的出租车（这得靠强盛的第六感）。听说，有运将嫌弃老人家行动缓慢，"快一点"，这三字够让一个自尊心顽强的"老员外"闷很久。在尚未有专营老者需求、到府协助接送的出租车出现之前，一个老人要在马路上讨生活得靠菩萨保佑。还好，招下的应该是个好人，恳请帮忙送她到医院，关上车门，黄车如一道黄光驶去，我却迟迟收不回视线，似大队接力赛，交棒者不自觉目送接棒者，愿一路平安，别让棒子掉了。

"为什么穿得像赴宴？没别的衣服吗？"我纳闷。

一位经过的妇人告诉我，"老员外"就住在后面巷子，独居。我问："你认识她吗？"

她摇头。"那么，帮帮忙，麻烦你告诉里长。"我说。

这口气太像子女请托，连自己都不好意思起来，我忽地欠缺足够的智识分析这种马路边突发的心理波动。我怜悯她吗？不全然，或许怜悯的是一整代老得太够却准备得不够的"员外"：他们基于传统观念所储备的"老本"——不论是财力或人力——无法应付这个发酒疯的时代，而本应承担责任的我这一代，显然尚未做好准备或是根本无力打造一个友善社会让他们怡然老去。好比，夕阳下，一辆辆游览车已驶进村庄前大路，孩童喊："来了！来了！"狗儿叫猫儿跳，旅途疲惫的游客想象热腾腾晚餐、温泉浴、按摩与软床，迫不及待从车窗探出头还挥挥手；而我们，做主人的我们杵在那儿，揾眼的揾眼，发抖的发抖，因为我们尚未把猪圈改建成民宿。

哪一户没有老人，又有几户做得到二十四分之一孝？"不孝"帽子订单暴增，干脆教邮差塞信箱算了。我们是"悬空的一代"，抬头有老要养，低头有人等着啃我们的老——如果年轻人总是毕不了业也继续失业的话。

我想着从未认真想过的问题，一时如沙洲中的孤鸟，独对落日。虽然踩过半百红线不算入了老门，看看周遭五六十岁者热衷回春之术欲抓住青春尾巴的最末一撮毛，可知天边尚存一抹彩霞可供自欺欺人。然我一向懒于同流，故能静心养殖白发，阅读不可逆的自然规律寄来的第一张入伍征召令。彩霞，总会被星夜没收的。

我会在哪一条街道养老？会驼得看不见夕照与星空吗？会像骡子推磨般推着轮椅，苦恼那花不完的阳寿祖产，看着至亲挚友一个个离去而每年被迫当"人瑞"展示吗？我是否应该追随古墓派英雄豪杰大口吃肉大碗喝酒，仔细养一两条阻塞的心血管以备不时之需，莫再听信激进养生派所追求的"长生不老，老而不灭"之不朽理论？（以上纯属个人虚构，切切不可认真。）我会盛装打扮，穿金戴玉，踩着蜗步，出现在街上吗？

"为什么穿得像赴宴？"

忽然，我明白那一身衣着可能是独居老人为了提防不可测的变故，预先穿好的寿服：无论何时何地倒下，被何人发现，赴最后一场宴会的时候，一身漂漂亮亮。

这么想时，我知道，我正式老了。

简媜

台湾知名作家。

美女与怪物

周芬伶 / 文

爱美之心人皆有之，我们家似乎特别严重，严重到有点病态。

娶太太一定要是美女，生出来的小孩一个比一个美，而且很喜欢比来比去，不美的人去死比较快。

再美的爸妈也会生出丑小孩，他们的命运都很惨。叔公家的小叔叔从小被嫌到大，跟我可说同病相怜，两人感情特别好，后来年纪轻轻就得忧郁症。塌鼻有点龅牙的小姑姑也说："阿娘只疼漂亮的大孙女，不疼我。"她一辈子都很苦，但最孝顺顾家。

当着面批评长相是常事，"眼睛这么小，长大要存钱去割双眼皮哦！""皮肤黑到像黑炭，嫁不出去啰！""明明是姊妹，长相差这么多？"……这种种严厉的挑剔，很容易让一个小孩信心崩溃。

连阿姨都看不惯："你们家的人光是爱美，光漂亮有什么用。"不爱美的她走了极端，很重内涵，很早就为主奉献。

很长的一段时间，我为我的不够美感到罪恶与痛苦。

根据专家的报告，父母较放心丑小孩到处走，因为他们发生危险的概率较低，美丽的小孩就看得很紧。

我们姊妹有黑白两色，白的美，黑的较不美，就是不美的放着到处跑啰。

南国的太阳毒辣，以前没防护的观念，因此晒出黑斑。

姊妹中只有我有黑斑，就像一堆白玉中出现一块黑炭，严重的瑕疵品。

其实也没很多，就在鼻子两旁，但为了除斑可说是上刀山下油锅历时几十年都还在努力中。

斑很难根除，你我都知道。

年轻时我总擦着厚厚的粉底盖斑，厚到像敷面膜，后来觉得化浓妆更丑，于是就自然美啰。

到了中年，大家多多少少都有斑点，终于人人平等，免除这除斑大业，于我是大解脱。

我总想大人说的话是无心的，或是小孩只挑不好的话记恨，为父母想种种理由。

前阵子有人去采访父亲，问我小时候的事，父亲一开口就说："她小时候因为长得较丑的缘故一直不受宠。"父亲说话有时直率到毒舌，他从没说过什么好话。

我已经不知如何为他们说话了，还好我也曾经美过，对美不再那么偏执。

　　如果我小时候长得美一点，也许得到的注意多一点，但我可能一样孤独一样痛苦，跟女王头一样，再多的爱一样会受伤。

　　家庭是爱与安全的场所，也是恨与受伤的源头。

　　美女与怪物常是一体之两面，美女常配野兽也是真的。

　　因为长得美而被当宝贝一般看待，这已脱离正常；也因长得美受到种种特别待遇，这更是不正常。到婚嫁年龄，一家有女万家求，最后不是挑最好的就是挑到最坏的。因为美丽也是一种资产，会引起贪念，遇到懂得疼惜的，可以一直美下去，遇到不懂得疼惜的，没几年就憔悴不忍看。有个学妹长得美心性又好，丈夫也是才貌双全，去了几年异地，美人变白发魔女，异地生活想必十分艰辛。另一个嫁给豪门的美女同学，刚开始很痛苦，大家庭规矩多，婆婆爱摆架子，后来她靠自己走出自己的路，说服丈夫搬出来，越老越顺心，越老越美。

　　美一旦变成工具被支配，就不美了，我很少看到从小美到老的，倒是看到很多美女因为变丑而精神失常的。

　　几个姑婆长得美又嫁得好，把我们家道带到鼎盛。爸妈生了几个好看的女儿，当然也想如法炮制，只是女儿都很叛逆，第一个依媒妁之言挑中的好门户，不久就解除婚约，爸妈受到莫大打击完全放弃女儿的婚事，我们自己挑的都是一般般，家庭环境多不好。

　　只有三妹好些，美国妹夫出身法律世家，她本想可以过着戴珍珠项链穿皮草的生活，没想到他是信仰清贫思想的左派，家里连银器都不准买，只注重精神生活，什么都学一点，妹妹因此跟着奋发上进，念了两个学位，弹一手不错的钢琴，还有自己的画室，这比珍珠项链和皮草强多了。而我根本没挑，怪人都会来报到，像我这种没自信的塌鼻子，只跟怪物有缘。

姑婆中只有五姑婆没嫁，听说爱上的是外省人，硬被家里切断，种种不快乐让她对家人充满怨恨。

她把自己打扮得美美的，衣服是自己设计自己缝制，穿得像《魂断蓝桥》中的费雯·丽，还戴手套，到处逛街买东西，找朋友游玩，送她们昂贵的礼物。

五姑婆越来越怪，在家咒骂自己人，把钱都拿去买礼物送人。我们家爱送礼到病态，好像有比赛制，一有钱就买东西送人，大概是五姑婆带的头，后来发现出身旧式大家庭都爱送礼，大概礼数较多的关系。

爱美的五姑婆不能忍受自己中年发福，常拿家里西药房的药乱吃，后来人越来越瘦，脾气也越来越坏，常乱打人乱摔东西，死前几年把自己关在房里，没人敢送饭给她，大人常差遣小孩送，有几次我去送，差点儿被她用叉子叉伤。

她静悄悄地死在自己精心布置的美丽房间，不让任何人进去。

有几次偷看她的房间，她对着雕花的梳妆台梳头，长长的头发苍白的脸在红色的美术灯光中，就像女鬼。

五姑婆没减肥时很美，有点像冈田茉莉子，眼睛很大，嘴巴很小，是高鼻女王。

她死时不知被谁随便穿上白衬衫加大花百褶裙，爱美的她可能极不满意，双眼怒睁。

现在的小孩很懂装扮保养，漂亮的女孩越来越多，标准也越来越高，以前只要脸蛋漂亮，现在要有好身材还有好皮肤。除了外表，还要自然会搞笑，亲民最重要。加上整形与媒体的捣蛋，什么穿帮照出糗照露毛照，美貌不但不稀罕，连神秘感也失去了。

以前的美人跟神秘感是密切相连的。

中学时的校花，每天都有许多人特意跑到她教室去朝拜，也只敢远观不敢近渎，人们传述着她的小琐事，把她说得如山在虚无缥缈中。

那时《中央副刊》有篇《再见！白门》，描写一群少年迷恋的美少女，她家的大门漆成白的，大家都以"白门"称之，少年们跟踪，在她门口徘徊不去，传颂着她的一切，而她的家庭院深深，无人能进入她的世界。美丽的脸孔引发的神秘感，才是美最惊人魂魄之处。

多年之后，当时的少年已近中年，再看到"白门"，她变成庸俗的家庭主妇与牌咖，青春与迷恋至此结束。

如果真是美女，就算会打牌，还是美的，最关键的是他们进入了她的生活，白门一旦开启，还有什么是美的。

也许美也是幻影，研究所休学那年，我在传播公司工作，公司有广播节目与杂志，因此得以接触许多电影电视明星，在近距离下看到她们的脸，老实说大浓妆的脸看起来假假的，而且都差不多，并不觉得漂亮。

反而是素脸相见的江音，觉得清秀可人，可惜没大红。

她们很多是牌咖，是令人幻灭的"白门"。

所以不太相信影视明星的美。

只有《我女若兰》中的谢玲玲真是美，《天龙八将》的苗可秀，《蓝与黑》中的林黛，也令人惊艳，老派的美女加工的成分少，丽质天生，个性明显，各有各的美，现在的美女长得大同小异，美的标准提高，却更狭隘。

长得像狐狸一样的小脸美人，上相是上相，本人大多不好看。

想起那第一个令我惊动的脸，是一张还停留在稚儿时期的脸，唇红齿白，脸上有雀斑，最动人的是那羞涩的表情及娴雅的气质，更重要的是令人不敢侵犯的神秘感，她才是真正的"白门"。

因为隔着一扇门，美人因此更美了。

周芬伶

知名散文家。著有《花房之歌》《绝美》《汝色》《青春一条街》等。

"不要脸的人"之告白

季季 / 文

吾友爱亚12月6日发表了一篇《心事上脸》，欢喜述说脸书（Facebook）上的友人无远弗届，相濡以沫，一团和乐，看来仿佛是新世纪里的理想家庭。读着读着，不觉脸影幢幢，兴起也来写篇近期与脸书纠结的心事告白。首先想到文章的篇名，随之也想起久无音讯的小说前辈水晶先生。20世纪60年代，水晶那篇《没有脸的人》传诵一时，历时四十余年而盛名不衰。现在脸书狂潮席卷大半个地球，像我这样至今未加入弄潮儿之列者，的确可谓"没有脸的人"。然而沿用前辈篇名，恐会惹来文友掠美之讥，还是稍做调整吧。脑袋里几条神经转了转，"不要脸的人"豁然蹦出。嗯，这篇名似乎比前辈那篇更契合眼下实况，我的心立即好欢快地对着头顶的大脑道了一声："赞！"

真的"赞"啊！我何止是"没有脸的人"，根本是个"不要脸的人"。

我之成为"不要脸的人"，若要细说从头，仿如从我云林故乡注入台湾海峡的浊水溪口往东溯源至海拔三千多米的合欢山顶，长途跋涉难免冗长而费时，暂且看看溪口周边的海景，哼唱几句云林二仑人的小曲就好。

半个多月前，有个文友设宴晚餐，座间十人涵盖老中青三代，红酒佳肴欢聚三小时。为了回馈主人远路而来，席间说了一些类似猜谜游戏的星级笑话，并嘱在座诸友切莫外传，以免侵犯著作权。哪知其中一友以为这嘱咐也算笑话一则，立时笑向对面的青年学生H说："有什么关系嘛，你回去就上脸呀，先把桥慢慢搭好……"她这一说，引得左一句右一句争相说脸，兴奋得一双双筷子搁在桌面忘了举起。坐我右手边的中年诗人C，以其学者身份举起手道："现在我来统计一下，我们在座十人，除了我之外，没有上脸的请举手。"众友霎时静默下来面面相觑，睁大眼睛看着另一举手的人——那个人啊，就是我！

C欣欣然拍着我的肩头道："只有你和我是同一国的，我们并不孤单。"坐我左手边的散文家F立即转过脸来，以戏谑的表情对我们两人笑道："但这显示你们老啦，落伍啦，上脸是流行，跟得上流行才年轻呀。"我答道："老不老，不是用上脸来决定的；落不落伍，也不是用流行来区别的。即使是老而落伍，如果不求人不犯法，也不必感到羞耻呀。"

我一说完，主人举起杯来打圆场道："来来，喝酒，喝酒！"似恐两边就要对打。

喝了酒，老中青又热络举起箸来品尝川扬名菜。"文思豆腐"端上来时，H圆溜溜的眼睛瞪着我说："可是脸书上真的有个季季耶，我以为真的是你，一看到就去按个赞，后来才发现那个季季根本是另一个人。你如果去上脸，那个人就不好意思冒用你的名字啦。"其他人亦附和说，他们也看到了"季季"，按了"赞"却都无回应，心想："季季怎会那么傲慢？"进去查看她的基本资料，才知彼"季季"是个年仅十七岁的女学生……

刚拿到花甲执照的F又以戏谑的表情睨着我笑道："哎哟，人家可真是年轻啊！才十七岁呢！"我也回以戏谑的表情睨她一眼："哎哟，难道你没年轻过？"老中两代于是齐声笑道："是啊，是啊，我们都年轻过！"三个青年学生不便附和，默然而尴尬地笑看我们口角春风。凡间生命莫不由幼而壮，由盛而衰，谁的路不都一样吗？我一向是被人说老不恼怒，被笑落伍不自卑，看人十七岁青春盎然亦不羡慕。

脸书上有个"季季"这件事，半年多前就有几个朋友辗转相告，我并不以为意。毕竟我不曾为"季季"这笔名注册登记，在法律上没有专利权。你上谷歌敲上关键词，"季季红""季季欣""季季报"，不绝如缕……至于脸书上那个只有十七岁的"季季"，我只能说绝不是我，"她"在脸书上的发言等等，肯定是与我无关的。

然而"不要脸"的困扰每日无止，不容否认，也至今未能摆脱。

　　我有两个电子信箱，几乎每天都会收到识与不识者来信邀我加入脸书，内容无非是：你有四十二个朋友在脸书找你；本周你有八个朋友将要过生日；你的朋友最近拍了一些很美的照片，你在脸书可以看到更多更精彩的；你的朋友将要出版本世纪最经典的小说，现在先传第一章的第一段给你欣赏……一切直接的宣告，赤裸的语言，夸大的宣传，水仙花的自我，五颜六色的影像，全都穿门越户不请自来。我使用计算机虽已十年，一直有意让自己停留在简单的基础阶段，不知如何防堵这些访客，只能费时费神去删掉那些冰冷的脸。

　　网络世界确实无奇不有，谁都能随兴各取所需，但计算机于我则只是一种生活工具。每天早上打开它，看了信箱之后浏览一下新闻及各报副刊，其余时间不是专心写稿就是忙着看稿，都需保持完整的思考，哪有余暇去脸上与人闲聊，宣告本日生活琐讯，或汲取一些可能真的伟大却对我无用的信息！（就如299台币或399台币吃到饱，只是让你吃太饱且吃得太胖……）有时接个无聊人的电话都可能中断思考半小时，何况脸上那诸多也许会让人耽溺半天的闲聊！

　　我是父母的大孩子，从小接受的教育是诚实和务实。父亲已去世多年，他的话早已化入我的血肉，年长之后更不想做"无路用的代志"，甚至电视也已三年没有开过（不知坏了没），其他种种娱乐更没时间耽溺。譬如今年评了将近二十个文学奖，长篇、中篇、短篇、散文，像个读稿机从1月读到12月初，连创作的闲暇都没有（仅写了五篇约定的书评和一篇散文）。如此紧迫繁忙，每天打开信箱还得费时去删那些脸书来信，真觉无趣又无奈。读文学奖稿件和自己创作的意义固然有别，读到有才华的新人作品仍是满心欢喜的，牺牲自己的创作也还值得。如果牺牲创作去上脸，似乎太对不起自己。一个出版界的朋友告诉我，脸书最具体的功能是"卖书"：脸友赞来赞去，粉丝团越赞越大，销量立时激增。一个新闻界友人说，上班时间很无聊，隔个半小时上去和脸友聊聊就觉轻松多了。还有些文友则像爱亚在《心事上脸》里说的，一个人在家时，入了脸书便有许多近悦远来的朋友，"孤寂落寞就都离去了"。

但我仍然站在脸书门外，无意芝麻开门。

我珍惜生命里所有剩余的时光。如果不必读稿，我只想专心创作。如果一时不想创作，那宝贵的闲暇时光我只想安静地看书。我从不觉得孤独等同于寂寞，亦不觉得一个人在家寂寞，因为每一本书里都有生命，各种生命的脸在眼前移动，各种生命的言语回响在身边。他们可能和脸书上的许多人一样居于地球的极远之处，但我在书里和他们相遇时，他们是那么近地在我的手中，让我看到行走、爬山、耕作、划船、拥抱、亲吻；听到交谈、呼唤、唱歌、哭号……

所以，我只看书，不上脸书。

这是选择题，而非是非题。

希望脸书的友人谅解这"不要脸的人"之告白。

与我同一国的诗人C，想必更能理解这告白的真义。

季季

小说家、散文家。著有小说《谁是最后的玫瑰》《拾玉镯》等；
散文集《夜歌》《摄氏 20~25 度》等。

迷魂记

陈雪/文

我将写下我曾大规模遗忘细节的一年，2003年，很长时间里记忆中只剩下几个关键词：SARS、巴厘岛、缅甸、摩天大楼。

那年我从乡下到台北生活刚满半年，到处接写采访稿赚钱，2月才出版了一本短篇小说集，立即投入新长篇写作；4月某出版社找我代笔帮一个没落世家千金王小姐写家族传记，我接了；5月初，新成立的报纸找我写旅游稿，也接了，只盼赚得年生活费专心写长篇。当时我租赁一摩天大楼高层套房，刚结束一段恋情，又开始一段，火火热热如高烧。

与我自己的遭遇交叠的是，3月13日台湾于台大医院发现第一例SARS病患，据报载，那是一位勤姓台商，整个3月疫情控制大致得宜。4月22日和平医院暴发SARS疫情，之后院内感染，接着便是整个医院被关闭封锁，900个医疗人员与家属隔离14天，电视新闻里每日上演生离的哭泣，即将死别依然无法与近亲接触的悲哀，5月11日疫情扩大至台北市，新闻快报里每日都是"最新疫区"的报道，这两个重大疫情变化之际，我正狂热谈着恋爱，那段外界慌乱内在燃烧的时间里，记忆最深的是公共场所里戴着口罩的人群与人们对于疫情的恐慌。所有一切都是传言，这区那区逐一沦陷，到处充满耳语，人们四处奔走抢购N95口罩，"买不到口罩"成为最常听见的抱怨，各个公共场所都有检测体温的装置，人们随身携带干洗手凝胶，家里置放耳温枪，商店餐厅车站入口都装置自动或手动喷洒的酒精消毒剂，只要有人咳嗽，他的四周人群退散自动形成一个防疫圈，"居家隔离"这个新兴的字眼人人朗朗上口。

我在疫情严重的5月飞到巴厘岛，进出海关都被严格监控体温，即使到了外地，偶有游客听见我从台湾来仍不免问起："SARS？OK？"但我一下飞机立刻把戴着的口罩摘下，穿着清凉洋装拖鞋，啪搭啪搭上街走，全然忘了正在与恐怖疾病奋斗的台湾，忘了居住其中亲爱的恋人，是啊，当时恋爱与疾病正盛，而我跳跃时空去了巴厘岛。

后来好长时间回想当时，想到的仍是SARS，隔离、检测、恐慌、混乱、高烧、疼痛、传染、疯狂，爱情与疾病多么相像，或爱情就是疾病，当年我的危机处理是逃走，甚至没多想自己与SARS的关联，在那个度假小岛，朋友们都以SARS拿我开玩笑，但没有人因此拒绝与我亲近，那场疫情距离我非常遥远。

5月底回台，疫情仍在闷烧，爱情已濒临破裂，6月中旬我执意再飞缅甸，在那个美丽的、封闭的、与外界隔绝的城市里，没有国际新闻可收看，无人再问起那场瘟疫。我在缅甸一湖边小镇一住多日，日日去游湖，湖水连着山与天，青碧转蓝，水鸟贴靠我那么近，船夫划桨激起水花，异国言语像是呓语，多年来魂牵梦系，始终想着再去一次，尽管那次旅途心里是悲伤的，因我知道回程后与恋人将要失散了。

7月5日，台湾地区从世界卫生组织的SARS疫区名单中除名，病例共有697例，死亡人数83例。一场瘟疫梦境般消失了。我仿佛才从独自旅行的高烧狂嗨中回过神来，当时的我，已经从因为"一个女生去旅行处处都有艳遇"的自由狂嗨里退出，恋人渐行渐远终至消失不见，这年后半的记忆全面地荒芜。

世家千金王小姐介入我空寂的生活，表面是我为她写传记，每周两次采访我也真的录音存盘逐字记录她的故事，她却逐步引我进入她奇异的生活。继承大笔遗产的她，亲人全都生离死别，台湾只剩她一人，独居在一东区的商品小豪宅，养了只雪貂，美丽的她因酗酒瘦骨嶙峋，带我出入许多有钱贵妇才去的场所，去昂贵餐厅吃饭，去会员制SPA中心美容，甚至像男人一样慷慨买礼物送我，她夜夜都要喝酒，后来便被朋友带着去了牛郎店，因此我也去过两次。多少个夜里她电话打来，若不是要我去急诊室陪她，说恐慌症发作打点滴，就是去夜店把醉酒的她领出来，呕吐里诉说牛郎如何无情，说亲戚害她，使她损失500万美金遗产，我成了她生活里唯一可信的人。她频频出状况，我逐一迎接，为了她奔走，使我分心于自己的失落，度过了那个悲伤的夏天。

然后是秋天了，一日在中庭遇见大楼中介，说房价下跌（还是因为SARS啊），租不如买，立即带我去看屋，比我原住处更高更大些的套房，只需付一成首付款，前半年几次采访代笔所积攒的钱，正足以付出首付款买下此屋。

就这么我拥有了第一个屋子，入冬了，恋人依然没有消息，王小姐说不出版自传了（那些故事她不愿再回顾），说她参加一个灵修团体开始戒酒，有师父帮她。我知道我可以退出，我得回头面对自己人生的问题。因为房贷前三年的宽限期只需缴几千元利息，我竟因此争取到三年喘息机会，就这么开始真正的专职写作，代笔或采访工作都暂停。高楼房屋里静静凝视窗外，瘟疫与爱情都远去了，提着行李就上飞机的率性也已远离，我甚至还不能理解那些事对自己的意义，只是静静地对着计算机打字，疲累时抬起酸涩的双眼望向窗外，恋人的眼睛与异地人们的眼交叠，片片光影穿梭天际，我不再是原来那个人了，我想着，但找不到证据。

至今我仍记忆匮乏，只有那两本书，《只爱陌生人》《桥上的孩子》，风格、形式、内容、题材，甚至评价，各处两极的作品，看似最相斥的两本书，标志了我的2003年。

陈雪

知名小说家。著有《附魔者》《无人知晓的我》《只爱陌生人》等。

身　后

吴钧尧／文

金门多神，神在庙里，威严如城隍；神在红丝带圈围起来的大石头跟大树中，洋溢喜气与神秘；神也在沿海陡坡，一座高三尺、宽两尺、深不及一尺的水泥砌墙内。要到这座庙，得在走向大海的小路旁转弯。路更小了，芒草跟九重葛争抢地盘，相思树跟木麻黄拼夺天空。我们从它们中间小心地穿过去，为神贡献一份虔诚。

坐落陡坡，处乱石与土沙之间，是这座庙的有趣之处。我常利用祭拜空当，在附近的散兵坑跳上跳下，或捡拾光滑平整的石子玩，有时候则找着几截断玉，揣测玉从地下钻出，或由天空落下。母亲喊住我，移至一小块空地，让我跪着，立身后，举我手，向神喃喃祈祷。

三十年后，这座因金门机场扩建而移除的庙，几乎撤出母亲的记忆。祭祀是大人与神的世界，母亲不记得时，我只能提供有限的线索，拿纸笔画出庙跟村落的位置。母亲恍然大悟，却说不出三十年前那一场场声势盛大的进香团，拜的是哪一位神祇。母亲反问：你当时那么小，怎么还记得啊？

我记得的，是祭祀的颜色，庙前的小空地。我们必定曾在春日漾漾或秋阳依依的时光，蜿蜒而行，抵达目的地。然而，庙、陡坡，以及站在庙前即可望见的海，却以灰底储存。像一条河从空中流过，水花飞溅两岸，洒落人间，非雾非水，而变作一种色调。小空地在庙前，却不仅在庙前，而在母亲跟神的约定之处，我以及其他孩童跪、再跪，祈求、再祈求。

直到而立之年，才知道我有两个夭折的哥哥，一次村里拜拜，专程与父亲回乡参加绕境（纪念妈祖的一种活动），问父亲：哥哥们可有坟冢？葬于何处？父亲摇头，说他不记得了。彼时，父母亲必纷乱而彷徨，死一个哥哥，肉体卸了，死两个哥哥，灵魂垮了，他们必定问神：可曾作孽？又问神：今生罪愆或前世因缘？他们上山耕田，挥锄头耕作都怕田中埋有墓碑碎块，扛负神轿绕境必得一遍遍念佛号，驱除不净与不敬。

那样的每一天，无论天亮还是天阴，都是黑天，是父亲或他的兄弟，把穿戴整齐的两个哥哥夹带于腋下，另一手扛锄头，走向荒山。姐姐之后，我降世了，然而，我是一个人的我，还是三个人或者更多人的我？

父母接受庙公、江湖术士或者爷爷、奶奶、亲朋好友的意见，他们决定骗神，拿起姐姐的衣服，往我身上套。姐姐叫大丽，我就叫小丽，并当了远房伯伯的义子，父母留我在身边，却在形式上推我到边缘。

　　母亲为我骗神，也为我求神，她知道哪些神得求，哪些神得骗。骗哪些神我不得而知，拜哪些庙我多还牢记。譬如榜林通往后浦，一座矮庙矗立路旁，庙前一渠杂水，时流时断，春雨过后，水涨满，蟾蜍纷纷跳上来，我坐在庙前石阶，看见浓雾遮木麻黄，旋即淹没地瓜藤，不多时，我跟母亲，还有庙，都在深雾中，见庙内烛光定定烧腾。也许四处拜庙，庙内虽光线微弱，反是一种温暖，村内的庙成了我游戏跟午睡的地方。

　　庙内真正的阴暗，是一口掘在庙内的地上甬道。甬道以铁皮掩着，我曾双手穿进铁皮与地板隙缝，使劲搬移，却纹丝不动。我午睡时，偷望着它暗黑的接缝，想象这一口黯黑，既有庙与大神的镇压，甬道内能多暗、能多黑？后来，堂哥召集玩伴，合几人之力掀开铁皮，哗啦一声，铁皮歪倒另一边，再嗡嗡作响，如负伤的守卫。堂哥等拎手电筒，循阶而下，通抵庙前十多米远碉堡，转弯，百来步，接邻居家的防空洞，前走百来米，衔另一个甬道，再走，就到村外的营区。母亲知道后，着急问我：可曾跟着走？我说没有，母亲不信，当天多烧几道菜，摆菜肴上板凳，焚香膜拜，押我跪着，喃喃地说："弟子不懂事，请神原谅。"母亲担心坑道阴气重，铁皮掀，邪气走，我身子孱弱，怕我中邪。

　　母亲让我拜神，也教我拜人。先祖生辰与忌日，大厅供上蔬果鸡鸭，左右蜡烛，犹如千里眼、顺风耳，阿嬷、伯母跟母亲，逐一拈香祈祷，我跪在大厅，看鸡鸭蔬果的时间比列祖列宗牌位来得还多，母亲的祈语着实太长了，我终于还是会移开眼睛，看着日复一日被香烛熏得老黑油亮的牌位。这时候，母亲的声音就在脑勺上、双耳间，一字一字亲密地、谨慎地传过来。"啊，天公伯仔，你要保庇，观世音菩萨、恩主公、玉皇大帝、关圣爷、城隍爷、灶君、月娘，你要保庇弟子吴钧尧……"

后来许多次，我因洽公或参访回金门，得暇回家总在夜深时。小时候，看老家似巨大高耸，而今却像侏儒萎缩，但是，当我走向你，你依然巨大而温暖，尽管屋内早无人烟。大门不锁，我推入，过中庭，见厅堂点了几盏鸡心小灯；走进厅堂打开灯，望着列祖列宗的牌位与悬挂在墙上的阿公、阿嬷的遗像。

我没跪，喃喃站着。我站着，就是一种语言，回忆从星空下飞掠而过。有那么一次，父亲返家，我恰带孩子受邀参访，在夜里回家。孩子不是第一次回家，看见楼梯斜斜架着，通抵厢房屋顶，嚷着说好好玩，爬上去，屋顶上还瞧见很远很远的天外，一点余晖，胭脂般，如同祭拜七娘妈的粉饼。七夕拜七娘妈，在这个属于情人或女人的节日，母亲还是叫我跪拜，并在祭祀后，让我手持胭脂粉饼，抛上三合院屋顶，我跟孩子多年后上楼，还记得当时的怀疑：粉饼哪儿去了，真教七娘妈拿去装扮？我趁最后一点余光扫过屋顶，如同三十年前在祭拜后的第二天，架楼梯上楼。

屋顶空，木麻黄枯叶绺绺如发；屋顶仍空，小孩却在惊呼，下不去了。

父亲回乡，不住老家，仍常来闲坐焚香，我点三炷香，让孩子跪着，立在孩子身后，喃喃地想说什么时，母亲的祷告词忽然变得模糊，我举起孩子的手，讷讷地说不出话。我想，尽管我没说出，可神还是听得见，默默地在心里说：祷念孩子的身体、课业、人生，念着父母、妻子的健康，数着一张张我为之祈求的面孔。

然后我问孩子：认得悬挂在墙上的阿祖吗？他认出那两张遗照也挂在父母的三重旧家。爷爷、奶奶的遗照，无意中成为时间教材，教孩子懂历史。孩子小时候不说我们家，却说我们家族：他定义的家族却贫乏得很，只有他、我跟妻子。我说不是的，爸爸的上头还有爸爸，那就是阿公了，阿公当然有爸爸，我得喊阿公，你得尊称阿祖，阿祖自然有男有女，他们当仙去了，他们就是挂在墙上的这两张脸。

有一年清明节，电话急响，才接通母亲就急骂：你们怎还没出门？大家都来了，等着你，连阿公、阿嬷也等着你来。这什么意思？清明祭祀后，母亲必持筊杯问祖：可否撤了祭祀，让后人享用菜肴？可几次掷筊总是不允。最后问：是不是我还没来，不准他人先开动？竟一掷中的。

进旧家客厅，我们为贪睡而愧疚，跪成一排，跟先祖、爷爷、奶奶致意。母亲燃香，一人三支让我们拿着。我越长大，背后可以容放母亲的位置也越小，而今，母亲站在孩子后头，双掌合十，紧贴孩子的手，举高祷告。母亲再绕到我身后。我忽然想起，上一回，母亲站立我后头，举我手，喃喃地向众佛、向列祖列宗祷告已是十多年前的事了。

我着深蓝西装，从板桥迎亲回。旧家小，客厅狭隘，父母、舅舅、阿姨、婶婶、兄姊等亲友，如一碗添得饱满的甜汤，溢出门沿，刚到公寓入口，已听得甜汤喧哗流泻。隔着白手套，察觉妻的手已然汗湿，我微握她的手，往楼梯走。

对于婚礼，我记忆深刻的是一拜、再拜、又拜。实不知除众佛与列祖列宗之外，那些坐在长椅、接受我跟妻子礼敬者，是哪些亲长。是疲累，也是狼狈了，一股温暖忽从背后接近，母亲立在我跟妻子中间，分左右，举高我与妻的手，在巨大的甜浪之间，母亲的声音嘤嘤嗡嗡，如一只细蚊，她跟众神以私语沟通，低卑地表达虔敬。我清清楚楚听见的每一个音，都是不识字的母亲从小为我朗读的字音。

不知是母亲察觉久未立我身后、为我祈求，为弥补十多年的空白，还是我迟来，总得久跪祈祷，竟念得久久。母亲的祷告词较往常长。以前她是母亲，上有父母兄长，旁有丈夫，下有儿女；现在外婆外公、阿公阿嬷已入仙籍，得祝福他们衣食保暖、神清气爽，而当了神，更得保佑后代子孙哪。

三姐在一旁开玩笑，都跪了这么久，够了吧。母亲像是没有听见，举我的手到额前，再放至胸口。

我察觉到他们正看着我，妻子、三姐、小弟，还有我的孩子。我看着他，以眼神跟他说，我是你父亲，可我也是我母亲的孩子。

渐渐地，我看不到他们，听不见他们。

大雾中，庙内两盏红烛醒亮，拜拜后，母亲说，庙离榜林近，找外婆去。外婆在雾中的庭院里剥四季豆，她的发比雾还白。见女儿带外孙来，忙抖弄衣摆，不到门口却先进厨房，煮一锅面条。

无聊的雾啊，让什么都看不见，没有蟾蜍跳进中庭，只一对眼镜，在厨房又眨又跳。

吴钧尧

诗人、散文家、小说家。主要作品有《金门》《如果我在那里》《峥嵘》等。

周间旅行

吴妮民 / 文

彼时我不知道，我将不会再回返这幢家屋。

在我的听诊器放开她的胸膛后，看护阿姨和护理师即上前围拢来。她们低声讨论着，我则安静离开。从客厅望去，瘦长对开木门框住了临街边间，二楼，午后天光入老屋。小小房室，悬垂一盏旧玻璃圆灯罩未亮，褪蓝墙壁，地铺石墨六角砖，角落一张单人床，老妇正睡卧其上。她已睡了很久很久，近百岁的皱白脸上没有表情，眼皮合闭，瘫痪的肢体略略浮肿。我看见景深里护理师的背影和手，她弯身娴熟操作每日数回的流程，量胳膊血压，测呼吸速率，接着缓缓抽出留置逾月的鼻胃管，换上新的。"阿嬷，阿嬷，吞落、吞落。"插入中，伴随着耐心哄劝，即使明知这些年以来，老妇从未醒转。

每三个月，我来到这里，探看老人还安好否。护理师则每月来巡，置换管路，询问营养状态、排泄情况，评估有无急性感染或其他病症。与我相偕出访的居家护理师，爽朗素朴，是一个女儿的母亲。她且每日往返医院病房与街弄衢巷，权衡住院病人回家后可否就地照料。手上数十位收案病人，得轮流排程，定时到案家清理伤口，重置尿管、气切管及鼻胃管。除此，她清楚记得每人跌宕起伏的病史细节，那些管路在怎样的章节转折里被一一插上，以及个案的家庭谱系、有决断力之关键人物，那里头，暗藏有亲族中绞缠的纠葛。

彼时，我们过度浪漫。乍闻升上第三年住院医师的我们即将加入居家照护团队，每周一次出访，还以为早期往诊时代恍然再现，仿佛看见马偕或兰大弼等老前辈骑着脚踏车巡街，或电影《油麻菜籽》中，荒地里被小女孩领着赶往接生的小镇医师。我们且幻想将会携带许多家当，它们通通都被装进一个鼓胀的医师包内，那样厚沉的皮包被提拎着，因为赶路而前后晃动，好似要赶赴什么重大现场般，急迫而热烈。

然而以上的事都没有发生。医疗高度发展的今日，院所密集，病患有事救护车即呼啸送抵，再不需要英雄式的迷人情节了。往诊医师自传说中退休，医师包缩减为一袭白袍，口袋插放笔灯、印章什物，听诊器挂颈，如此一身轻便，我们遂成居家护理师的跟班。最最劳苦功高的是护理师，所有替用的管路耗材、血压计耳温枪、棉棒优碘、剪刀纸胶，都被饱饱填入一箧黑色行李箱。她们低头拖拉，轮声碌碌，阳光底下疾行，就像即将出发去远方。

那便是我们三人的周间旅行。每星期，月历上被注记的时刻，司机大哥固定驶车来接。小黄出动，我们遂以出租车取代古早三轮车，熟门熟路钻巷绕弄，于城市中兜转。

笃笃前行，去探访我们的老友。杨，年轻工人，二十出头便遭高压电击，自电线杆顶坠落。遇见他时，他胸椎以下皆瘫痪僵直，因伤而极度重听，并已在赡养院的床上躺卧了之后的二十年，唯一的生活事件是撑起颈部，整日看着消去音量的电视。他总大声招呼，用走调的开朗声线，告诉我们这阵子他又略微发烧，流出血尿。我们掀翻被单，执起并清理男人皱瘪的阴茎，从那孔洞中拉出已放逾月的尿管，端详那袋红浊尿液；翻过身去，杨因长期卧床，早生出难愈褥疮，赡养机构人手不足，换药翻身无法勤快，他无感的背肉遂被镂蛀，总有黄绿脓液渗出，沾满填实伤口的棉纱。护理师以生理盐水浸润，揭去脏纱，以棉棒涂药消毒，再像照抚干净新生儿般，盖上层层叠叠洁纱，等待下一次吸饱秽污。

褥疮确是居家宿敌。我见过护理师在另一案家用剪刀挑开剪去病人腰部的坏黑死皮，脓汁应声喷薄流出，令人心惊的涌泉。无声伤口隐隐穿凿皮下肌肉，成穴成巢，蔓延至小棉棒也无法触及的边界。接着，挖粪。看护说，病人数日大便未解，护理师遂戴起手套，让病患侧身，手指探进肛门口，受刺激的直肠便蠕蠕而动，如挤奶油花般地，将糊状黄粪成条排出。

一路访来，千门万户，人情百种。王是典型老兵，中风后全瘫，身上插放三管，长时间被安置于护理之家。他女儿临界中年，始终未婚嫁，除回家洗澡换衣外，数年来疼惜如初，每日待在床侧照看。王的眼睛还能骨碌碌转，用它表达知觉或意会。他转过脸去不看我们，像要抗议换鼻胃管或气切管极不舒服，女儿即俯身贴他头侧，手抚他腹，大声鼓励，"王某某，你最棒"。或极有默契地转译他的安静给我们听，"看，他生气了"。金花，则是和气福相的八旬阿嬷，插尿管，独居于城中一块杂草坪旁的矮屋里。半百儿子因事跑路，女儿与她大吵后再没联络，剩一亦年事已高的老友每日来料理起居。去访时，两老姊妹眯着眼，研究手中回诊与检验单据，争执着健保卡或私章的去处。另一家，因肠癌而于腹部造瘘解便的老人，子女四散，负责照顾的儿子开设自助餐店，整日待在店内帮忙，却不愿聘用看护，将照料老父三餐及喂药责任丢给政府补助的居家服务员。为配合喂饭给药频率，一天访视额度三小时的保姆只得将时间拆成三份，按三餐前往。每回见面，儿子总先自怜，"大家摆着不管，老父的事都我在扛"。而难念的经还有许多本，某案家的媳妇一日打来电话，说她搬了出来。原因？"先生早有外遇，家里每个人都知情，却没人告诉我。"她愤愤地在话筒另一端说，因她照顾得实在太好，夫家需要她这样尽责的媳妇来看护一个身为渐冻人的婆婆。不甘被利用，媳妇提了行李离开夫家，未几，婆婆即死于肺部感染导致的呼吸衰竭……

我们亦去探照顾朋友的朋友。印度尼西亚来的阿娣，月余不见，变胖了。她用手指比出一个三，大笑着："三公斤。"每见居家团队来，她总兴奋莫名，因主人白日不在，阿嬷昏迷躺床，我们是她生活中极少数可谈话聊天的对象。问她："怎么变胖的？"阿娣才说，近来，她可以上夜市去了，每周去夜市的她快乐无比。能去多久？她说，每次20—30分钟，包括往返时间。因而只能又快又准地买回食物，没得逛街。但她自豪着她挣来的自由，因这是她到此地五年以来，头一回不是为了倒垃圾而出门。她勇敢地向男主人抗议："为什么你可以出门，我不可以？"

"所以阿嬷住院我很开心！"阿娣边乐呵呵笑着，边用未有修饰的中文说着，"我就可以看到很多其他人，也可以从医院到外面去！"

希蒂的看护生活则自在得多。她与另一外籍看护坐拥平时主人缺席的大宅，分别照料一个老去的董事长夫人和一个半身不遂的中年女人。希蒂聪明而极有主见，不替夫人洗头，总拿钱让夫人去外面的发廊洗。远方的女儿遂提议母亲卧房的计算机加装摄像头，可偶尔请看护打开，关心此处的照护情形，却被厚道的先生挡下，"他说这样侵犯人权，不可以"。

另一层矮窄公寓里，车祸后呈僵呆状态的中年妇人，由一个营养不良的女孩相伴。女孩不时面露惊惶与焦虑，眼睛过度睁着，代替她中文不通未能言说的恐惧。后来我们便明了了原因。妇人的儿子无业，整日在家玩着计算机游戏。我与护理师进房瞬间，我瞥见他不动声色地切换计算机屏幕，居高临下，由摄影机观察我们的工作情形。男人与其姊对待看护疾言厉色，下一秒他们却能转过脸来，微笑着与我们对话家常，变化之巨，总让不适的我们速速收拾完毕，仓皇逃离。

朱瓦莉从菲律宾来，会说英语，却无法以中文沟通。因而，她未能告诉六十余岁犹体态健壮的男主人，"请把你的裤子穿上"。发现此事，是在几次家访后，那昏迷全瘫、因关节炎而全身挛缩绞紧并已插上三管的妇人的先生，电话来询："可不可以跟太太'在一起'？"护理师猛然一醒，下次再去，朱瓦莉被问及才提起，男主人在家中常只着紧身四角内裤，且借协助翻身之名，与她的身体不可避免地磨蹭。向男人的子女反映，他的孩子却答，父亲怕热，这样穿着较凉快。夜晚，男人与其妻、看护共宿一寝，理由是他要了解患妻的状况，以及看护是否夜里起身。因而朱瓦莉总是惴惴，担心着还未发生的事情，每个晚上，她要撑持到男人鼾眠了才敢睡去。

朱瓦莉没有权利换雇主。风雨未至之时，护理师只能抄下自己的号码给她，请她有事必得打来求救。好在，男人还不及行动，他的妻子便已溘然逝去，朱瓦莉被调离。走后，她传了一封英文短信来，说她在乡下，人平安，请放心。

百姓黎民皆老去，士绅淑女亦颓老矣。常常，在古都，我们如此轻易就闯进了时光封印的结界。极其自矜的老奶奶无法忍受换尿片时外人在场，去访她家，因不能目视她清洁会阴而被请出房门；坐轮椅见客，她得再换上庄重服装戴上项链。旧巷深宅，早年声名赫赫的医师如今瘫躺于床，让后辈如我敲按肚腹，聆听心音。还有，在那双颊陷落面容清癯的老人家中，女儿出示老人年轻时的照片——照中的男人，半身，是个侧转正的角度，多潇洒，戴呢帽披大衣，鼻眼俊美媚视如在电影里。翻转背面，有字写着：十七岁，哈尔滨。那是老人少年时，还在东北洋行里做事的片段记忆。

因此我是那么喜欢在初入家屋时就倾身去看那些相片。那些被压着、悬挂着、摆放着或藏在皮夹中的，陈列如生命之廊般的相片。画面里，他们神色清明，五体自在，与家人亲友合照，或身处一段生活切面，经历一场旅行。病痛来临前，他们各自眼梢发光，笑得用力。彼时，还无鼻管、无切口，仿佛只一回神，床上双眼翳暗呼吸浓浊的人们，就可以回去。回去、回去、再回去，如时钟倒走，分秒退行；回到少年勃发的炯炯英气，回到女孩的巧笑倩兮，回到爱、悲伤、劳苦或欢喜。

然后，便回到那有着淡蓝墙面的房里。"……家属的意思是，除非最后很痛苦，否则不要送医院。"看护妇这样细声说着。接着，护理师安置好阿嬷，收妥卫生器材，从那有着褪蓝墙、石墨地的房间走来，坐在客厅里填写收据。

那一见便知是个世家遗留的客厅。对开门外毗接一座小小露台，雕花栏杆，窄长台面，镶铺八角形红色地砖，楼板空心，踩上去咚咚作响。有风，有光，从露台穿透进屋，直通后院天井。时值夏末初秋，对流云系包围城市四周，天空饱撑湿意，透明雨线安静降落。

我想象，那便是她看过的风景。曾经，曾经有位青春小姐，梳妆齐，着衣裙，黄昏时分轻快优雅地开了门，走上这露台眺望。彼时，整座城市都还伏在她的脚底，只路边灯柱与椰树交错植在这贯穿古城的热闹街上；家屋对面，临日本劝业银行，左近，是顶楼开张着游乐园的林百货；顺着大路走下去，便是圆环州厅。

她记得啊她记得，这条街。

吴妮民

知名散文家。主要作品有《小毛病》《私房药》等。

让我看看你的床

张耀仁 / 文

床铺曾经留下谁的汗渍，我们并不知晓。

我们背过身，我们横躺，我们蜷缩，极尽可能占有着床，抚摸那些绽开的缝线、烟疤、毛发……仿若鉴定一场陈旧的情感、一桩又一桩时移事往的心病。"这是独立筒哟，半夜翻身上厕所、睡不着滚来滚去都不会吵醒另一半……"家具推销员比手画脚，"这组记忆床垫也很棒——记忆你的人，记忆你的梦，记忆你失眠的痛——美国太空总署NASA打保证，阿姆斯特朗只用这一款！"似乎过于熟稔各式欲望而疲态毕露，年轻的推销员呵欠频频，吐纳着毫不相衬的世故。

此时此刻，喘息层层迫近，我们明白即将发生什么，但我们嗅得额外的气味，它与我们肩并肩依偎着梦，依偎裸裎的温度——是谁？谁在那里？

我们趴俯，我们屈伸，我们跪倒，照例于床铺延展任何可能的爱的形式，并且嗅得一丝丝咸涩、一丝丝偶然的血锈，那些

亲密的结晶体呵。直至时间与空间皆尘埃落定，我们这才静静面
对屋内响起的鼾声，再次听见那细微的挪移——是记忆床垫调节
必然发出的声响吗？抑或是房间也成为蹒跚而行的生灵？沙沙沙
沙，沙沙沙沙。那个年轻的呵欠继续说："小姐小姐，买一个好
梦，胜过每天头痛，嗯？"是啊，梦也可以交易，后资本主义时
代无所不在，唯独我们厕身于黑暗中析辨那束气味：腾升，匍
匐，吸纳了潮湿而膨胀而剥落如壁癌的细屑，翩坠于我们恍惚的
梦中，以致我们醒来时心口覆盖着大片斑驳：

　　　　究竟，有谁来过这个房间，睡过这张床？

　　因而我们惊醒过来，汗流浃背、手脚酸麻，难以置信爱是一
场盲目的信任，而非理性的思索。面对局促而难以舒坦的夜，我
们揣度：身下的弹簧机栝承受过多少或深或浅、或宽或窄的梦？
泛黄的床单曾经纠缠过几回或圆或扁、或胖或瘦、或高或矮的欲
望？也许不，也许是我们太习惯于保护自己了，不够勇敢也不够
专注，所以我们质疑、我们盘算。"我们时常定义爱。"冷不
防，你说。低低的嗓子在黑夜里听来格外遥远。"其实我们不懂
爱，却需要爱。"你说。你说："我——爱——你。"说话的同
时，冷空气袭击我们袒露的背，汗水淌过我们的眼窝，有一瞬间
你的眼珠又湿又黑：孩子似的慧黠与软弱，无从联想稍早前，脊
线如斯挺直且激动，但此刻你已不愿亲吻——你的背影是事件结

回忆是一种淡淡的痛

束之后面无表情的一张脸。

你的脸，还是那么好看。

那一刻，我打从心底喟叹，疼惜抚摸你的额发，如母亲抚摸孩子，36岁的孩子，自始至终带来忧畏、猜忌、欢快以及其他，孩子——我倏然一惊，意识到自己曾几何时扮演起看护而非情人的角色？我试图辩解，但你已经睡着了，整张床铺起伏于你匀称的呼吸之中。我们一同挑选的床单蛇立着橘金的花苞，空气里混合了止汗剂与发油味，垂挂于衣橱外的四角裤、皮带、除湿包……凡此种种，我逐一分辨，一如最初搬进这个房间的生疏，什么都像素描里若有若无的笔触：柑橘香淡淡包覆，你前一个恋人留下的干燥花还悬浮窗口……就着脆薄的亮度，事事物物发散出新奇的光泽：这是冷气遥控器，那是洗眼液；这是维生素B片，那是鼻用吸剂；这是麝香，那是杏核油……

这算爱吗？

多少年后，当我们得以用淡漠、镇定乃至坚强的心情，面对一段又一段的情感，对于爱情里的善妒、快乐、悲伤，终究能以旁观他人之痛苦细细品味：啊，原来那时候我们好傻、好天真，以为情感是日复一日的坐卧行止，那样渗入天光，看望浮尘缓缓沉降的睡去醒来。殊不知，每夜当我们躺下，等待靠近与被靠近，等待聆听过于沉重的鼾声，内心便生出无限的烦忧：究竟这样算不算长久？为什么你开始变得冷淡？为什么我们的爱最终不再需要言语而仅依赖肢体？

是啊，爱情太冒险，动不动要翻脸。爱情也太烦人，时时查勤累死人。倒不如大家轻松点，像点心，谁也别耽误谁正餐——那时候，我抚摸着床面，不相信我们的爱情一点一滴被架空，而你还在耳边低喃："说你爱我——你爱我吗？"爱沦为床面与肌肤的摩擦，机械反复，近乎工业化流程；爱也沦为点心，无须担心热量，因为减肥秘方大行其道。

于是我们记起那些从前的片段：关于一个胸膛，一双眼睛，或者一句无关痛痒的呢喃。它们全被归纳至我们日后的玩笑话：让我看看你的床。比如A，其实不确定爱或不爱，但他的身体起码是激烈的，所以他的床早就失去了弹性也失去平衡，连带梦是一连串的马拉松——不断奔跑与呼喊，却不知所终、不明所以，只遗下笔直的路与笔直的尽头。每每转醒，以为身体是一具行将散架的床，纯粹的欲望出口与冲刺时光。

至于B，他的爱始终是一段公式，因而床铺粗糙、坚硬，无从感知柔软也无从梦见春日和煦，唯独床单上镶金嵌红的玫瑰图案张牙舞爪，全然无法联想至他压抑的性格。究竟他忍耐些什么呢？枕着他的臂膀时，梦境的背景始终是灰色，令人好奇他是否也同样沉默地面对另一位情人？他的床是一席心事重重的载具。

还有D，试图平衡温柔与粗暴，"没有谁控制谁的问题。像干净而简单的玻璃反射，单纯的自恋而已"。奈何，他忘了年岁总是在现实与梦的渡口划出非彼即此的差距，尽管他不服老，但很遗憾，他的床确确实实是一出陈旧的舞台剧，肢体与表情皆嫌

回 忆 是 一 种 淡 淡 的 痛

过时。"偏偏他从来都不知道自己根本就不行。"C笑着说。她的
笑有不属于那个年纪的世故。

我同样笑着。所谓"让我看看你的床",更多其实是一个又
一个百无聊赖的下午或清晨:我们赖床,我们拥抱,我们亲吻,
任凭雾露钻入被窝,独独不触及欲望。然而,这已是许多年后的
认知。早在我们都还很容易脸红之前,眼瞳湿黑的我们紧盯着
天花板,或沉默,或呢喃,承受着布面粗糙的刮搔,直到那只闹
钟响起,该补习了。该留心爸妈即将到家了。该吃饭。该说再
见了。

至此,床成为由懵懂、青涩而至老成的见证,见证我们对于
爱的实践;见证欲望的支配(如何扮演父亲或母亲,或其他更多
的角色);见证爱与不爱、困惑与顿悟(从来不洗也不换床单的
那个人,任凭塑料袋、衣服什么的堆在床上)……这些,皆让我
们在往后的年岁里,倏然躺下的同时,惊觉床成就了记忆,记忆
也变成了床,让我们一遍又一遍推敲,关于夜里的鼾声与萦绕的
虫豸窸窣,深觉内里某项重要的物事将就此死去。

那或许是一直以来惦记着C的缘故。

事实上,她的床并没有什么可说:既无弹性也无装饰,既
不松弛也不紧致,就是简单的一张木板床加椰棕垫而已。那是外
地求学常见的配备,租赁而来的房间尽是鬼脸似的壁癌,几乎没
有什么摆饰的桌面叠放着参考书、英语单词书、电汤匙……拉开
抽屉的瞬间,空气聚散着木头霉烂与泡面摆放过久的味道,令那

张拥挤的床铺更加拥挤。我们听着身下咿咿啊啊的摇晃，带点暗示的声响引两人相觑而笑。是高三紧锣密鼓的阶段，我们却在午休空当溜回她的住处，慵懒躺在床上说起这学期的班导师与校刊社……说着说着，睡意袭涌，即将跌入梦境的片刻，一双冰冷的手心怯怯从身后环抱过来，我感觉到背上有熨帖的脸，静静晕散的热气，静静靠近，再靠近……

　　那一刻，我牢牢盯住书桌底下摆荡的漆皮，先是犹豫了一下，然后伸出手，将那颤抖的掌心缓缓往前拉，再往前拉，好让两个人靠得更近更近，更近更近……

　　许多年后，此时此刻，当那掌心再次靠近我的胸口，所有的年轻的快乐与不快乐，一点一滴围拢过来，仿佛遥远的午后的那场球赛，那些淡下去了模糊的面孔、公假单、烤肉联谊、二人三脚，以及那些我爱你、你爱她、我不爱你，流转递嬗的戏码……它们全沦为这个房间似有若无的气味、背景、装饰，仿佛只为证明自己当年多么痴顽、多么娇纵、多么奢靡，而今什么皆再难挽回。

　　尽管我们仍故作潇洒地探问："让我看看你的床，嗯？"

　　尽管我们还是不肯放弃地分辨着床面的汗渍，或——其他。

张耀仁

散文家、小说家。著有小说《死亡练习》《之后》；散文集《最美的，最美的》等。

白马走过天亮

言叔夏 / 文

2011年许多人都结婚了，包括怎样也想不到的刘若英。我曾经不止一次听过身旁的同志友人们说唯一可能结婚的女性对象就是刘若英，"大概是因为她看起来非常淡泊的样子吧"。我对刘的印象一直停留在中学时代的《为爱痴狂》，身穿土黄色垫肩大夹克的她在MV里彻彻底底地烧了一把吉他。我还记得那是第四台刚开始普及的时代，有一个频道从半夜三四点开始就会阴魂不散地轮播着每天几乎一模一样的MV清单，没有主持人也没有任何旁白。这份列表大概以一个月左右作为周期而定期更新，大约是加入了每月新进榜的歌曲。有段时间，我总是在起床赶第一班公交车上学的五点钟时间，会反复地听到这首歌。

回想起来，那真是一段奇异的年少时光。我所住的那个小镇在离任何学区都遥远的地方，于是小学一年级起我就学会了在挤满众多高年级学生的公交车上突围拉到下车铃的求生技能。中学以后，母亲让我去上位于市区的教会学校，这个技能的规模于是被扩张到更大。我记得上课的第一天轮到自我介绍，当我说出自己毕业的小学时，台下的一个同学非常认真地说：

"你一定是第一名毕业的吧。"她用很诚恳的语气对我说，"要不然怎么可能进我们学校。"

我知道她没有别的恶意，但这段话里我只听到两个部分：她用"你"来称呼我，用"我们"来称呼自己。"我们"当然包括未来的"我"，可是却无法化解当下的我站在台上的那种困窘。我下意识地抓紧了制服裙子的皱褶，不知道该将自己的手脚摆放在哪里。下了台以后我发现那裙子变得更皱了，而且沾满了白色的粉笔灰，后来一整天除了被点名和上厕所的时间以外，我都坐在自己的位子上，一动也不肯动。

对那个学校的人来说，我所来自的地方对他们而言，无疑是甲仙或都兰之类的地名。我没有邀请过任何人来我家，也没有同学提出过放学后一起去补习班做功课的邀约，整个中学六年，我都过着独自搭乘公交车上下学的生活。从我家到学校的通勤时间大约要花上一小时，公交车会从繁灯夜景的城市一路蜿蜒爬上大坪顶，绕过山区而下。我总是无聊地对着窗外刷过的景色发呆。车厢的人渐渐稀少了起来，公交车摇摇晃晃地，从城市渐渐驶离，常常一不小心就使人陷入了瞌睡之中。冬天的天色暗得极快，在一本摇着摇着就几乎要从膝上掉落的英文课本里醒来时，四周已是荒瘠暗黑的山野。

不知道为什么，那时的我非常喜欢那样苏醒的时刻。天花板上老旧的日光灯管白晃晃的，像水族箱般，笼罩着整个车厢。周围稀少的人们看起来都那么孤独，一个个散落在蓝皮座椅的角落里；他们有人像是水鸟那样地垂头睡着，有人蜷起身体紧挨着铁皮的车厢耽坐，脚边堆放着一个好大的旅行袋，他要去什么地方？要去那里做些什么？我想不出这班夜车能抵达一个更黑更暗的地方了。车厢上方悬挂的吊环无声地摆荡着，像一个隧道般的梦境。窗外大片大片瀑布般的黑色里连一盏路灯也没有，只有窗玻璃上倒映出的暗褐色的自己，车子一撞上了窟窿就五官迸散，支离震颤。

若年少时代的某些路径实则含有某种隐喻，那么这条隧道般的返家旅程也许便成了我日后某种抽象道途的原型。长大以后我发现我不能习惯跟人一起回家，即使是顺路也不行。我喜欢自己从一个喧闹的聚会中离开，喜欢和亲密的朋友告别后独自消失在极黑极深的夜色里。这简直是一种仪式或姿态，需要一条巷子或一段四站左右的捷运来抵达。抵达自我：自我像是一座空空的井口，井里什么也没有。在那孤独的距离与风景之中，沿途的灰尘与细琐皆被涤洗沥净，将我清洁地接迎回到自己的房间之中。

那种黑色一直让我感到非常安心。我后来就成为一个在那种黑色里生活的人。写不出论文的时候任性地不写，过很长时间日夜颠倒的生活。在半夜三点的厨房里煮面条呼噜噜地吃完，听很多电子音乐，一整晚反复倒带看电影里喜欢的片段。衣服与书籍杂乱地散落在地上，它们亲密地将我包围。夜晚里所有的人都睡眠了，街道空无一人。有时我会拎着钥匙出门去便利商店，买回荞麦凉面与苹果、牛奶。有一次，我遇到一个自动门被上锁的便利商店，我在门下站了好久却始终等不到它开。后来我隔着玻璃门看见柜台后的店员在收款机下方竟打起盹来了。他的睡脸如此安详，他简直就是这个店里所有饮料、书籍、便当、酒瓶的一部分。我后退几步，整个店看起来像是一只玻璃箱子、一个水族箱。我忽然明白他们的关系其实是鱼与水蕴草，而我只是一个水蕴草睡眠时做的梦。我是一个拜访者。

但其实我真的只是梦。十五岁的自己梦见了三十岁，像背起大袋去一个很远的地方折返回来，我忽然就三十岁了。在三十岁的深夜房间里，我经常想起十几岁时的自己，想起那时的冬天清晨是如此黑暗，我甚至再也不曾遭遇过那样绝对性的黑。那种黑色只存在于人生的某个时期，像底盘一样地嵌合着只有那时才能拥有的所有缺口。我想起那时的自己总是摸黑在睡梦的边境里醒来，坐在床上安静地发呆。想起窗外冷空气的清冽气味，混杂着夜色即将褪去的某种气息，潮水般地涌进窗来。我会蹑手蹑脚地穿越过睡眠的家人们，在不开灯的客厅里扭开电视，在电视光亮的摇晃中，开始做一些刷牙或梳发之类的窸窣事情。

我想念那样孤独的时光，在天色亮起来之前，我在黑暗的客厅沙发上蜷起身体，什么也没想地盯着电视屏幕里流泻溢出的MV。那些影像伴随着电视机里发散的光晕河流般自我的脸上流过，那些歌曲都极伤感、极惆怅、极90年代。《天空》《心动》

《恨情歌》《我愿意》《白天不懂夜的黑》《诱惑的街》《为你我受冷风吹》听着听着就让人流起泪来，但我其实不知道自己为什么流泪。也许是年少的敏感与脆弱；也许是天亮的预感伴随着歌曲的消逝逐渐逼近；也许这客厅里的黑暗就像光圈般从头兜拢包围了我，世界变得极小极小，只剩下自己和眼前的屏幕。而天亮像一匹白马从窗外走过，走过以后，家具、墙壁，还有我双手环抱的自己，便渐渐地在黑暗中清晰了起来。我好像在那些天亮前的歌曲里抵达了未来的自己，像做了一个三十岁的梦，手指的前端伸得好长好长，几乎要抓住什么，那在梦中被我追捕的物事总是在指尖的前端，一碰到边缘就要被遣送回返。

回到哪里？回到生活，生活里的我是一个十五岁的孩子，穿起校服搭乘一班清晨的早车去一个遥远的城市，在耶和华仁立的校园里读书。读很多书，关于地球的倾斜角度与星星排列，等边三角形的离散倾轧，右心房与上腔大静脉的路径图，中南美洲的气候与极地所有等高线轴，并且从未谈过恋爱。每天中午，我总是独自一个人到图书馆去，不是为了读书，只是不能习惯中午吃饭的教室气氛。我厌倦女生班级的午餐时间总是充斥着谁喜欢谁与讨厌哪个老师的话题，我讨厌那些必须在进食过程中反向掏出隐私以示交易的活动，而且我无法忍受各种不同的便当菜色混杂飘散在同一空间的杂交气味。这些都使我感到受伤。午间的图书馆只有一个很老很老的女管理员，她老得好像从有这座图书馆开始就一直在这里似的。我穿越那像是某种高地植物般的存在，在一排一排光影斑驳的书架间游荡。午间的百叶窗被阳光吃得一痕一痕，斜斜地晒进幽暗的书库。很薄很薄的光，摊在地上像水一样。在那介于光与暗的交界缝隙里，我发现自己的影子变得非常非常淡。我忽然理解到，这个中午，这老旧的图书馆再也不会踏进第二个人了，书页的声音从墙壁的缝隙里窸窸窣窣地传来，我觉得自己变成了这个学校里的鬼魂，在魑魅之间晃荡。

　　我从索书号800开头的书架上取下了一本书，根本不认识作者，只因为书名叫作《追忆似水年华》，我趴在阅读桌上不是很认真地读着，有一搭没一搭的，到现在我都还记得开头第一页的标题就叫作"在斯万家"。我根本忘记在斯万家发生了什么事，冷气运转的声音轰隆轰隆响着，我只记得窗外的白日好亮、好晃、好空旷，我转头注视着那曝光般的白色，蓦地感到心慌了起来。好像有人就在那白光的尽头端起相机对我拍摄，咔嚓咔嚓，使我反白，把我照干，将我照片一样地悬吊起来。我不知道自己会成为什么样的人，会到什么地方去，会在哪里过着什么样的生活，会遇见什么样的人。我忽然觉得非常非常想哭，胸口和鼻腔都被什么紧紧地揪住。我翻遍全身所有的口袋想找到一个阴凉黑暗的洞口去摆放自己燥热的手指，却很遗憾地发现这条裙子里没有任何口袋。在那个手足无措的时刻里，我忽然极度想念那些天色未亮前的黑暗客厅，和那首反复播放的《为爱痴狂》；电视屏幕里的刘若英背着极大极大的吉他无谓地唱着：

我从春天走来，你在秋天说要分开……

　　我已经忘记那个中午，在"斯万家"的书桌上，究竟有没有掉下眼泪了。而流泪与否，或许也已根本不那么重要了。我知道此后将临的许多日子，我必会一次次地落下泪来。我必会，如同所有必将来临的天明。90年代白马般地自窗外走过，仿佛一个天亮。

　　天亮以后我就三十岁了。如此而已。

言叔夏

散文家。著有散文集《白马走过天亮》。